U0941975

世纪小说馆
纯美笔触 悲悯情怀 叩问人性 直面现实

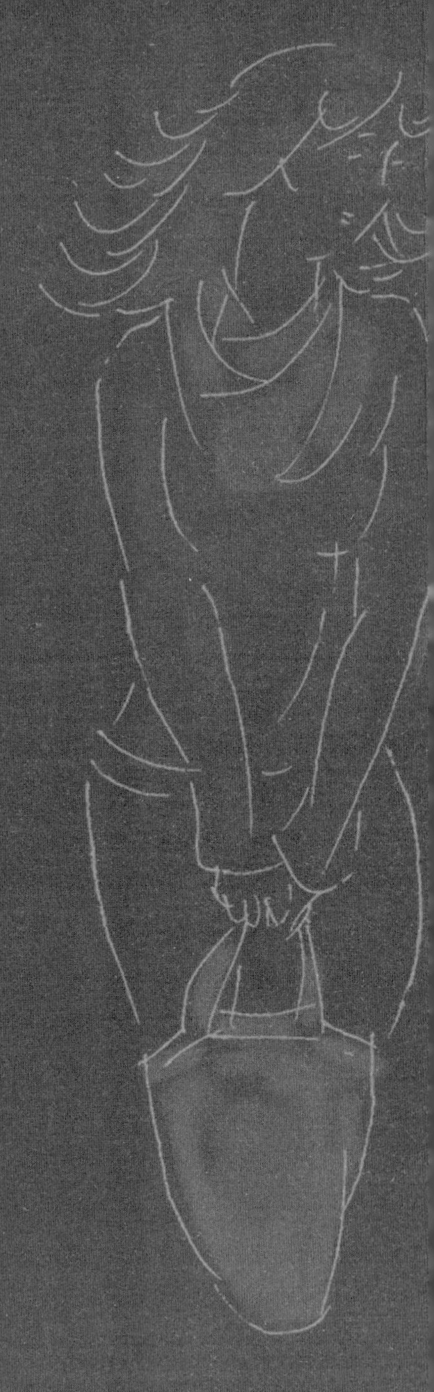

『涔水镇』在作者的缓缓讲述当中，上演着一出出有质感有温度有重量的痛楚和欢乐，爱与恨，思念与忘却，执着与妥协，缠绕纠结欲语还休……

白日梦

Bairimeng

艾玛/著

二十一世纪出版社
21st Century Publishing House
全国百佳出版社

图书在版编目（CIP）数据

白日梦 / 艾玛著 . -- 南昌 : 二十一世纪出版社 ,2011.11(2022.4重印)
（21 世纪小说馆）
ISBN 978-7-5391-7039-8

Ⅰ . ①白… Ⅱ . ①艾… Ⅲ . ①长篇小说 – 中国 – 当代
Ⅳ . ① I247.5

中国版本图书馆 CIP 数据核字 (2011) 第 227714 号

白日梦 艾玛 / 著

策　　划 张　明
责任编辑 张　宇
出版发行 二十一世纪出版社
（江西省南昌市子安路 75 号　330009）
www.21cccc.com　cc21@163.net
出 版 人 张秋林
经　　销 新华书店
印　　刷 北京金康利印刷有限公司
版　　次 2012 年 4 月第 1 版　2022 年 4 月第 3 次印刷
开　　本 700mm × 1000mm　1/16
印　　张 19.25
字　　数 230 千
书　　号 ISBN 978-7-5391-7039-8
定　　价 29.00 元

出版前言

这是一个令人激动、亢奋又无奈、伤感，一个“神马都是浮云”、令人无法把握和逆料的信息娱乐化时代；一个挟带着无以伦比的超能力量，真正以迅雷不及掩耳之势便能瞬间瓦解和改变所需要的一切，令人百感交集却又身不由己，连真实的人生都能被摇晃的前所未有的浮躁时代。

所幸还有小说——这个文学门类中最坚不可摧的艺术形式，依然用它对人生悲悯的宽容和抚慰，让人的心灵还能保有一丝清澈和真诚。虽然文学板块在信息浪潮的强烈冲击下，不可遏制地发生着巨大的变化，但文学的真正重心和意义却是无法逆转的。

小说是叙事的艺术，要有真实的情感和人生感悟。它所要传达的永远是应该直达内心的深刻的思想性，只有这样，小说才会具有永恒的生命力。

新世纪的文学发展至今，已整整是第十个年头。面对纷繁复杂、剧烈变化的当下时代，小说家们无疑遭遇了前所未有的文学创作挑战。怎样挖掘和表现当下社会情状下的真实生活和思想，是他们所面临和思考的。带着这样的使命和情感，我们策划出版“21世纪小说馆”系列。

启动“小说馆”，力图囊括当下具有广泛影响力及切合当下市场因素的新锐作家和重要作家的代表作品，以当下风格、当下气派和文学价值观上的当下立场，来展示历史进程、社会变迁、当下生存与现实画景，尤其是表现思想的表情、真实的人性、人民对生活的自己的理解和安排。

挂一漏万，偏颇缺失也在所难免。但在当下的市场经济和社会转型下，这项文学工程将尤其警惕审美趣味的走低、语言的粗陋及想象力、原创力的匮乏，而特别倡导当代作家对社会责任的承担，对现实敏锐大胆的把握、对人精神深处犀利而透彻的挖掘、对当下国人复杂而多彩生活的表现、对未来乐观而坚韧的希望、以及对优美汉语言的精心重铸、传承启后。

如此，这方“馆”将会是欣欣向荣的中国文学事业的一个缩影，是生机勃勃的转型期中国小说界的一件雅事盛事，其文学价值和社会意义，相信只会随时间的推移而日益彰显。

静下心来，用一颗善感的心去阅读它们，去感受当下世相人生的脉动，则每颗心灵必多一份丰沛润泽。观照别人的人生心性，享受不可多得的愉悦，这或许是生命发酵的催化剂，生命便得以多出了酿造人生的时间。

是为前言。

目录

米线店

“木元……木元呐！”

回回都是天没亮，姆妈就在楼下的天井里一声长一声短地叫。姆妈生他的时候不到二十岁，涝水镇的人喊初为人母的年轻母亲为姆妈，崔木元倒是这样叫到了十七岁。习惯了，就姆妈姆妈地一直叫下去。

“木元——”

一声接着一声，听上去有气无力，根本不像个睡了一夜才起来的人的声音。仿佛就为了等着叫他，她在床上坐了一晚上似的。有气无力、却又不依不饶，一点都没有叫了这一声就不再叫了的意思。她从来都不在后面加句什么，比如毛二的娘：“二吧，起来啦！猪都下锅了，等你扒毛啦！”内容具体而确定。再比如郭兴他妈，索性会拎根棍子，“噼噼啪啪”地敲打床沿：“懒东西，我叫你挺尸！”每一声都如裂帛，丝丝缕缕穿云入梦，一街的狗都被叫醒了。

姆妈不，以前姆妈这样叫他起床上学，现在他成了崔家米线的老板，她这样叫他起床做生意。她从来都没有什么多余的话说，每一句“木元”都显示着她的隐忍、她的耐心。

崔家的米线店是涔水镇上的老字号。桐油油过的杉木大门上，“崔记米线”的匾额已经历了近百年的风吹雨打。米线店位于小镇最繁华的西街上，街后不远处就是涔水河。涔水河是条很小的河，窄窄细细的一条，安安静静地在水稻田和垂柳丛里弯来弯去。河里长满柔柔的水草，使得河水看上去有些发黑，即使是在雷雨季节，两岸稻田的月口“哗哗”地往河里灌水，它也是这样无声无息地静静地往前流。小镇在小河南岸像朵花似的打开，四条小街就像四片花瓣，夕阳西下的时候，金色的阳光抹过每一条街道，远远看去又温暖又柔软。过涔水河往北，是绵延起伏的太青山，小镇上要用的木材，吃的春笋、蘑菇、蕨菜、黄花，家家户户的竹椅，都来自那里。姆妈是山里人，二十年前嫁到小镇街上。崔木元到现在还记得和姆妈坐小划子过涔水河去外婆家的情景……姆妈也给他找了个山里姑娘……白!一家人都出奇的白！崔木元总是想起他和那个姑娘在她家屋后竹林的一次亲嘴……闷热的天气，淡淡的清苦的嘴唇，开满小花的黄荆条上满是嗡嗡叫的蜜蜂，嗡嗡嗡、嗡嗡嗡，赶也赶不走……

“木元……木元呐!”

崔木元很不耐烦地从床上坐起来。他十七岁了，双腿和胳膊都显得纤细而修长，是一个正在长身体的少年的样子。他有一个黑黑的长长的好看的脖颈，一双不大不小的远比同龄人安静的眼睛。朦胧的天光透过窗子，屋子里的桌椅，墙角的柜子和柜子上的一摞《金庸全集》，还有昨晚临睡前脱下来搭在床头的一条牛仔裤，全都成了一团团重重的黑影，从渐渐淡薄下去的夜色里凸现出来。楼下的天井里传来搬弄粗瓷青花大碗的声音，用火钳踢掉节煤炉盖的声音……炉火旺了，焖了一晚上的扎骨、牛肉、牛杂、牛蹄筋全都在各自的铝锅里呼哝哝呼哝哝地唱起来。天井一下子变得热气腾腾的，一股子辛辣的夹杂着药香的牛肉汤的味道冉冉向空中爬升，在晨风的吹送下向四面八方飘荡而去。左邻右舍就在这让人闻闻就鼻尖冒汗的味道里醒来，街上响起了错落有致的开门声。

崔木元在床上坐了片刻，夜晚的混乱在脑海里挥之不去。

“木元！”

姆妈一遍遍叫他，“嘣嘣嘣”的竹拖鞋的声音一会在后院，一会去了前厅。帮工菊珍也没有到，姆妈的声音里渐渐就有了一丝焦躁。父亲死后崔木元做了崔记米线的掌柜，可是他并不上心米线的生意，照旧是姆妈操心。姆妈给媒人说了多少好话，才给从山里定了一门亲。亲家有十亩上好的高山水田，做米线的稻子的价格可是一年一个样。崔木元不止一次听见姆妈跟菊珍说：“就像手里捧着碗香油哈，哪一步不得过细？”语气里有无数的凄苦。儿子、店子，都有操不完的心。她倒是没有想过她自己。

崔木元看到日光从暗红色的平绒窗帘里一寸寸渗了进来，屋子里慢慢升腾起一股不新鲜的暗败的气息……这使他无法不想到昨夜那女人，那沉甸甸的散发着熟葡萄气味的身体，那些超出他想象的女人的力……T恤往头上套了一半的时候，一种莫名其妙的沮丧令他控制不住，他把T恤往脸上一捂，非常委屈地哭了起来。

“姐，你猜我刚才在街上碰到谁？”菊珍比平时晚了一点，进门就笑着跟姆妈找话说。她一边飞快地挽着袖子，一边小心翼翼地看着姆妈，仿佛是怕姆妈不肯猜，又仿佛是怕姆妈猜不到。一个月一百多元的工钱，得卖多少碗米线！迟到了一会，好像是刻意偷了个懒，菊珍自己都有些不好意思。

“是亲家公哈！一篮子好春笋！怪道他家业好，是勤快人哈。”菊珍忙着摆桌椅，偷空看看姆妈，又看看刚刚下楼来的崔木元，脸上挂着讨好的笑。她焦黄的额头汗津津的，露出的一截胳膊上有几块拇指大小的淤青。

崔木元想：好个勤快人，快五十的人，为争水灌禾，还打断过人一根肋条。

姆妈吩咐崔木元：“等忙完了去买盒金芙蓉。”

亲家免不了会留几根好笋子送过来，厨房的横梁上还吊着几块腊肉，姆妈想着腊肉炖春笋，脸上有了些笑意。

崔木元走到厨房，看见烫米线的一锅水正在灶上冒热气，案板上一溜儿摆着几十只青花大碗，已放好各样调料。客人一进门，把院子里炖好的浇头提进来就可以开工了。姆妈和菊珍在院子的水池边清洗筷子，喊木元到院子里看毛二大清早送过来的明天要用的牛肉、牛蹄筋、牛杂。

“肉倒是比昨天的好。”姆妈说。

“啊呀大姐，现在像亲家姑娘那样老实的孩子不好找啊！你看看现在街上那些丫头，她们不怕丑哈，个个穿成这样……”回回说到她们，菊珍就从水池边直起身,一边对姆妈说，一边用湿淋淋的两手，在干瘪的前胸比划一下，又在捣衣棒似的大腿那比划一下。

就像被风刮跑了一样，镇上的姑娘仿佛是一眨眼就不见了。她们个个迫不及待长到十四五岁就往遥远的大城市跑，带着改大了年龄的身份证，插了翅膀似的飞奔到不可知的命运中。小镇则出现了越来越多的理发店、足疗店、录像厅，陌生地方来的陌生女人，穿着吊带衫，嘴巴抹得血红，坐在店门口招引客人。

提起她们，姆妈就把嘴撇得像把镰刀：“只要有钱，她们是只要有钱！所以我跟木元讲哈……”说着她瞟一瞟崔木元：“山里的丫头……我跟木元讲哈……”

山里的丫头叫青娥，念了四年小学，见了人就把头一低，一句话也没有……是他未来的白又软的媳妇。——经过了昨晚的荒唐，他突然悟到了她的这两样好处。又白，又软，是的，只是这两样，原来也是难得的。他蹲在装着牛肉的木盆前，不免有些酸楚。他想起来他和她的那次亲嘴……他把她按在她家屋后一棵新生的毛竹上亲的她，毛竹晃来晃去，她也晃来晃去，一声儿没有。蜜蜂倒是嗡嗡嗡地叫个不停，时间长了听上去像是有人起哄。没有多大意思的。

“丫头家呆一点不要紧哈，安安分分的，我跟木元讲……”

崔木元听姆妈滔滔地说着她，就起身把墙角的水龙头开到最大，“哗哗哗”的水打在满满一盆毫无知觉的生牛肉上，带出一缕缕的血水，抽丝一样越过盆沿往外跑。

客人渐渐多了起来。

崔木元在T恤外套了件白布衫，头也不抬地背对着店堂烫米线。炉火很旺，后背很快就汗湿了，湿了的白布衫勾勒出他单薄的脊背。头天晚上和毛二喝了一些酒，过了一夜他的头还是有些疼。做牛肉码子用的香药用完了，姆妈吩咐崔木元去买。大小茴、砂仁、中安、桂枝、甘草、陈皮、公母丁、花椒、三乃、十景香、甘松等二十多种，每一种都买一样多，熬汤的时候再由姆妈配好放进去。都放些什么、放多少，父亲死前父亲知道，父亲死后姆妈知道。

“跟毛伢子讲一声，这月的肉钱过几天再给。”姆妈从装香药的青花瓷坛里掏出用手帕包着的一卷钱，抽出一张二十元的给他请毛二喝酒。

其实他们刚开始只是喝了点啤酒，眼睛喝红了的毛二对他说还要洗头。“洗小头！”毛二很无耻地笑。毛二的媳妇不愿意了白刀子进红刀子出的生活。“一闭眼就听见猪嚎！”女人天天抱怨，不久跟人去广州打工。在城市过了一阵子，才知道没扯结婚证自己并不能算是什么人的媳妇。她很快就与一个做假冒化妆品生意的男人结了婚。“白给你生了个孩子！”女人离开时指着毛二的鼻子恨恨地说。

“两只脚的畜生不好找，两只脚的女人多的是！”毛二一边喝酒一边说。

“不就是一副下水钱么！”毛二又说。

于是喝完酒他们去了美里美发屋。一个有着两条桐油油过似的长腿的年轻姑娘把崔木元拉到里间，年纪大一些的那个女人连忙过来安抚直嚷嚷的毛二：“哥呐！各式各样哈，各式各样！”她拖着毛二到另一个隔间的样子，就像拖一头脾气上来了的牛。

店子里很快就嘈杂起来。镇政府的、派出所的、工商税务的、信用社里的工作人员、还有镇小学里的老师，几乎天天都来这里吃早餐。跟埋头吃光头米线（不加浇头的米线）的赶集农民相比，他们每每高声大语，使得店堂里热闹异常。好像国家在发给他们工资的时候，也发给了他们大声说话的胆量。姆妈和菊珍端着朱漆托盘，陀螺一样转起来。

这个早晨的中心话题又是郭兴，说话的是镇派出所所长黄坪达。

“有人在沙市看见郭伢子和那女人！”

黄坪达把一只脚踏在另一条凳子上，扒拉了几口米线接着说：“县刑警大队的人连夜赶过去，扑了个空，这狗入的跑得比狗还快！”这事的一波三折，再次激起了大家的兴趣。热烈的讨论吸引了路过的人，米线店门口很快也挤满了人。

黄坪达腋下夹着大盖帽，端着碗走到厨房，站在崔木元身边，一边“呼哧呼哧”地吃着米线，一边跟崔木元说：“你要有他的信儿，得报告啊！”崔木元不说话，只是往他伸过来的碗里扣了一勺香辣牛肉。“抓到了，他才晓得法字怎么写！拐人老婆，还把人打死，这在哪朝哪代都是砍头的罪哈！”黄坪达又说。

“年轻人，以为在外跑来跑去才是路，在家未必就不是路？跑来跑去，还不是只有亏吃哈！”跟进厨房的姆妈看看崔木元，又看看黄坪达，小声附和他。

“吃女人的亏！嗨！嗨！冯老师、王工商你们大家听着哈！女人不能打！打急了就能宰了你。”黄坪达站在厨房门口，从嘴里抽出筷子往店子里点了点：“越是不标致的女人越不能打！”这话让人想起了通缉令上那女人的大嘴，米线店里里外外的人都笑了。

菊珍把一只手腕直伸到黄坪达面前，说：“所长，你这话得跟我家那个死鬼讲讲。他说熄灯困觉哈，我就起身去看看小猪仔子吃饱没有，回来他就用烟袋锅打我，说我做事憨，费了电。”

黄坪达说：“你这婆娘实在蠢！喊你困，你还想着猪！男人这事急了，也是要杀人的！”大家又“哗”地笑了。

冯老师是个半秃顶的矮胖男人，镇上的孩子哪个没跟他念过几年书？所以他还关心另外一个人的生死：“所长，抓到那女人会不会判死刑？现在电视里都在讲少杀人哈。”

黄坪达说：“伙同奸夫谋杀亲夫，怎么着都是死罪哈！”

冯老师笑起来，像尊慈眉善目的菩萨：“公道！真正公道！”

崔木元在热气腾腾的厨房里听着人们的谈笑声，那些声音好像离得很远很远，他不由得想起了跟郭兴最后一次见面的情景。那还是在去年年初，郭兴在那女人丈夫的砖场打了一年工回家看娘，那时还没有发生后来那件耸人听闻的事。崔木元偷偷拿了些熟牛肉，还有一瓶父亲死前未来得及喝的德山大曲和郭兴直奔河边。他们找到一个稻草垛，掏出一个洞钻了进去。捂了一冬的稻草垛散发着温暖而潮湿的气息，他们把大半个身子埋在里面喝酒。稻田里满是开着紫色小花的云英，让初春的田野充满着勃勃的生气。河边的垂柳长出了米粒大的新芽，毛茸茸的枝丫在蓝色天空的映衬下像幅色泽柔美的水墨画。春节刚过，从附近的村庄里时不时传来几声炮竹声，“叭……呜!叭……呜”的声响像是一声声尖利的口哨。

郭兴窝在草堆里的样子看上去就像个孩子。尽管在外面的这一年时间里，他把自己晒得乌黑，握着酒瓶的手变得像铁一样硬。郭兴把额前的头发染黄了，蓬松地堆在左侧眉骨，以便遮住一条新添的从发际到眼角的红色疤痕。偶尔露出的这道疤痕会在一瞬间让他显得很不一样。

“外面的人，恶!”郭兴在喝了大半瓶酒以后开口说。

镇政府门前的公示栏里就贴着郭兴和那女人的通缉令。一尺见方的白纸，电脑打印的黑色照片。郭兴的头发都往上梳了，额头的疤痕像条黑色蜈蚣。不是很像他。女人总有三十岁了吧，看上去也就是个女人。以前郭兴的娘每次路过那都会哭上一阵。时间一长，她也不再哭了。一镇的人都认为郭兴是被女人灌了迷魂汤。

“童子伢!”一镇的人都这么说。

早市忙完了，崔记就像打了场败仗样的满地狼藉，汤水、纸巾遍地皆是。崔木元厌恶这样的场景，每次都是急急地奔出门去。这一回姆妈没有抱怨他，她看着他的背影跟菊珍说:“干净!干净得像个屎壳郎!”两个女人都笑了。

崔木元蹲在米线店门口，看熙来攘往的人流。他一手捏着一枝带滤嘴的芙蓉烟，一手撑在膝盖上。来往的人笑着跟他要烟，喊他老板。

街道两边有几棵泡桐树开了花，引来了一群群采花的蜜蜂。两只狗在树下撕扯，迅速地配对交媾。人人看了都笑着骂：“狗日的狗！”有好事者捡了石子扔过去，狗依然舍不得分开，以非常别扭的姿势跑远，一群半大孩子欢叫着追狗而去。崔木元看着这一切，心里感受到了春日融融的暖意。他想了想郭兴，想了想他那山里的媳妇……是多少人想要的媳妇。

他到镇上的百货店去，买了一盒金芙蓉，又给自己买了盒软盒的。过了这个夏天，就十八了，他可以有别样的打算。

菊珍的工钱可以省下来。

两个人也许会很恩爱。

想到这些，他从心里生出一丝喜悦来，使得他和刚起床时判若两人。路过美里美发廊的时候，他看见那女人正坐在门口晒太阳，嘴里咬着一只苹果。裙子照例是很短，她把两条桐油油过似的腿八字样伸出去，一只手按在两腿间的椅子上，一只手举着苹果。见到他，她突然把所有的动作停下来，含着一嘴的苹果看他。过了一会，她把脑袋往一侧歪了歪，又重新“咯吱咯吱”地咬起手里的那只苹果来，每一个动作都流露出平常妇人的柔软。崔木元表情漠然地走过去，心里奇怪女人身体的姿态，白天和晚上有着怪异而明显的差异，仿佛它们是怀着敌意而刻意走上不同的道路。

店子里已收拾干净，凳子都塞到了桌子底下，代代相传的松木桌子泛着温润的油光。日头红红地从敞开的门窗里照进来，几只苍蝇在光影里飞舞。崔木元穿过店堂向后院走去，刚要推开虚掩的院门，只听从里面传来姆妈激动的声音：

“……五个月了！还不晓得是哪个干的?我们家的媳妇！噢噢噢……我们家的媳妇！”姆妈控制不住呜呜地哭起来。

菊珍居然还没走，一迭声地叫姐，叨叨唠唠说着劝慰的话。

一个男人嘟囔着："秋收忙，就让她去后山放了几次牛，哪个想得到哈?"

"就放了几次牛……"男人犹豫了一下，又说。

人面桃花

一

下了一段时间的雨，往河边去的小路被野草吞没了。锯齿草、香泽兰、野葛藤和黄荆条遍地横生，根本看不出哪里是路。人几天没走，这些贱贱的草啊藤啊就迅速占领了一切可占领的地方。

“就是这里吗？”涔水镇派出所的所长王坪大把警服的领口扯开了，脱下帽子抡着扇。虽只到四月天，因为路不好走，又是下坡，走得都有些热了。

“可不就是这！那天她也来洗衣服。”说话的女人叫桔子，是镇上崔记米粉店的媳妇，一年前从太青山里嫁到小镇上。桔子拨开众人走上前去，很灵巧地跳到河边的一块大青石上。因为连日的雨，大半块石头都浸到了水里。天气好的时候，一镇的姑娘媳妇都在大青石上淘衣浆衫，过年过节，来淘洗宰杀好的鸡鸭，把不要的下水扔进河里喂鱼，大家说长道短，泼水打闹，往往使得这热闹异常。

镇上不见了一个女人，叫小美，是浅水湾足疗店的服务员。为了节省自来水费，洗脚店的毛巾都是由服务员拿到河里漂洗。

那天轮到小美，去了半天都没有回来，找过去一看，满满一柳条筐毛巾扔在河边的艾蒿丛里。老板黄咬银来报案时，手里还拎着从河边捡回来的小美的一只高跟拖鞋。派出所查了查，发现桔子是最后一个见到她的人。

“她跟你说什么没？”

“我不肖理她！我洗完衣服走的时候，她还蹲在这里发痴。”桔子的话引起了围观者的一阵哄笑。

很快有人证明桔子说的不假。倒闭了的镇机械厂有个工人叫王宝林，王宝林的娘在河边的高地上开了块麻将桌大小的菜地，碰巧那天她在地里栽辣椒秧，歇息时看见有个红色的影子往坡上移，而青石板那块有团白色的影子，直到她收工回家也没有动。桔子那天穿一件红色毛衣，而不见了的小美穿的正好是件白色西服外套。王宝林娘的脑子不太好了，但眼神还是够用的，穿针引线的活都还能做。

调查到此为止。准确地说这青石板才是最后一个见到小美的家伙。可是王坪大又不能问它，问它也不会说什么。桔子有什么必要害她呢？她做她的娼妇儿，关桔子什么？就算是桔子把她推倒了河里，也该漂起来了，就算是被冲到了下游，也会在下游漂起来，就算是被冲到很远很远的地方，也会在很远很远的地方漂起来。总之，在涔河里淹死的人是一定会漂起来的，可是这半个月的工夫过去了，这河里除了偶尔有被洪水冲断根茎的水草漂起来，什么也没漂起来过。

准是勾搭上么个路过的男人，又到别的么个地方去了。一镇的人都这么说。

镇上的人是放心桔子的。现在的年轻姑娘，有几个像桔子那样勤快、安心、乐意的呢？在涔水镇，人们去米粉店吃米粉的时候，店子里一般都有几大盆油炸干辣椒、酸菜、酸豆角和榨菜丝，任吃任加。每家米粉店的米粉的口感可能有不同，浇头的味道更是千差万别，但是任吃任加的小菜都一样的酸、一样的辣。桔子嫁过来后，崔家摆在店子里的几盆小菜很快就让人吃上了瘾。一样是酸豆角，崔家的酸豆角颜色硬是透着金黄，酸得特别好，辣得也特别好。有时还有一些难得吃到的精致小菜，叫人一尝难忘。就说夏天里田间地头长得挤密轧密的芋头杆子，以前谁吃它？乡下人拿它喂猪！桔子花很少的钱买了来，腌了腌，晒了晒，没事的时候坐在店门口，一边和人说话一边把它撕得细细的。第二天一大早，崔家的米粉店里就会有一盆拌了剁辣椒和太和豆豉的芋头杆，还撒了点芬葱末，倒上了点茶籽油，看上去有红有绿、有黑有白，吃到嘴里酸酸的、辣辣的，咬一口脆脆的、香香的，米粉都要多卖多少碗！桔子是在日子里用心用力的，涔水镇的人有自己的方法去辨别一个人是什么样的人。桔子就像条又平又直的马路，站在路口一眼就可以望过去老远，桔子能有什么？

桔子的丈夫崔木元却不这么看。这个不太做声的年轻人在千篇一律的生活里也时时怀有吃一堑长一智的戒心，不是出于谨慎，而是来自不彻底的甘心。姆妈在的时候，有一次他从外面回家，穿过安静的店堂走到院子门口，正要推门进去，就听见从里面传来戏谑的笑声："……石淑啊石淑，昨个半夜是你起来了吧，我听到楼上尿尿的声音，只听声音……嘿嘿，就知道是你……这是公公对儿媳说的话？他们家呀……"桔子正吃吃笑着跟姆妈说着什么，两个人都沉浸在无比的兴奋里，脸上有过节才有的表情。看见崔木元，桔子把头低下去，额前的头发流苏一样地垂下来。就像正走着的一条路陡然间出现了分岔，这条分岔神秘地向不明之处蜿蜒……崔木元顿时觉得桔子就像个深藏不露的探子，表面上看上去是个凡人，其实深谙生活中那些阴暗的秘密。

桔子配合派出所的调查从河边回来，看见自家的店门虚掩，厨房锅冷灶凉，一镇的人谁不是热菜热饭地吃上了呢？桔子有些生气，打开碗橱拿出中午吃剩的饭菜来热。崔木元从外面回来，一手撑在厨房的门框上，也不跟桔子说话，只是用看杀人犯的眼神看她。这让桔子很恼火，锅和锅铲、筷子和碗，碰出了一连串的声响。

是有几件事，让崔木元用别样的眼神来看桔子。冬天里店子清闲起来，崔木元有时会出去找毛二、刘四他们打牌喝酒，他回家晚了点，桔子的眼神就很复杂。有一次她拿了一张报纸给他看，报上一个女人用剪子剪丈夫的事被她用记账用的蓝色圆珠笔划了道道。崔木元觉得她是在警告他，当时她看他的眼神仿佛就在说："这样的事我也会做得出来哈！"去年下雪的时候，叫小美的女人来店里买米线，她穿一件白色过膝棉衣，哆哆嗦嗦地光着一节腿子，尖尖的一张脸一半藏在竖起的领子里。崔木元接钱时碰到她冰凉的手，蓦地让他想起一个人，他看她的时间长了一些，眼神直了一些，桔子就把手里正给他织的一件毛裤"啪"的一下拍在柜台上。桔子家里，她的爷爷、爷爷的爷爷，都是土匪一样的人！家里的盐罐空了，天一黑就钻到密密的松树林里去，专等从四川贩盐的过路商人，砍翻了往沟壑里一丢，在门前稻田的月口里洗干净手上的血，回家往床上一躺就呼呼睡到天亮。白天里下田插禾，上山狩猎，看上去都老实厚道。桔子的爸爸，换个社会，一样是会做土匪的人，五十多岁的人了，为争水灌禾，还打断过人一根肋条。

还有，桔子怎么早不说那天她见过那个叫小美的女人？非要等派出所的人来找了，才说。这事别人的婆娘都没份，偏就她有份！

崔木元想起这些，就在床上翻过身去，只把一个后背给桔子。

二

小美到哪里去了呢？有一阵子黄咬银想一想这个问题心就突突地跳，有好几次晚上做梦，小美就站在她的床前看着她，头发披散下来遮住半边脸。小美说：“你逼我！我死给你看！”说着小美一头往墙上撞去，黄咬银就在惊吓中醒来。王坪大有一次被黄咬银惊醒了，他打开灯，看见黄咬银呆坐在床上，脖子上的头发都汗湿了。黄咬银把头转向他，怔怔地看了他半天，说我梦见小美死了，浑身是血。黄咬银算是经过一些事的女人，经过了一些事还这样，王坪大很不屑，就说，婆娘家。

王坪大不是天天来咬银家过夜，方便来的时候才来，想来的时候才来，这样的情形他也就看见了一两回。黄咬银的房子在小镇西街上，底下两层是洗脚房，上面一层是黄咬银的卧室、卫生间、客厅，还有一间客房。客房是给乡下的黄咬金、黄咬铜准备的，他们不时会捉只活鸡活鸭到镇上来看黄咬银。房子还有一个后院，后院墙改成一溜四间平房，两间是给洗脚的服务员住的，一间是厨房，一间是专门煮洗脚药水和放洗脚木桶用的。服务员住得不宽敞，每间都挤了三四个人，可是后窗下不远处就是涔水河，晚上睡觉了，能听见流水声。小美来这里的时间有大半年了，没人知道她从哪里来，长的细皮嫩肉的，说她十八岁，行，说她二十八岁，也行。身份证上写的是赵小美，1988年生，湖南华容人。黄咬银知道那当不得真，她自己在广州的时候，就不叫黄咬银，身份证上的年龄也比实际小很多。

有一天王宝林的娘来找王坪大，说王宝林已经很久没给家里打电话了，辣椒秧都长了一尺高，还没个音信儿。王坪大问：“他最后一次打电话是什么时候，有没有说跟什么人在一起？”王宝林的娘说不清楚，只是从怀里掏出一张复印下来的汇款单，上面写着：妈，我现在韶关天姿美容美发学校速成班学习，学成我就回来开美发店，怎么都得养活你。宝林。时间是半年前。王坪大把汇款单压在办公桌的玻璃底下，叹了口气，说我想办法去函跟那边联系，一有消息就告诉你，你要放心。

王宝林的娘连说放心，我晓得你不得哄我。

快下班的时候，王坪大在山里当乡村医生的妻子金满给他打电话，说这个周末不回来了，寺里有佛事活动。以前孩子小，王坪大可以拿孩子说事，现在孩子到县城上高中，住校了，王坪大听着电话，茫然地望着办公室墙上的“八荣八耻”，一句话也说不出来。现在妻子说“寺里”比说“家里”还多，王坪大毫无办法。妻子说的寺是指夹山寺，有大量史料证明夹山寺就是闯王李自成埋名终老的地方，香火因此旺得很。王坪大自己也说不清楚，他的妻是从什么时候开始信佛的，他抓捕逃犯时受过几次伤，以前妻是为他担惊受怕，偶尔去烧个香，为他求个平安，近些年来就有些把寺当家了，动不动就佛事佛事的。王坪大就想，老要别个放心，自己的心又该怎么放呢？

到了晚上王坪大就又去了黄咬银家。

睡到半夜，黄咬银又被梦惊醒了。她跳下床，浑身汗津津地立在窗边。窗帘上的滑轨坏了一个，窗帘怎么也无法拉拢，始终豁着一道口子。黄咬银就从这道口子里往外看，街对面就是崔记米粉。月亮很大，照得一街的房子都像水洗过一样……小美这样的怎么都不得自己找死，黄咬银觉得就像了解自己一样了解她。过了一会黄咬银回到床上，黄咬银轻轻地说，咳！

王坪大睡得呼呼的，俨然是另一个世界的人，对周围的一切毫不知觉。

黄咬银在床上坐了一会，伸手把王坪大的一双脚抱过来放在胸前，从足背的临溪穴一路揉捏下去。王坪大的双足陷在黄咬银绵软的胸前，不一会，他就在一阵接一阵的酥麻中醒了过来。

你说，小美，会不会，是让桔子推到河里去了？黄咬银把声音压得低低地问，很迟疑地，仿佛是在提及一件令人羞于启齿的事。

月光从窗帘的豁口淌进来，照得屋里影影绰绰地，黄咬银披散着头发，显得有些鬼魅。王坪大想怪得很，两个女人都是狠角色，都是日子变成了刀子也趟得过去的主，相互间却哪么都对不上眼。他把被子撩到一边，松软地摊开了两手两脚。等黄咬银爬到他身上后，才嗔怪地说："没的证据，乱讲！"就像一个仁厚的长者，语气里有非常多的慈爱。

早上，崔家的米粉店里总是汇集着这镇上的各色人物，黄咬银爱那样的一种热闹，尽管看到桔子不是件蛮愉快的事，但黄咬银还是常常到崔家的米粉店去吃米粉。日子反正就是那么回事，所有的痛、所有的不舒服都是要像辛辛苦苦赚到的钱一样掖起来的，高兴的事、好的事才可以像粉一样搽到脸上去。

有时黄咬金或者黄咬铜来了，黄咬银也带他们去。除了给他们要碗牛肉的，还要一碗牛杂的。他们回回吃得满头大汗、心满意足，回去后对乡人说上好几天。老一辈的乡人想起黄咬银的三病四灾的父母，就说幸亏哈，幸亏黄家养了个女儿，不然哪么下得了地。黄咬银的父母最后也都是各自睡了一幅漆得黑亮的杉木方子，体面地躺到了向阳的坟地里去。这一点，黄咬银自己也安慰得很。

黄咬银从不让这兄弟俩在自己的店子里洗脚。兄弟俩也还是识趣的，连带着他们的妻，他们的儿女，进了院子，带来的鸡鸭、头茬的瓜果蔬菜、有时还有新轧的菜籽油，顺着墙根儿放好了，直接从院子里的简易楼梯爬到三楼去。叫了，才下来，不叫，安安静静一坐就是一整天。回去的时候，倒空的尿素袋化肥袋重又塞得鼓鼓的，侄儿侄女的换季衣服，割稻时请人帮工要用的芙蓉烟、谷子酒。如果赶上过年宰杀的年猪小了点，腊肉吃完了，还得割上十来斤的鲜肉续上。菜市场的烧饼、娃糕带到乡里，也是劳作间隙时的好吃食儿。黄咬银想起这些年来咬金的房子、咬铜结婚时的花费，想到自己三十多了孑然一身，就一边张罗，一边恨恨地："前世欠你们的，前世！"说得大家都讪讪的。碰巧来的是嫂子的话，这嫂子就一伸手拖过来一个孩子，"啪"的一巴掌拍在那孩子的小屁股上："也就是自己的姑，亲姑！记住点儿哈讨债鬼！"说着动了情，想着彼此日子的不易，挨打的讨债鬼没哭，打人的倒落下泪来。完了黄咬银又把几十元纸币卷成小卷儿，塞到这落泪的人的手里，四只手推来推去地捂到一块，彼此都感受到了打断骨连着筋的亲情。

其实有时黄咬银生气，也并不完全是生哥嫂的气。就说她带着家里人去崔家的米粉店里吃米粉吧，别人进了店，桔子打着招呼，扎扎实实地给笑脸。他们进了门，桔子一样是笑呵，但那笑又分明是给别人的，各处绕了一圈，最后才捎上他们。

来了啊？桔子说。通常她只用了一点余光瞟瞟他们，笑脸儿就飞快地迎向了别的人别的地方。

来了。临了黄咬银还不得不答。

小美在的时候，动不动就跑进来说，桔子家里来人了！

黄咬银发现，桔子家的人来了，笃定是要搬只小竹椅儿坐在店子门口的，也不见得和街坊们扯什么。就说桔子她爹，灰布裤子卷到膝盖，黄胶鞋上一样粘着红泥巴，四平八稳地往店前一坐，吧嗒吧嗒地抽着旱烟叶子，一副旁若无人的样子。一对儿箩筐就撂在门边，来往的人谁不得跟他打个招呼？就着箩筐里的春笋、蕨菜扯上两句，没有不爱听的。桔子的爹也是谁都瞧不来的样子，一开口就笑乡邻扯个塑料棚，吃得四季颠倒。有一回他指着别人菜篮里反季节的黄瓜，说没见过日头的东西，我就不吃这种背时的货！街上的人都笑他。

一样是乡里人，偏就他们是那样儿的。爹种田，她种田，嫁了个男人，男人卖米粉，她卖米粉，还不都是靠男人吃饭？一街的人就她那样看人，仿佛别人是妖是怪，她一眼就要把人打回原形。那样的眼神，杀得了人！

三

小美来镇上一段时间后，人们才知道来了个洗脚的丫头叫小美。那一年的秋天来得悄没声息的，往年立秋一过，天就跟漏了似的一天接一天地落雨，一场雨一场凉。这一年不知不觉地，就像猫儿踩过屋脊，像风儿吹落杨花，轻轻地慢慢地，天高了，风凉了，太阳不灼人了。人们意识到夏过了，秋来了。这不，门前的梧桐开始往街面上掉叶子了，乡民们忙着收割水田里的晚稻、旱田里的棉花、玉米，来街上的人少了，街道变得悠长而空旷了。街上的女人就在店门前支起桌子打晃晃（麻将的一种玩法），一坐就是一整天，每一天都长得像涔河的水一样望不到头、望不到尾。

足疗店的姑娘们很少跟街坊们来往，她们要出来也是结伴而行，仿佛是知道自己与别人是不一样的。她们走出门来，个个寡言少语的样子，只是眼神要比一般人活泛很多，像不小心摔到地上的水银，到处滚来滚去。她们中似乎有人还共用一个名字，叫兰菊的，高一阵、矮一阵，又胖一阵，就好像名字只是顶帽子，张三戴得，李四也戴得。黄咬银时不时站在门口数落她们其中的一个："笨啊，多少遍了，还分不清太溪穴、大敦穴！像我们做正当生意的人，没有两下子你赚么子钱！赚哈欠！"听起来她比这一街卖米粉卖百货卖五金的都来得正当，被她数落的人也没有一个作声的。有一天她站在门口呵斥一个蹲在树底下喂猫狗的姑娘，姑娘不耐烦了，一扭身进去了，把店门上的帘子推搡得哗哗乱响。黄咬银愣了下，才说："这个小美！"人们才知道那个喂猫狗的姑娘原来叫小美。小美没事就拿了剩饭喂街上的猫狗，弄得一镇的猫儿狗儿都往西街跑。

人们开始说，这小美，长得倒像一个人。就有人跑到北街去对宰杀猪牛卖肉的刘四说，有个小美长得好像你姐春儿呢！刘四把剐肉刀一扔，过来看了一眼，说个卵，眉眼有一滴滴像，身个儿差得远了。

留在人们记忆中的十七岁的春儿要单薄许多。

春儿上小学时和崔木元一个班，小时候的冬天冻得死人，屋檐上倒挂着一尺长的冰棱。冻不过了，瘦小的春儿会把一双冰凉的小手塞到崔木元的袖筒里取暖……崔木元有时候会想，要是春儿不去深圳的铁厂打工，而是在足疗店，又哪么会得破伤风死呢？一些场景崔木元并没有亲眼见过，但一幕幕仍宛如亲历：春儿举着失去两根手指的右手去找老板，老板说小小事啦，珠江三角洲的断指接起来有两万五千里长啦，去隔壁诊所包一下就没问题啦。

崔木元经常隔着条街看小美喂猫喂狗，一街的哗哗哗地抹麻将的声音，这声音将崔木元与小美漂浮起来，其他的人离得那么远，崔木元的思绪也就跑得那么远。

小美会让崔木元想起春儿，想起从前的一些事，从前那些初春的晚上……轰隆隆的雷声常常叫人无法入睡，好容易等到天蒙蒙亮，戴了斗笠，穿了蓑衣，一路踢着水花跑过歪歪斜斜的小巷去叫春儿。雨使得涔水河充满着无数大小不一、高低不同的美妙声响，从稻田、从小树林、从长满盘根草的地上汇来万千条的细流，各自或浅唱或低吟地奔向涔河。满肚子都是鱼卵的鲫鱼逆水而行，它们往往选择稻田的月口往上顶，不时地发出吧嗒吧嗒的声响。崔木元站在齐腰深的水里，用簸箕撮住一条就往岸上扔。鱼在草地上跳跃，春儿咬着嘴唇用力摁住了，折下一条刚长出新叶的柳枝从鱼嘴到鱼鳃里一穿而过。挂在柳枝上的鱼不甘心地甩动尾巴，溅得她脸上都是水，春儿抬手一抹，就会露出特别干净的一张脸——这是崔木元到现在还记得的。

他倒是没想过什么爱情不爱情、幸福不幸福的，事实证明人活着有些东西是不用去想的。因为这些东西有它们自己的命运，有时候它们会像棵南瓜秧，刚钻出土，就被咯咯叫的鸡啄去了，你就是想破脑壳又有什么用呢？

小美不见后，那些猫儿狗儿围着树转了两天，就各自散去，按老法谋生去了。镇上的年轻媳妇给孩子把完屎，“喔哦喔哦”地叫两声，几条街的狗都过去抢食。毕竟是畜生，谁也不知道惦记。

四

桔子被派出所叫去配合调查后，崔木元有两三天都没和她说话。早上忙起来手碰到手，晚上困觉头挨着头，依然不说话。崔家几代人都做米粉，他们做的牛肉米粉在这方圆几十里是出了名的。崔木元十五岁那年父亲生病死了，他退学回家开始学习挑选大米、泡洗牛肉……

牛肉进店立即用铁钩挂上，分老、嫩、肥、瘦切成一斤左右重的块子，放在清水里浸泡。冬天泡三小时，夏天泡一小时左右，再用清水反复漂洗，挤压，直到水清。

然后捞起，用祖传秘方配制的香药煮熬，所用的香药有二十多种，用纱布包好放在炉锅底部，上面放牛肉，炉锅不加盖，让牛肉的腥味散发出去。

煮熬时汤中有血泡浮起，立即将血泡舀出，同时根据牛肉的肥瘦加放适量的牛油以增鲜味。

牛肉煮到手指能捏烂时便捞起，摊放在器皿内，待冷却后切成小块，以备做油码。

在煮熬了牛肉的汤内加入二分之一的清水，再行烧开，然后收尽浮油，澄清汤汁，使之透明晶莹。

再将清汤舀进另一只炉锅，作为原汤，下粉时加放在米粉内……

一步也不能少，一步也不能错。

他本来就是一个说话很少的人，每天这样子，不免时时从这种日常的劳作里感受到一种无法言喻的损伤，因此他看上去简直有些小镇上的人看不大懂的忧郁。

知子莫若母！姆妈在的时候，时不时会说："就是上个大学又怎么样哈！"他原本也是有一些年轻人张狂的想法的。姆妈去世前给他娶了桔子，结实的、标致的、对生活兴致勃勃的桔子快乐地承担了泡洗牛肉的活计。她的热情从哪里来呢？崔木元有时会觉得她像一条他无意中闯入的隧道，昏暗的灯光只能照亮脚尖前的一点地方，后面有过什么、前面会有什么，通通无法看清。

不说话的日子过得是那么慢，但桔子对自己说：懒得！

这样又过了几天。

这期间崔木元和毛二、刘四他们打了几场晃晃，输了五十多元钱。桔子做了好几十斤的米粉，泡洗了好几十斤的牛肉，还给院墙下种的两棵南瓜秧浇了水。一天下午她端了一盆大米坐到门口去，一边拣米里的石子，一边看街上来来往往的人。米是陈米，今年的早稻刚刚开始晒田，河对岸的稻田通通扒开了月口，肥沃的田水带着被乡民们拔断根茎的鹅毛草流向了涔水河。桔子想起了这时节山里的绿豆菌、烂窝菌，嫩嫩的蕨菜、竹笋、豌豆尖，还有一推门就可以看见的满山坡的白色桔花，眼眶酸酸地就有些想哭了。

“我脏了我的手，一巴掌把她嫁给了河神！”桔子赌着气跟自己说。

“就是把她嫁给河神，河神又未必肯要她！”桔子想着想着又笑了。

过了一会，桔子一抬头，看见街对面黄咬银倚在大门框上，一边嗑瓜子，一边笑吟吟地看着自己。

桔子把下巴抬了抬，迎着黄咬银的目光看过去。

两三秒钟的光景，黄咬银就败下阵来，张了张嘴说道拣米哈。

晚上桔子就把圈在院子里养大的一只芦花大公鸡给杀了。崔木元只是走到门口，就闻到了鸡肉香，他想这是发什么神经，这鸡报时比睡房里那只万事达钟还准，一年来夫妇俩总是鸡叫三遍起床，从未耽误生意，桔子把它当个宝的。他想问的，鸡吃完了也没说出口。桔子看他吃完饭，把碗一推进了厨房。等她出来时她手上多了把刀，崔木元还未回过神来，桔子就把刀“嘭”一下扎在桌子上，刀上尽是鸡血，还粘着几根柔软的鸡毛。崔木元吓了一跳，他仰着张没一点血色的脸，看着面无表情的桔子说：“怎……怎么，杀夫哈？”桔子撇了撇嘴角，说你还会说话啊！

崔木元松了口气，想真是土匪窝里蹦出来的哈！为这点事动刀子！其实他刚进门时就想跟她说话的，一下子没开得了口。下午和毛二他们玩麻将，毛二说昨天赢钱了就去浅水湾洗脚了。毛二笑得极其暧昧。大家就哄他，问他搞没搞，跟哪个搞的，搞的怎么样之类的话。毛二说搞个卵，进去没两分钟婆娘就进去了，最后自己没洗，伺候婆娘洗。大家就笑他怕婆娘。“不过还是有蛮大的收获的”，毛二笑得很诡秘，说：“给我婆娘洗脚的丫头进门时骂骂咧咧地，说什么逼死了人还有脸来。我婆娘就过细地问她。”说到这，毛二笑着闭嘴不说了。大家急了，把住麻将不打，逼着毛二说。过了一会，毛二说：“有钱人哪么玩你们只怕想破脑壳也想不出！有个在山里开煤矿的老板看中了那个小美，要小美，舔……舔他的脚！小美那个丫头说X可以，舔不行，给多少钱都不行。黄咬银就打她，说不让X可以，但这么松快的事不干，就是成心砸她的生意。小美撞了一次墙。”几个男人听了半天说不出话来。

崔木元想到这，就说：“小美……”

他刚一开口，桔子就打断了他，说别跟我提那些娼妇儿！以往桔子一说娼妇儿娼妇儿的，崔木元就会说积德哈，人家也是要吃饭。桔子则会说就那么要吃饭！这一次崔木元不吭声了，桔子微笑着，端详了崔木元半天……她想起那天的小美，穿了件白衣服，看上去漂亮得很！可笑的是去河边还穿着高跟鞋，摔了一下就坐在地上像个孩子似的哭个没完……娘说的没错，男人喜欢的不是女人的好。想到这里，桔子叹了口气，不紧不慢地说：“你要是不想和我过了一定要直说哈，要过就好好过。”桔子停了停，语气里突然就充满了伤感：“不好好过还不如就拿这刀扎我呢！”桔子看上去都有些哀伤了。崔木元想起这一年多来桔子的勤谨、辛劳，就有些羞赧地低下头，说哪能呢！

五

天气一天天热起来，人们脱掉夹衣，穿上了单衣，后来又脱了单衣，穿上了短袖。人们先是吃了几次豌豆尖，后来又吃了几顿猪油煮的嫩豌豆，日子一天天过下来，渐渐就把一些事给忘了。

有一天浅水湾足疗店的服务员从墙角的柜子里掏出一个红色拉杆箱，黄咬银歪着头想了半天，才想起是小美的。黄咬银让人拧开箱子上生锈的小锁一看，满箱子花花绿绿的衣服，有小美穿过的，也有她没穿过的。黄咬银在箱子底下还发现了一张照片，小美一手叉在腰上，一手攀着枝开得艳艳的桃花，笑得又神气又娇俏。

足疗店里来了走走了来的姑娘多的是，可谁也不会把箱子丢在这里不管。出门在外，箱子跟家有什么分别？黄咬银于是又有一阵子觉得小美就在河边，只要派人去喊，就能回来。

六

大约到了乡下双抢的时候，韶关市公安局给王坪大来了函。王坪大展开一看，只见上面写着："无名尸体未查到。"

王坪大当时刚在崔记米粉店吃完一碗牛肉粉，他一手擦着汗，一手拿着信函研究了半天。后来王坪大说，那个美国，听说每年有无数的人失踪，光孩子一年就有八十几万不见了呢。

涝水镇两万多人，八十除以二……哦哟！周围的人一拍巴掌失声叫了起来，一年不见四十个涝水镇！四十个涝水镇的人要是都站到涝水河里去，河水只怕会漫到太青山里去。看来那个美国真不是人去的地方哈！

王坪大又说，一个人突然不见了，有时也是件正常的事。长着腿，现在又是自由社会，想去哪去哪，政府也管不了的——哪里管得过来嘛！

可是大家还是不明白，那些人都去哪里了呢？就是把他们都埋了，那也得挖多大的一个坑？一个活人怎么可以说不见就不见了呢？

王坪大最后说，也有这样的人，活着活着突然就不想让人找到了，他（她）换一个地方，活另外的一世人。说这话时他想到了他的妻，不久前已改名慧净。那个叫金满的分担过他许多惊吓、给过他许多温暖的女人，剔亮了佛前的银灯，彻底从他的生活里消失了。

绿浦的新娘

是四箱四柜!

李兰珍进门撂了这么一句，就直奔厨房去喝水，她是真渴坏了。今天歇班，吃过早饭就到南大街看新嫁娘，去了大半天，一口水也没喝，嗓子干得都要冒烟了。迎亲的队伍本来晌午就该回了的，听说新娘家的人见队伍里没有自行车，怎么也不肯给新郎开门。飞跑回镇上的一个机灵的小伙子，到镇政府王秘书家借了一辆永久，用红绸子扎了朵花挂在车把手上，骑着又飞一般地出镇去了。

四箱四柜，意味着还有六床铺盖，八身四季衣服，十二把椅子，其他诸如雕着并蒂莲的洗脸盆架子、镶着水银镜子的梳妆台、配棕垫子的雕花坨床、上了红漆的松木方凳等零碎东西，一样也少不了。乡里人往往还有一只同样上了红漆、用金漆描了喜鹊登枝花样的尿桶。这是最隆重的嫁妆了。

李兰珍的丈夫梁裁缝没有答李兰珍的话，埋头踩缝纫机。哒哒哒，哒哒哒哒……他是一个略微驼背的寡言少语的年轻人。

李兰珍捧着大茶缸从厨房出来，倚着门框站着，若有所思地看着空无一人的街道。街道边的梧桐树上净是黄尘，叶子被太阳晒得打着卷儿。平时总有几个小女孩头上扎了红的绿的绸子，在街对面的树下跳用粉笔画在地上的房子。她们总是吵吵嚷嚷的，尖细的嗓子飘起来，就像在头顶甩来甩去的鞭子。今天因为南大街有一场婚事，小孩子们也找到了新的消遣，她们就像接到了一个不容违反的命令一样，不约而同地从这里消失了。新郎家在靠大门的墙边摆着茶桌，用一种叫“一匹罐”的野生茶叶泡了一大缸的茶水供大家饮用。这种一匹叶子就能泡一大杯水的茶叶最能去肠脂、消食利下，这对马上要享受一场盛宴的客人来说是必不可少的，但对一个怀有身孕的人是不合适的，所以李兰珍一口也没有喝。新郎是镇肉食店的毛二师傅，因为办喜事，他家的后厨里堆着一盆盆的猪蹄、肘子、坨坨肉，一锅锅的羊肉熬黄花菜、牛肉炖南粉在节煤炉上“咕噜噜咕噜噜”唱着歌，一碗碗的扣肉、扣猪肚在灶上的屉笼里冒着诱人的香气。客人们围在前院拉东扯西，孩子们就在人丛里钻来钻去地找地上未炸的鞭炮。大家都怀着激动的心情等待着新娘到来，好让一场盛宴赶紧展开。看热闹的人们聚在毛家的大门口，纳鞋底的、织毛衣的，东家长西家短，听上去嗡嗡声一片。毛二师傅这次是二婚，头一个妻子生孩子时难产死了。孩子太大了，女人生不出来——太多的油水对孕妇来说未必是件好事。这是人们从毛二师傅的第一次婚姻里得到的教训。

那个机灵的小伙子骑车出镇去了以后，围在新郎家门口等着看热闹的人们议论开了。新娘家在一个叫绿浦的乡下，距镇上有七八里地。一个乡下人，脾气还这么大，这是镇上的人没有料想到的。从乡下嫁到镇上的女人，从此喝上了自来水，不用在田地里劳作，远远地躲开了风吹日晒，等于是从泥地里直接跳到了金砖地上，哪个不是欢天喜地的？七八里地来回折腾，误了时辰也不顾，看来是嫁妆给她撑了腰。嫁妆一定薄不了。人们的意见很一致，看热闹的兴趣更大了，好像有巨大的不可预知的惊喜在等着他们。

一般的人家嫁女儿，两箱两柜是很常见的。也有稍贫寒些的人家，一箱一柜的，嫁妆少，新娘就怯得很。去迎亲的新郎喝过茶，散了一把包得薄薄的红包，喊一声“起！”新娘就得眼泪汪汪地出门跟他走，哪有什么脾气可发？送亲的姨母、姑表姐、姨表哥也都好说话、好伺候，不会格外地为难新郎家。

“嫁妆少不了！”知客侍张和平很肯定地说。张和平是这一带有名的知客侍，他曾到新娘家所在的村子里做过活，知道新娘的爹是一个手艺了得的老篾匠。

“家底扎实得很，姑娘又长得好，就想着要她嫁个街上的人呢。”

张和平的这句话就像给大家吃了颗定心丸，让大家可以放心地将这一场热闹等下去。张和平从一大早就开始忙前忙后了，要照应毛家的远亲近邻，递烟、倒茶；要打发人去四邻借椅子、借碗筷；后厨的师傅那也不时要叮嘱一两句，还不忘招呼看热闹的人们喝茶，周到得很。知客侍的口袋里一般会装两种烟，一种好的，一种一般化的，什么人递什么烟，弄错了也是件不得了的事。李兰珍注意到张和平左边口袋里是不带滤嘴的软盒芙蓉，右边口袋里是带滤嘴的硬盒芙蓉。毛二家用的烟还是不错的，在镇上也算得上是中上水平了。新娘进门后会有一个饮茶的仪式，饮过茶，才能开席。毛家已经在堂屋里拼了两张八仙桌，桌子用红色的平绒布蒙了，上面摆着桂圆、花生、枣、手切的芝麻糖、花生糖——这些东西都是有讲究的，不是什么东西都可以往这桌子上摆的。知客侍还有一个重要的工作，就是要主持这个仪式。一般来说，新娘子得和新郎并肩在上首坐着，连大门口都挤满了人，她要在众目睽睽下和一个男人挨得近近地坐在一起。她太害羞了，往往会绷着脸，会有些不配合。有的时候呢，新娘子还会抹眼泪，显出有些伤心的样子——她刚离开娘家，从此要和一个男人一起开始一种新的生活，而且这个男人还会把她从姑娘变成个媳妇。如果她兴高采烈的，人家会以为她老早就盼着这一天呢！等她做了孩子的妈，大家还会在背后议论她。所以，饮茶仪式上的新娘的工作都不是那么好做的。当然，一个好的知客侍能把新娘说得扑哧一笑。新娘子笑了，接下来就好办了，让童子伢给她在胸前别红花她也会配合些，她顶多是有些扭扭捏捏，不至于推推搡搡的了。饮茶这一关过了，晚上的洞房就好闹了，洞房闹好了，接下来新郎的事也就好办了——就是这么个过程。张和平主持过的饮茶仪式没有不成功的，也就是说新娘子没有不笑的。他是有一套的。

李兰珍在门口站了一会，很快就觉到了一些累，于是她回身坐在了倚在大门边的一张小竹椅上。近一段时间来，她时常觉得腰腹肿胀，她自己感觉到了异样。可是又不好跟梁裁缝说，一来裁缝话少，二来万一不是呢？昨天她鼓足勇气跟邻居赵婶娘说了说。结婚半年了，有这么回事按说也是合情合理的，可还是羞得不行。赵婶娘连说这是一准的事，得让裁缝知晓知晓。今天赵婶娘也看新娘子去了，怕是想不起来这回事了。自己该怎么跟丈夫梁裁缝说呢？李兰珍把茶缸放在竹椅边的地上，伸手从梁裁缝裁衣服的案板下拖过来一只竹筐，筐里全是裁衣服剩下的碎布条。李兰珍用浓米汤汁子把碎布条粘在一起做鞋垫，在粘好的鞋垫外裹一层好的白细布，就可以用五色丝线在上面绣出人平安、绣并蒂莲、绣连理枝……李兰珍绣的是竹叶，用了嫩绿色的丝线。她是给丈夫梁裁缝绣的，梁裁缝结婚以前的鞋垫都是绣竹叶的。

张和平这个人，相当有意思。李兰珍说。

她的丈夫梁裁缝没有答话，埋头踩缝纫机。哒哒，哒哒，哒哒哒哒……

按涔水镇的习惯，饮茶仪式过后才能开席，这样大家可以带着饮茶时的愉快心情饱餐一顿。饮过茶的新人也会出来挨桌敬酒，与各位亲友相熟相熟。到了下午一点多了，迎亲的队伍还没有回来。大家都有些饿了，客人没有办法，只有继续等。看热闹的人就不一样，有的飞跑回家去热了点隔夜的饭菜吃了，有的人原地不动，陪着客人一起等——万一刚一走新娘子就到了呢？李兰珍饿不得，她也懒得回家，就在街口的店子里买了两个发饼，把自己喂得饱饱的。她坐在街沿下的阴凉里，一边吃发饼，一边听女人们讲男人的事、讲孩子的事。讲到男人呢，她可以哧哧笑着插句嘴，她说“我屋里那怪物”——她在外面这样说丈夫梁裁缝，说他对镇上的一切热闹的不在意。讲到孩子呢，她就留神听着，听到的一切让她觉到了一种新鲜的紧张。

有人饿着肚子，气氛就没有先前好了，热闹喜庆里渐渐有了一丝焦躁。有位来做客的母亲按捺不住了，去后厨里舀了饭给孩子吃。一碗米饭上颤悠悠堆着冒尖儿的坨坨肉、肥肠、黄花菜炖羊肉，这孩子吃得撒着欢，坐在小竹椅上小胳膊小腿一阵踢弄——这使得那些饿着的人更加受不了了。张和平也有些撑不住了，他不再跑前跑后地忙乎，而是晃着一条腿坐到了一张长板凳上。他看了蹲在竹椅前给孩子喂饭的女人一眼，说：“这位女同志，你这样做是要不得的，你这个样子，是永远也入不了党的了。”那女人麻利地答道：“滚一边儿去吧，老东西！我这是在给革命的下一代喂饭！”

张和平不简单，他马上说到："我这革命的还没吃呢，你倒给革命的下一代喂起来了。"他说完冲周围的人挤了挤眼。周围的人"哗"地笑了起来。

李兰珍和梁裁缝结婚的时候，知客侍也是张和平。李兰珍绣着鞋垫，想起那天张和平在饮茶仪式要梁裁缝亲她时的情景。他们的情形有些特别，梁裁缝是上门来了，他有些放不开。一对童子伢上前给他们一人别了朵皱纹纸做的小红花后，张和平拍着巴掌说："现在我们热烈欢迎新郎表一下决心！"这种场合说表决心就是要亲一下的意思。梁裁缝勾着头，满脸通红。张和平说："你再不表一下我就代替你表了！"众人于是笑得乱作一团，李兰珍自己也忍不住笑了。就有人上前去把他们的头扳到一块，他们在大家的帮助下鸡啄米似的来了这么一下。

梁裁缝的铺子位于小镇东街。东街的房子都是公房，李兰珍已故的父亲曾是镇供销社的职工，所以她家分到了一套前后三间带一个小后院的房子。她和梁裁缝结婚后，就把朝向街道的那间堂屋改成了铺子，人们只要从这条街上走过，就能听到"哒哒哒"的踩缝纫机的声音。毛二的家在南街，隔着一大片灰蒙蒙的房子，隐隐约约还能听到小孩子们的吵扰声。饮茶仪式上放了一些气球，现在这些气球让孩子们乐疯了。

毛二终究是娶了个乡下女人，李兰珍想。他以前也是打过她的主意的。

镇上的人娶一个乡下姑娘，大致是这样一种情形：镇上这人虽然吃商品粮，但某些方面是有点问题的，比如脑子不太好，或是手脚有些不利索，或是像毛二这样，什么都好好的，就是前头有过一个——终究是件让人忌讳的事——找一个同样吃商品粮的女子困难，那他们就会去乡下找一个长得水灵水灵的，模样儿性情儿都拔尖儿的。在大家看来，这是另外的一种门当户对。

李兰珍有个不错的工作，是镇供销社的售货员，而且是布匹柜的售货员。这意味着她经常要站在一个花花绿绿的玻璃柜子前。柜子里立着一卷一卷的花棉布、竹布、灯芯绒、涤纶、的确良、卡其布、哔叽呢，看上去繁花似锦的样子。玻璃柜的前边是一个漆成猪肝色的木柜台，李兰珍的个子不高，如果她坐着，站在外面的人会看不见她，所以她经常站着。她站在柜台里，猛一看去，就好像她的下巴是搁在前面的柜台上似的——李兰珍十二三岁的时候停止了长个，就好像憋着一口气，这口气不能往上走，就从身体的其他部位慢慢鼓了出来，脸、胸、臀、大腿，饱满得带着蛮力。她母亲去世早，父亲后来也走了，她一个人住在别人住三代人的房子里。倒是没有人敢欺负她。街上的一个二流子冲她打了个响指，她啐着口水骂这人的娘：呸！呸！狗娘养的！骂完了这人的娘，接着再骂这人的老子：呸！呸！狗入的！李兰珍个子小，只略比柜台高一点，可是她的本事弥补了这些。来人要买棉布，她踮起脚从柜台里扫他一眼，说三尺三就够！买回布去做成裤子，洗洗一缩水，上身刚好。她知道自己没有人可以靠，她只有她自己。

毛二师傅曾给她送过猪筒子骨。李兰珍绣着鞋垫，想起来这回事。有一阵他时常从肉食店转悠到供销社去，腰间扎一条血淋淋的皮裙。他慢腾腾地穿过闹哄哄的街道，大而油的脸上有种漠然的了然生死的从容。那时他的头一个妻子去世有半年了，他提了一咕噜的筒子骨撂给她——他以为他是配得上她的，想把她娶到那曾有个女人满身是血地死去的房子里去。喝完筒子骨炖的萝卜汤，李兰珍靠在自家的门框上打着嗝，用她那穿三十二码小鞋的脚一下一下地踢着栗木门槛。她粗声大气地、仿佛被人欺负了似的对邻居赵婶娘说：“婶娘，呃！他们一家子，呃！都在杀猪的腰盆里洗澡。”一街的人都笑了。最后李兰珍和走村串乡做活的乡下人梁裁缝结了婚。

梁裁缝这个人呢，不太像个乡下人。小镇街上来来往往的那些乡下人，他们大都皮肤黝黑，头发干枯。他们有时候是有些拘谨的、羞怯的，有时候又是大胆的、吵扰的。梁裁缝和他们很不一样，他简直比任何一个街上的人都要斯文，要干净整齐。镇小学的王校长戴副金丝眼镜，是个斯文人吧，可他要和梁裁缝站在一起，简直就像个杀猪的。杀猪的毛二师傅要是和梁裁缝站在一起呢，呵呵，让人只想一想就要笑死了。李兰珍和梁裁缝第一次见面是在李兰珍的姨姐家，那年梁裁缝二十二岁，在这姨姐家里给姨姐的女儿做嫁衣。二十七岁的李兰珍两手握在胸前，短而粗的两腿夹得紧紧地坐在一张小竹椅上看梁裁缝干活——他清秀的侧影让她着了迷——他们一句话没有地坐了半天。

最后姨姐说：“不比吃国家粮的差！”

这话让李兰珍四肢都松弛下来。而梁裁缝自己呢，在那个年纪已学会放弃人生一些不着边际的梦想——他心里倒是有一个人的——可是首先房子就是个问题，两间土坯房是大哥一家的，一间偏屋里住着姆妈，还有两头猪。他不出门做活的时候，只能睡在姆妈与猪之间。他娶了他心里的那个人来，让她住在哪里呢？他们之间隔着的万水千山，是他一辈子也翻爬不完的。

他想都没有想过自己有一天要住到街上去。而且这街上的女人还没有病，不瞎不瘸，虽然看上去像个长得过于结实的孩子——在某些事情上小个子或许还方便些。姆妈那时躺在床上不能动了，想吃猪油，油菜花开的时节，一点腊肉在插早秧的时候就吃完了，到哪里去弄猪油呢？是李兰珍抱了一大瓷坛过去。热饭盛过来了，李兰珍用筷子在饭碗里掏了个洞，挖了一勺猪油埋进去，等猪油化开了，一碗米饭香得让姆妈直打喷嚏——人生的最后一段时光，姆妈吃猪油拌饭吃了个够。梁裁缝下定了决心，他们过了起来。双方都没有长辈可以商量，所以他们也就没有做什么新家具，谈不上有几箱几柜。梁裁缝只有一台缝纫机，李兰珍做了两床新棉被。张和平是非常有一套的知客侍，在如此寒微的新房里还是找到了话题。在饮茶仪式上，张和平拍着缝纫机说："新郎似铁硬，新娘如棉软。这一对新人真正实在，要的是天天棉里藏铁，一准早生贵子。"——这一点倒是被他言中了。

想到这里，李兰珍抬头看着丈夫梁裁缝，她希望肚子里的孩子是个男孩，像他，高挑个儿，面相俊秀。梁裁缝没有看她，依然埋头踩缝纫机，哒哒哒，哒哒哒……

过了一会，李兰珍说你去过绿浦没有？

哒——绿浦这个地方让梁裁缝停了下来，他愣了一下，起身去拿挂在墙上的尺子。那时候家家户户都在堂屋的墙上贴年画，一般人都是在迎门的那面墙上贴伟大导师和领袖马、恩、列、斯、毛的半身像，在两侧山墙上贴杨柳青的年画，要不就是李铁梅，或是江水英。梁裁缝不，他往他家的墙上贴梅兰芳，有醉酒的贵妃，有击鼓的红玉，有舞剑的虞姬，有葬花的黛玉——那笼雨罩烟般的眼波，那如盛开的莲花般的十指——也不知道他是从哪里弄来的。绿浦这个地方他是知道的，他怎么可能不知道绿浦呢？绿浦遍地是各种各样的竹子，家家户户都在房前屋后种竹子，有斑竹、毛竹、楠竹、径竹、青竹、水竹……村子周围的山因为一会儿农业学大寨一会儿割资本主义尾巴全都光秃了，但家家户户房前屋后的竹子都长得郁郁葱葱。竹子的生命力太旺盛了，割竹子这样的尾巴不是件容易的事，今年割掉一片，明年春风一吹又是一片。他到那里做过活，有个叫瑶珠的女孩教他认湘妃竹，在满是雾气的水塘边。她伸出一双莲花般的手，攀住一棵长着黄黑斑纹的竹子给他看……他终于发现这竹子的杆子比斑竹确实光滑些，花纹也更细致些，扳一扳也更韧些。它不是普通的斑竹，它是来历让人唏嘘的湘妃竹。

尺子就挂在林黛玉与虞姬之间。他把手摁在这两个死于爱情的千古美人之间，有那么两三秒钟，他一动也没有动。他回身坐到缝纫机旁时，觉得那已是一件很久很久以前的事，记忆里满是湿湿的雾气，一切都不甚清晰……他看了一眼他的妻，孩子似的身材，好像更胖了一些，两个圆滚滚的膝盖怎么也靠不拢。她低着头绣着鞋垫，短而粗的手指、微微张开的茫然的嘴唇……她比先前倒是心平气和了——听隔壁赵婶娘说以前她动不动就要骂人的。

他们的日子是一天天过下来的。李兰珍歇班的时候，梁裁缝铺子前总是非常热闹。一帮女人坐在门前的小竹椅上织毛衣、绣鞋垫，热热闹闹地扯白话。她们从身上的衣服扯到孩子、再扯到锅灶里的饮食，偶尔还有床上的光景，回回都是这些。他并不能很真切地听清楚她们说什么，不过是间或的那么一句两句。梁裁缝在窗前的案板上忙活，只要他一抬头，就可以从敞开的窗子里看见他的妻和那些叽叽喳喳鸟一样吵扰的女人。她们中有的人有时喊他小梁，开他和李兰珍的玩笑：“兰珍说你们没有的事，你说到底有还是没有？”他能说什么呢？他只能在窗户里笑笑，看李兰珍嘎嘎笑着作势要去撕那人的嘴。有一个下午，她们不知扯到了什么，只听李兰珍叹了口气，老气横秋地说你们哪里知道我的难处，肉票倒也罢了，粮、油的，也让你们少一个人的看看？一时间大家都不出声了，齐齐地望向在屋子里忙活的男人。梁裁缝听得李兰珍说“我的难处”，并没有说“我们的”，不由得面红耳赤，仿佛他正是那个难处的罪魁祸首。这让他很恼火。他赚得并不比一般的男人少，可是没有那些票，有钱也是件很难的事——何况他并不敢说有钱。

新娘子是绿浦人。李兰珍说。

梁裁缝不说话，继续踩缝纫机。哒哒，哒哒哒哒……

绿浦人肤色白。李兰珍又说。

哒哒，哒哒哒哒……

如果肚子里的是个女孩儿，除了要长得像丈夫梁裁缝，最好还有绿浦的新娘子那样的好肤色，李兰珍想。

迎亲的队伍到了下午三点来钟才到，还是那个机灵的小伙子骑着车，后面驮着穿了一身大红的确良套装的新娘。毛二不会骑车，他跟在单车旁边，走得满头大汗，越发显得那张脸大而且油。他们的后面是簇簇新的散发着油漆味的箱子柜子，由二十多个精干的年轻人抬着。果然是四箱四柜！大家都不用数，看队伍的长度就清楚了，那些簇簇新的家俱在众人啧啧的称赞声里被抬到了新房里去。新娘子始终低着头，别在头顶的一串珠花垂下来，遮住了她的面容。

饮茶仪式上还有件事，李兰珍不知道该不该跟梁裁缝说，想说呢，还有些说不出口呢。张和平这个人，真的是很有一套。新娘子不是一直垂着头吗，她垂着头，扭着身子坐在长凳上——她扭着身子坐在长凳上的样子，就好像她对周围的一切很嫌恶似的——一对童子伢上前去给新郎新娘戴红花。新郎的花很快就戴好了，新娘子的却不成，她的头差不多是垂到胸前了。新郎毛二师傅后来都急了，再说他毕竟是有经验的人，他就接过花，扭过身子想给新娘子戴上。这时张和平说话了。张和平说："看看，还是新郎了解新娘啊，我相信你们会更进一步了解对方的。"他停了停，把四周的人都看了一遍，有些得意地大声地说道："新郎呢，会进一步知道新娘的深浅，新娘呢，也会进一步知道新郎的长短——"众人约等了等，一会儿后全都"哗哗哗"笑了起来，连新郎也咧嘴笑了。张和平这人真是太搞笑太有一套了！按道理新娘也应该扑哧笑起来的，可是这一次新娘却没有——就像被人从背后推了一把似的，新娘一头磕在了桌子边上。一个来送亲的瘦小警觉的中年妇人、新娘的姨母，连忙过来把新娘拉了起来。这姨母连声叫着瑶珠，也可能是幺珠——当然这没能让几个人听到，因为大家实在是笑得太厉害了。

后来大家一直认为是老篾匠把新娘子惯坏了——她也太娇气了！张和平讲完这个笑话以后，新娘不但没有笑，反而把脸埋在这姨母的胸前哭了起来，哭得瘦小的肩膀一耸一耸的。李兰珍始终没有看到新娘的脸，但她还是被新娘子扣在这姨母肩上的一双手震住了——她从来没有见过如此白嫩修长如盛开的莲花般的女人的手，真让人不敢相信那是双曾插禾割谷的乡下女人的手。想到这里，李兰珍把鞋垫放到膝盖上，把自己的一双手举到脸前来细细打量。看着看着，她自己都有些不好意思地笑了。

菊花枕

德生去了一趟长沙，给兰馨带回来了咏立的消息。

他们在宝蓝街。德生说。

天气很炎热，蝉在树上没命似的叫。

兰馨埋头在水井边刷一只搪瓷便盆，德生的话，就像风一样从她耳边过去了。

站在院子里枣树下的德生，望着兰馨沉默而单薄的脊背，感到了一阵令他虚弱的痛。仿佛有一只无形的小手，正把他的心一点点地揪起来呢。好像只是打了个盹，醒过来，发现原来有些闹的兰馨突然就安静下来……可是这安静，却这样地揪德生的心。

兰馨缓缓地直起身，把身子转向德生。夕阳西下，越过院墙把一抹金黄涂在兰馨背后的山墙上，兰馨白而瘦削的脸浸在光影里，有了丝绸一样的质感。兰馨戴着一双绿色的塑胶手套，左手拿着一把猪鬃毛刷，右手拎着洗得雪白的便盆，她冲着德生虚虚地张了张胳膊，说四婆婆问你呢。

四婆婆躺在床上有些时日了。德生不出门的时候，天天过来看她。德生从菜市场走过来，穿过热闹的东街和一个十字路口，走过同样热闹的西街，折进一条两边种着翠竹的小径，安安静静地走那么三两分钟，就是四婆婆和兰馨住的这所小小院落。德生来看四婆婆，也看兰馨。咏立在的时候，四婆婆还硬朗得可以打哈哈，德生隔三差五地在傍晚的时候来。当太阳把街边梧桐树的影子推倒在肉铺对面的房子上，德生就会摘下腰间溅满污血的皮裙，站在水龙头旁用马头牌肥皂把自己搓洗干净。他走起路来很快，他的人高马大的妻子桂子有时候会手托一片猪肝，“咚咚咚”地追上半条街。街坊们见到此情此景，就很羡慕四婆婆，说桂子的脑子，只怕是猪脑子。当年四婆婆让咏立顶自己的班到邮政所，让德生赤手空拳离开谭家小院倒插门到菜市场，街坊们站在桂子的立场，就很替四婆婆忧心。因为四婆婆这碗水，到底是没端平。

那些年纪大一些的街坊，人人都还记得四婆婆年轻时拿了花绷子，坐在邮政所门口绣菊花的样子。四婆婆能把一根花线劈成六股，绣出的菊花引得来蜂蝶。手巧，可是命不好。四婆婆最先相中的男人是另外一个乡镇上的年轻中医，两人订婚不久，中医就因为出身不好被送到西洞庭湖农场去改造。久等不来，四婆婆最后匆匆地嫁了有一个歪歪斜斜小院的谭木匠。先生了德生，后是咏立，都姓着谭。到了孩子都可以打酱油的时候，木匠趁夜黑过河砍树修屋，失足跌到桥下淹死了。四婆婆一夜白发。

倒插门到菜市场肉铺的德生，时常迈着大步穿过几条街回来看四婆婆。德生喜欢和咏立坐在四婆婆清洁的小院里，就着兰馨炒的青椒熘猪肝喝澧洲干啤，听晚风拂过枣树梢，看月亮一点点爬到小院上空……四婆婆雪也似的白发整齐地梳在脑后，她躺在枣树下的躺椅上，浑身散发着花露水的香气。兰馨穿着白底碎花的棉布裙子，坐在四婆婆身边摇着蒲扇给四婆婆赶蚊子。兰馨的蒲扇用同样的白底碎花的棉布滚边，那可是涔水镇最美的一把蒲扇。四个人在月亮地里坐着，并没有多少话可说，可只是那么坐着，德生就已觉得人像到了梦里一样——现在这个梦被咏立打得碎碎的了。

德生垂首跟在兰馨后面，温顺的样子像个乖乖的孩子。四婆婆的房门口挂着细丝竹帘，德生抢先一步上前，为兰馨撩起帘子。屋子里很阴凉，四婆婆躺在洁净的床上，下巴以下的身子都隐在一床花色艳丽的毛巾被下——不过是隔了两天，她变得那么薄，令德生惊诧。德生坐到四婆婆床边的竹椅上，把四婆婆的一只手从毛巾被里拿出来握到掌心里……四婆婆手背上满是老年斑，皮肤白皱，搁在德生厚大的掌心里，是那么凉……没有生命的凉。德生就想起小时候被四婆婆牵着去常德城里看医生，四婆婆仿佛怕弄丢了他，用力攥着他的一只手。掌心里满是汗，可他怎么也挣不开……先是那些力气，后来是那些热气，四婆婆就这样一点点死去。

德生每天干的是白刀子进红刀子出的营生，见惯了生死，可面对四婆婆，依然感到伤心。那一天紧咬着一天的日子又未尝不是一把刀子呢？人终究只是跟猪牛一样，也是要把自己身子里的那一点热血倾尽，才能撒手而去的啊。德生眼里不由得有了泪，他扭过头去看窗外，透过洗刷得干干净净的窗纱，德生看到了院子里枣树下斑驳的光影和墙外弯弯的翠竹梢。蝉躲在某些神秘的树叶后，发出歇斯底里的忽远忽近的叫声。窗前还是那张松木桌子，朱漆剥落了，露出木头晕淡的纹理。桌上立着一个小小的镜框，镜框里的四婆婆红颜白发，她端坐在一张太师椅上，咏立与德生立在两边，两人脖子上都系着红领巾，脸上有同样的纯真的笑。

德生想起小时候四婆婆常常对他们说的那句话："不要恨别人,要自己发狠。"四婆婆这辈子,可不是发着狠活过来的一辈子?

兰馨端过来一壶茶。壶有着青绿色朴拙的壶身，是有些年头的铜官窑五文壶。沅水边中医院的老大夫把壶交给德生时，德生还是个不谙世事的孩子。那年他十一岁，放了暑假，四婆婆带他去常德城里看中医，以往坐在桌子后瘦削而慈爱的张姓中年男子不见了，换成了一个须发尽白的老人。老人对四婆婆说，是心脏上的病，倒没受什么罪。

老人从身后的柜子里拿出那把茶壶交给德生。老人说："留个念想……"

四婆婆牵了抱着茶壶的德生急急地往外走，隔着一条马路就是沅水河，四婆婆疾步走到河边的一张长椅旁，一屁股坐下去哀哀地哭了起来。

德生感到讶异，百无聊赖地站在四婆婆身边看河水汤汤。

后来，德生听到了一声汽笛的长鸣，远远驶过来一艘运煤的驳船，庞大的船破开开阔的水面，推涌起墙一样的波浪直拍到岸上来。德生像听到了一个命令一样，把茶壶往四婆婆怀里一塞，兴奋地跟着船跑了起来。

德生和桂子结婚的时候，不想把这把壶带到污血横流的肉铺去，就把它交给了兰馨。后来兰馨一直用它给咏立泡太青山的清明茶。芽尖儿细细、生有一层绒毛的清明茶泡到了壶里，咏立会屈起一根手指，"嘣"一下弹在茶壶上，对来人说尝尝，十块钱一两。仿佛他喝的是十块钱，而不是壶里的那一两。

兰馨把茶倒到一只陶碗里，搁在德生身边的桌子上。德生知道堂屋的电视柜里收着一套白细瓷杯子，是时下流行的骨质瓷，华丽的光泽、轻薄的质感，全因了牲畜的腥腥的骨血。那是咏立喜欢的。一个人的身外物，有时就是这个人的泄密者……德生想起咏立的那个女人，第一次见是在兰馨工作的镇医院。德生闻讯赶过去的时候，见女人插着两手站在兰馨面前。

女人告诉兰馨，她要为咏立生个孩子。

女人很年轻，穿着黑色的紧身衣，她脸色青白、身形瘦削，整个人都硬生生的，是一个和兰馨完全两样的女人。而斯文的兰馨发怒的样子也让德生震惊莫名。

兰馨一直很平静，嘴角仿佛还带着笑意。只是当女人说到孩子，兰馨跳起来，揪着女人的头发往德生面前拖。兰馨喊道杀了她！德生，杀了她！

一镇的人都围了过去。

兰馨轻轻地在床边坐下来，她看着四婆婆毫无知觉的脸，说也就在这两天里了。

兰馨天天都要给四婆婆打葡萄糖，打了葡萄糖的四婆婆有那么一会儿喘得就不那么厉害，甚至可以安睡一小会儿。一个人在这尘世上，就剩下一口气断不了，真是一件很痛苦的事。身体里这辈子的力都用尽了，那游丝般的一口气又如何支撑起变成累赘的沉重肉身？四婆婆醒着的时候光躺在床上喘气，每说一句话都像爬一座大山。她是那么厌恶自己的身体，有时她急于挣脱身体束缚的样子会让兰馨感到害怕，并因这种害怕忘记咏立带来的不快……人人都有这么一天，大家会在某一处相逢。看到了一个再平常不过的结果，兰馨慢慢就把揪心的事放了下来。

在后来的一些夜深人静的夜晚，兰馨把窄窄的光洁的额头抵在被夜露打湿的窗玻璃上，她想到的咏立，是那个在月亮地里拦住她，用令人发笑的普通话学电影里的人对她吟诵“假如生活欺骗了你”的咏立。

兰馨从四婆婆枕边拿过来一个小包袱，放在膝盖上一层层打开。

包袱里是四婆婆的寿衣。白棉布的对襟衫，同样白色的盘花扣，是德生多年前就看到的那一套……还是孩子的德生和咏立在院子里抽陀螺，四婆婆坐在枣树下做针线，膝头堆着白棉布，四婆婆就像坐在云端里。四婆婆偶尔会停下手里的针线，抬起头笑眯眯地对德生和咏立说：

“快快长啊，长大了把兰馨和桂子娶过来。”

四婆婆知道菜市场的桂子是女人中的武将军，浓眉大眼、神色端庄。自小就一边梳头、一边隔窗看父亲杀猪宰牛的桂子，是处变不惊、举重若轻的桂子。家里有一个桂子那样的女人，再薄寒的日子也可以过得活色生香，再颠沛的日子也可以过得四平八稳。而兰馨呢，骨骼纤细、眉眼清秀、笑声像银铃般清脆的兰馨是涔水镇的公主，所以四婆婆的话刚落音，德生和咏立就会异口同声地答，我要兰馨。那时还小，知道什么呢？德生后来明白，他原来有另外一种日子，是在菜市场临街的小院里。永远热气腾腾地、带着新鲜的肉与血的腥气，院子角落里的泡桐树疯长，阶沿下的一小丛美人蕉完全失去了花的样子，大而茂盛得近乎嚣张……而人也是壮实得强大的，女人、孩子统统都活得比石碾子还结实。德生每晚睡得安稳，连梦也不曾做过一个。

寿衣的底下是一只枕套，兰馨把它展开给德生看。枕套长条状，充起来应该是像一段滚木的样子。粗糙的家织布的底子，染成了靛青色，两头用绿色软缎拼接，绿缎子上绣满了黄灿灿的舒卷的菊花。展开的时候兰馨和德生都闻到了樟木的香气，枕套上的折痕都有些发白了，该是多少年前的东西了。那些菊花依然一朵比一朵开得浓艳热烈，无关日月与风尘一般。

木讷的德生有一小会儿的疑惑，他无法把这个漂亮的东西跟一辈子寒素淡然的四婆婆联系起来。不过，这小院里的很多东西，来的时候莫名其妙，去的时候也莫名其妙。小时候的德生每年都会跟着四婆婆去常德城里看一回中医，为了他的莫须有的积食疳结。他们坐在一辆吱嘎作响的汽车上，跑很远还能听到咏立追来的哭叫声。受托看咏立的西街卖甜酒曲的福娘受过四婆婆两尺好绒布，发乱钗横地把乱蹦乱跳的咏立搂在怀里，格外大声而卖力地哄道："伢儿，伢儿，姆妈卖了德生买糖去来——"但是德生只是被那个穿白大褂的中年男子乱摸了一气回来，并没有被卖掉，倒是四婆婆包袱里的一竹筒清明茶、或是一双千层底的灯芯绒布鞋却不见了，多出来德生和咏立的新衣服、新书包，有时还有桃酥、大白兔奶糖。更奇怪的是有一回，看完大夫回来，四婆婆居然拿出来一笔钱整修了小院。四婆婆在院里院外种竹子、种树，她高高兴兴的样子，是自多年前做木匠的父亲坠河后不曾有过的事。

她交代枕这个走。兰馨拍着绣满菊花的枕套说。

兰馨安静的样子，很让德生疑惑当日那个闹着要杀人的是另外的一个人。兰馨白而细长的十指抚过那些密密实实的花瓣，眉头微蹙地看着德生，说到哪里弄荞麦壳呢？米店里都问遍了的。

不知是谁定下来的规矩，这样的老式枕头，一律是要用荞麦壳来填充。人大部分时候还是愿意往老路上走一走，规矩大约就是这么个东西，使人更加心安地往老路上走……德生不知怎么想起咏立跪倒在他面前时的情景，咏立跪下去的时候，德生看到了他头顶的白发。

兰馨说话的时候神情很专注，她的头微微侧着，德生看到她眼角浅浅的细纹，浓密的头发松松地挽在脑后，露出一段白皙的细细的脖颈——依然是多年前的兰馨……似那些未曾结果的花，兰馨的花期也是特别长。

德生第一次知道咏立为了孩子在外面找了个女人的时候，他吃惊得合不拢嘴。在德生看来，一个男人，有了兰馨这样的女人，还要别的干什么呢？天下都是可以舍得的。看着兰馨流泪、时不时和那个女人揪到一块在硬邦邦的麻石街道上滚来滚去，德生的心就像块玻璃，哗啦啦碎了。他跑去对咏立说："大巴和小佬，随你要哪一个。"

咏立将一口痰吐在地上，说他们哪个也不姓谭！

大巴和小佬明明跟德生姓着谭，咏立说出这样的话，德生就知道咏立信了涝水镇上的流言。他挥拳打了咏立一顿，为四婆婆、为兰馨，也为自己。但是现在兰馨看上去最关心的是填四婆婆枕套要用的荞麦壳，咏立这个人，她仿佛全忘了。

德生想起在宝蓝街看见咏立的情景。涝水镇的人要是一辈子做人家的儿子，讲究的是娘老子闭眼那一刻的孝道。人们背地里说起一个倒霉的人，不管这个人一辈子倒了多少霉，大家偏偏只记得他一件，远远看他在灰扑扑的街道上过，人们会说，喏，就是那个没赶上给娘老子送终的那个人！桂子陪兰馨守了四婆婆一下午，回去就吩咐德生去长沙找咏立。德生深怕成为一个倒霉的人，晚上带着十岁的大巴过去陪四婆婆，白天连猪也不肯杀了，涝水镇的人嘴巴里都淡出鸟来，他又怎么肯在这个时候跑到远得了不得的长沙、去找一个无影无踪的人呢？

桂子淡淡一笑，说："咏立在宝蓝街，筒车的悼歌、绿浦的乐队、中武的典子、斑竹的小鼓书，哪一样也比不上咏立哭一声娘。"

德生听了愕然。桂子知道咏立的去向，是他想破脑壳也想不到的事。桂子有一些神秘的本事，时时使德生觉得惊诧。桂子站在傍晚的院子里，朝天空看了看，说有连阴雨，明儿杀个小的吧。果然接下来下了几天雨，百十斤的肉也卖了两三天。有时四蹄被捆的猪不甘心地在条凳上挣扎，几个街坊也摁不住它，桂子就会走过去对猪说："阿弥陀佛，赶紧走吧，下辈子你是个干部呢！风不吹雨不淋，月月都有几百块钱花。"猪仿佛就懂得了桂子的话，用湿漉漉的眼睛看她，格外安静地受了那一刀。

德生第二天就去了长沙。

宝蓝街是一条比涔水镇的东街和西街还要小的街，特别窄细的一条，弯弯曲曲地，像条蛇一样从一条宽阔的大马路爬到一片破旧的老房子里去。德生只是站在街口，就闻到一股子腻腻的香味。原来这条街里的人都是做美容、美发用品生意的。家家户户的店堂里都有几个硕大的塑料桶，盛着各种颜色各种牌子的洗头水、护发素，五颜六色的空瓶子堆在墙角，赫然标着飘柔、潘婷、沙宣的名头。敷脸用的珍珠粉五元钱一大袋，掺了中草药的按摩霜、海藻泥、各种精油都挤在摇摇欲坠的货架上，价格一律便宜得惊人。

咏立的米粉店占了街角的一小片地方，店子里放了四张桌子，炉灶摆在店门口。他做的是这条街上的老板、伙计的生意。德生看见咏立的时候，咏立还穿着那条在涔水镇做邮递员时穿的裤子，立在火热的炉子前烫米粉。那个女人脖子上吊着一个油腻腻的小挎包，正低着头在包里给人找零——他们并没有过得有多好，孩子照样是没有，因而咏立和女人看上去都有些面容憔悴、神情沮丧。

咏立把手上的漏勺递给女人，跟着德生走到一棵电线杆子下说话。咏立低着头，仿佛亏心的很，不敢看一眼德生。咏立支吾着说："老谭家的祖屋，是拿老张家的钱翻修的……我没脸在涔水镇活人。"

德生恼火得很，说他们的嘴巴里都生了蛆，嚼蛆呢，你也信？

咏立闷头抽烟，再不说话。末了咏立流着泪给德生磕了个头。

有几句话，德生很想问问四婆婆，自己与咏立，到底是不是同娘各老子，沅水边中医院的那个张姓医生，到底是不是自己的爹呢？德生每次坐在四婆婆床边，心想等她醒来就问她。可是四婆婆一睁开眼，一口气在喉咙里忽上忽下，弄出拉风箱般的声响，德生就把要问的话都忘了。

兰馨摸着枕套上的菊花，侧过脸看一眼四婆婆，安慰似的笑了。兰馨长着长睫毛的眼睛像猫眼似的迎着光亮眯缝起来。兰馨对德生说，早上我扶她起来喝米汤，她喝了一口，说馨，由他们、去！

兰馨完全懂得四婆婆的话，她想起自己藏在镇医院护士室的医检报告，想起自己授予咏立的借口，觉得自己在四婆婆面前，是多么傻啊。

她明白得很。兰馨说。

荞麦，涔水镇人也叫它乌麦。秋季作物，叶子呈三角形，开白色小花，果实为卵形。四婆婆坐在邮政所门口绣菊花的那阵，没有鹅绒鸭绒，也没有高纤棉，人们把荞麦籽脱粒后，用它那褐红色的壳填充新人的枕头。人躺在上面，稍动一动，就有细细的沙沙声响，似一场枕边私语。

以前人们把荞麦随意地种在瘠薄的坡地上，不经意地就会有一场好收成。现在涔水镇周边的村子已经很少有人种它了，连那些乌油油的上好水田也荒了好些。村子里的年轻人被城市的车水马龙吸引，把家乡的一切好处俱抛到脑后，他们流落到城市，心甘情愿地流血、流汗、流泪。德生从四婆婆的小院出来，骑着咏立丢在枣树下的那辆邮政绿的旧单车，跑遍了小镇及周边的几个荒凉村落，一无所获。

最后还是桂子不知从哪里弄回来一袋。

德生把手插进荞麦壳里，指间发出一阵沙沙声响。德生问桂子，你从哪里弄来的？德生的手掌感受到荞麦壳那令人惬意的微凉，他瞟了桂子一眼，用低得只有自己能听见的声音说，难为你。

他从来没有跟桂子说过什么暖心的话，一开口，却觉得就像是自己跟自己说一样怪异。他不免有些羞赧。

桂子把一条磨刀石夹在两膝间，霍霍地磨着杀猪刀，淡淡一笑，并不答话。

四婆婆要去了，日子还得照样过，既然日子要照样过，猪就得照样杀。桂子认的只是这个理。现在猪从圈里放出来，大巴和小佬也可以帮着把猪逼到墙角去，桂子要做的，只是把猪摁倒捆了，再搬到长条凳上去给它一刀。将来即使没有德生，她大概也可以应付得很好。桂子认为德生也好、咏立也好、兰馨也好，日子都没有过到点子上。他们的心像只眼太小的筛子，什么也漏不下去，因而他们过得格外伤神费力。

桂子磨着杀猪刀，想起来四婆婆。

桂子和德生结婚前，四婆婆带桂子去常德城里买新衣服。四婆婆把桂子带到沅水边，指给桂子看那家中医院……四婆婆说，没有谭家，就没有德生。

那时的桂子还很年轻，有着年轻人傻傻的好奇心。桂子踌躇着问四婆婆："他为了活命跟农场革委会主任家的姑娘结了婚，你就不恨他？"

四婆婆缓缓地摇着白发的头，说："那时德生都快生了，我一听就直念菩萨，心想真是谢天谢地啊，他，还活着！"

很多年过去以后，桂子还记得四婆婆当时的样子。从无禁忌的桂子竟然在四婆婆的脸上看见了菩萨的慧相。四婆婆说话的时候一直看着桂子，目光似水一般透、似水一般静。

德生是顺产。四婆婆最后说。

四婆婆把最难开口对人说的话告诉了桂子，桂子就像是接过来一副最重的担子。

德生把荞麦壳挂在车把手上，对桂子说，夜来我和大巴过去睡。

低头磨刀的桂子有一绺头发从头顶滑了下来，在她的脸前晃来晃去。德生忍不住想伸手替她掠一掠——这是以前从来没有过的事，他终究是没大好意思伸出手去。

午后四婆婆醒过来，喝过一小碗米汤，神情比往日似乎要好一些。兰馨把寿衣和枕套拿给四婆婆看，四婆婆喘着气，颤巍巍伸出手来摸。兰馨就侧过头对德生说，是回光返照。听到兰馨的话，德生的心就又像被只小手揪了似的一紧。他想象着接下来的热闹，会有一整夜的悼歌，一整夜的小鼓书，然后四婆婆会睡在填满了荞麦壳的菊花枕上，让吹吹打打的典子、乐队和打着灵幡的长长队伍送到河对岸的山坡上……而一场热闹过后，往回走到那整洁小院的，将只有兰馨，只有一个兰馨！

桂子直起身子，看着德生忧戚的面容，对德生说，你尽管去。桂子真切地感受到德生的苦，她愿意把自己的苦忘却掉，做一个手里有刀、心里有慈悲的人。桂子愿意相信这也是一种功德，可以减轻她无法回避的恶业的罪孽，从而种下将来必可善报的慧根。

桂子把刀举到脸前，伸出大拇指拭拭刃，说："不要管别人。"

德生很不安地听出来桂子话里有话。桂子的这句话，不像是仅仅对德生说，好像德生身后还站着一长串望不到头的日子，桂子也是在对这些日子说。

德生翻身上车，驮了大巴急急地往四婆婆身边赶。

有句话，德生以前没有对桂子说过。去长沙之前想对桂子说的，但到了现在，德生一直也没有对桂子说出来。

德生踩着单车，想起来桂子磨刀的样子。德生的眼睛竟有些酸涩。

最后德生在心里对自己说，两个人的日子还那么长，这句话说与不说，又有什么关系呢？

路上的涔水镇

故乡，我们开始和终结的地方。

——题记

一

作为一位援助律师，我每天都要面临着各种各样的属于别人的问题，基本上没有时间回忆过去，慢慢地我就忘掉了许多事情。比如我大学毕业十多年后，我就把我的大学同学忘了个干净，能叫得出名字的，除了几个关系比较亲密的女同学外，只有一个男同学，而这个男同学恰好也是我的丈夫。因此对我来说，过去真的只是过去。不过也有很特别的情况，我所经手的案子，无论是离婚的、工伤赔偿的还是未成年人涉嫌强奸抢劫杀人的，无一例外都会让我想起我的故乡涔水镇。就像一首歌里唱到的那样：

一颗流弹打中我胸膛
刹那间往事涌在我心上
哦，这最后一枪
……

尽管我已有很多年没有回过涔水镇，我的家人也早就离开了那里，可它就像那首歌里唱的那颗流弹一样总在我接手一个案子的最初一刹那击中我。我手里拿着一件案子的卷宗，会突然想起涔水镇的某个人，某条街道，某棵树，某间小铺，或是它的某种声响和气味……这真是一件非常奇怪的事。因此我常常会产生一种错觉，仿佛涔水镇也像我一样长了两条腿，多年来一直在一条尘土飞扬的路上疾步前行，动不动就会与我不期而遇。

有一回领导给我分了件一个下岗女工打离婚官司的案子。这个女工已年近五十，是一个做了奶奶的人。这是她第几次要打官司和她丈夫离婚呢？她自己也说不清了。她离婚的理由很简单：性生活不和谐。这个不和谐说明他们并不是没有，有倒是有，还经常有，只是她一直都没有感觉到快乐。当然她的丈夫是觉得很和谐很快乐的，所以他坚决反对离婚。因为他的坚决将近二十年了他们这婚也没有离掉。现在她的丈夫是一个退休干部，每月有两千多元的退休工资，而这个女人每个月才能领到二百多元。在这个房价已逼近两万每平方米的城市，靠这二百多元过日子不叫活，只能叫喘气。在这种情况下，和谐算得了什么呢？因此以前的律师也好法官也好总是给他们进行调解，通俗地说就是劝和。刚开始我也打算这样做，准备把这起官司消灭在萌芽状态。有一天这位女工来到法律援助中心，坐到了我面前。只见她头发花白，体态臃肿，神情凛然。她低着头摆弄了很长一段时间的衣襟，才幽幽说道："……碗倒是有，可是没有筷子，怎么过？"

她要为她的余生去争取一双筷子。

不知道为什么，她说完这句话，我突然想起了涔水镇上的梁记裁缝铺。低矮的灰色屋瓦，临街的墙上开了扇方方正正的窗……我的耳边霎时响起了"哒哒，哒哒哒"的踩缝纫机的声音，这声音就像枪声一样响亮。不知怎的，突然间我就改变了主意。

我站起来，把我的右手伸给这位女工，说："你应该有一双筷子，甚至是，一把叉子！"

晚上，我和我的丈夫，一个小有资产、在法学界有些许薄名的中年男人说起了这件事。他一下笑了。

他说你做援助律师还真是上瘾啊。

他这话虽说有些情有可原——他曾经想让我到他与人合开的律师事务所去，我没有同意——但还是让我有些不快。援助律师整天和没钱但有麻烦的底层百姓打交道，干的是费力又不赚钱的活，所以他的语气听上去简直就像在说我有病。

当时我俩正坐在书桌边各看各的书，我们的面前都有一杯刚煮出来的浓香咖啡。靠墙的矮柜上放着一台液晶电视，我总是在看书的时候让电视无声开着，电视里的人啊事啊让我有一种俗尘滚滚的感觉。我的心情因为我丈夫的这句话低落到谷底，一般说来，这个晚上我不会再和他有任何语言及肢体上的交流了。但没过多久电视里出来一个长相清秀干净的男人，他的头发有几缕是红酒的颜色，肩头围了一条咖啡色的披肩。这个男人在电视里教女人怎么打扮自己。看着这个男人，我再一次想起了梁裁缝。

我沉默了一会儿，把一本《人民法院案例选》合起来，对我丈夫说我给你讲一讲梁裁缝的故事吧。我这么说的时候把书桌上方的吊灯往下拉了拉，让灯光正好照在书桌上，而我和我的丈夫，就像潮水退去后的沙粒，袒露在灯光外的黯淡里。

我的丈夫背对电视坐着，他也把一本哈耶克的书合起来，面带微笑地看着我，神情仿佛在鼓励我快说吧快说吧，快说说三十年前小镇上的时尚人士吧。近一段时间来他的心情相当不错，他刚刚拿到了一个国家级的专项课题，换了辆新的凯美瑞汽车。昔日的乡村少年已成长为这个城市的中坚。他的同学师友遍布全市各个部门与机关，人到中年的他们皆已获得了一定的地位与资源。我的丈夫曾说，在这个时代，纯粹的学术研究就是首绝唱，前有古人，后无来者。是啊，当少林僧人都已不甘寂寞呆在深山，积极努力地入世了，普罗大众又何以出得了这滚滚尘世？

所以，他和几位同学一起开了那家律师事务所。

他们还合写了一部叫《中国社会、法律与正义》的书。

他们甚至还各自招了一个对方的女学生做自己的博士。

这个晚上，听我提到梁裁缝，我丈夫面带微笑地看着我，说那就讲个裁缝的故事来听听。就像我预料到的那样，谈笑有鸿儒、往来无白丁的学界新贵对一个裁缝的故事是不会感兴趣的。这不，他一边微笑着看着我，手里一边转动一只价值不菲的万宝路金笔。这支笔就像着了魔一样在他的指间跳舞，快乐得像要飞起来一样。这是他近来才有的举动。想想啊，一个年近四十的还算体面的男人，让笔在几根手指间转来转去，就像现在大学课堂里那些身在曹营心在汉的小男生，看上去是多么地心不在焉。我甚至猜想他是不是在经历一场婚外恋呢？我有这种想法不是凭粘在他西服上的长发，也不是因为偷看了他的手机短信。就像感冒要来之前，总是会有一些先兆，比如偶尔的喷嚏、咽喉的轻微不适。爱一个人超过十年，你也会像我一样对他的一切都很敏感。

我看着这支笔跳了一会儿舞，很快就失去了讲故事的欲望。这支笔跳着舞告诉我，我的丈夫，这个微笑着看着我的男人，实际上并不想听我讲一个三十年前的故事，此刻他心里想着的可能是另外一场志得意满、风花雪月，他之所以会在这个夜晚跟我一起坐在书桌边，实在是因为打破一个养成十多年的习惯也不是一件容易的事。

打完下岗女工的离婚官司后，我决定把梁裁缝的事写下来，说给那些会看到我文章的人听。我的丈夫呢，他也许会看到，也许，他永远也看不到。

二

梁裁缝这个人本没有什么好讲的，一个裁缝嘛，在三十年前，这样的手艺人多了去了。可是，就是这样一个小镇上的手艺人，却在三十年前成了方圆几十里轰动一时的人物。人们后来谈起梁裁缝，人人脸上带了点微笑，想起他双手反剪，站在高台上示众时的样子，就有人忍不住感叹："乡下人么……"

对那一天我到现在都还记忆犹新。

是阳光灿烂的一天。我的爷爷碰巧来镇上买壮油菜苗的化肥，平常人声鼎沸的小镇安静得出奇，我坐在门槛上玩一方花手绢。见有人风一样从街道上跑过，爷爷就带着我跟了过去。我们走出小镇，发现出小镇的公路上到处是人。我们远远看见人们就像流水似的汇集到一个小山坡上，山坡下的公路边停靠着几辆草绿色的解放牌大卡车，半山腰已搭起了一个木台。爷爷把我举到一侧肩膀上努力往前挤，人真的是太多了，竟有人扛了甘蔗来卖，也有人推了装着香瓜、凉茶的小车在山脚下吆喝，女人们的手里往往还忙着针线活，人群里热烈的议论声使得现场就像一个市集。后来人群骚动起来，有几人被押到了木台上。我数了数，一共五个。梁裁缝就站在中间，他的左边是一个把继子淹死在水缸里的乡下女人，右边是一个打死自己工友的矿工。人们指点着他们，兴奋地议论说这是一准要枪打的了——还没等法官登台宣判呢，老百姓自己就把案子给断了。

台上五个人脖子上都挂了个画着红叉的白色木牌子。梁裁缝不像其他人那样垂着头，他把脸略微偏向一边，就好像他不好意思似的。

梁裁缝是有名有姓的，但平时他的姓名都用不上，大家只是叫他裁缝。要不是他有双叫梁小民、梁小蚊的儿女，谁又能知道他姓梁呢？晚上我外婆在昏暗的灯光下补我哥哥撕破的裤子，我的母亲总会说一句，值什么，拿给裁缝匝匝吧。梁裁缝的儿子在学校惹了事，老师这样让孩子捎信叫家长：让裁缝来一趟。就连他的老婆李兰珍，在外面提到丈夫，也是这样说："哎呀我们裁缝……"所以那天，当我端坐在我爷爷一侧的肩膀上，越过无数攒动的大人的头顶，在一个白色木牌上读到梁裁缝的名字时，我吃一大惊也就不奇怪了。梁裁缝胸前的牌子上写着："梁三来。"——原来梁裁缝叫个梁三来。

观看完公捕公判大会，大家纷纷猜测，枪抵在后脑勺上，裁缝会不会尿裤子？五个人都是死刑，除了裁缝，其他人都有命案在身。人们就说，裁缝这下吃老大亏了，搞什么样的女人不好呢？搞个军属！

有的男人，主要是镇上那些在政府、学校、医院、工商税务等部门上班的男人，他们把一只手塞到裤兜里，一手捏着根卷烟，想起裁缝那些可能的暧昧场面，无不带了点艳羡、带了点轻蔑地摇着头笑着说，这狗日的裁缝！

我爷爷记挂着地里油菜苗，牵着我急急地往小镇赶。他从旧社会过来，属于那种见多视广的人。以前涔水镇的河滩里，哪一年不得杀几回人？土匪火拼、民间斗狠、衙门的法办，后来是打土豪劣绅、灭地富反坏，何曾消停过？所以我爷爷只嘟囔了一句：“划不来嘛，少说也有二十年的好米没有吃。”

三

剩了二十年好米在人世的梁裁缝很快也就被人淡忘了。偶尔他被人提起，不过是作为一个话题，在午后、在夜晚，在街头在巷尾。人们谈到他时，语气里有些惋惜、有些觉得不可思议的好笑。

有男人打上门来，这家的女人晚上必在枕边教育老公，说连野女人也不会搞，傻得像个裁缝！

后来，就连梁裁缝的老婆李兰珍也可以把两手夹在膝盖间，坐在小竹椅上对人回忆当时的一切。说着说着，她会把右手从膝盖间抽出来，给大家看那根被她嚼坏了的食指。

那根食指的指头变得像枚被砸过的硬币一样又扁又薄，见过的人无不惊骇。

我记得我的外婆曾问她，兰珍，两个人都是天天和你在一起的，你就一点也不晓得么？李兰珍慢慢把那根嚼坏了的手指收到掌心里，握成一个拳头在膝盖上擦来擦去，为自己的不晓得不好意思地一笑。人们的追问并不因此停止，李兰珍常常要被问到的问题大概有这些：嚼的时候疼么？是公判大会那天嚼的还是枪打的那天嚼的？流的血多么？他为什么要承认是强奸呢？

李兰珍曾经的痛苦就像一条黑暗而幽深的巷道，人人都想在她的带领下走上那么一遭——人心有多好奇，也就有多残酷。

我外婆所说的“两个人”，一个当然是梁裁缝，另一个是李兰珍的同事兼邻居叶红梅。

李兰珍是镇供销社的售货员，而且是布匹柜的售货员。由于她的个子实在矮小，如果她坐着，站在外面的人会看不见她，所以她经常站着。她站在柜台里，猛一看去，就好像她的下巴是搁在前面的柜台上似的。

李兰珍卖布，当然并非偶然。在涔水镇，对一个女人来说，她从事什么样的职业，有什么样的生活，实际上跟两个男人有关。就拿西街崔记米粉店的桔子来说吧，桔子的爸爸是种田的，桔子在未嫁人时也种田，嫁了个男人，男人卖米粉，桔子也就只有米粉可以卖。一句话，就是女人得靠男人吃饭。我得承认我之所以不愿到我丈夫的律师事务所去工作，多少也是因为这个吧。

李兰珍已故的父亲曾是镇供销社的职工，卖布。所以，李兰珍在涔水镇能找到的最合适的工作，也就是卖布。尽管她个子矮小，但自小耳闻目濡，李兰珍扯布的水平也是很高的。你买三尺三，她不会给你三尺二，当然更不会给你三尺四。

布匹柜在进门的右手边，进门的左手边是南货柜，柜台上放着一排玻璃瓶子，瓶子里装着姜糖、五香瓜子、花生、猫耳朵、粘有一层白糖的饼干等小吃东西。靠墙的柜子上搁着一盆盆的油盐酱醋，上面盖着塑料布。

南货柜的服务员就是叶红梅，白脸，长条个儿，十指上生着尖尖的指甲。没出事之前，人们常能看见她蹙着眉，扭着身子坐在一只方凳上与李兰珍扯白话。她蹙着眉的样子、她扭着身子坐在方凳上的样子、她尖尖的十指翘起来搁在膝盖上的样子，就好像她对周围的一切很嫌恶似的。叶红梅的肚子莫名其妙大了后，我们就再也没有在供销社看见她。南货柜换了一个脸长得像个盘子一样平的年轻女人，女人长得很丑，脾气也很坏，人们去打酱油的时候，她总是把酱油洒得到处都是。

李兰珍和叶红梅中间是卖搪瓷脸盆、茶缸、毛巾、肥皂、拖把的供销社主任邓伯。邓伯耳背眼花，所以她们搞起小动作和扯起私房话来，就好像邓伯不存在一样。

李兰珍、邓伯、叶红梅每人头上都有一把红星牌吊扇，一到夏天就咯吱咯吱地在杉木房梁下慢慢打着转。有一天叶红梅隔着邓伯、隔着咯吱咯吱的声响对李兰珍说："现在大城市里的女人不穿汗褂了，她们穿一种叫奶罩的东西，巴掌大两块布，也要好几块钱。"

李兰珍说："凭么子东西，我们裁缝扫一眼就做得出来。"说到丈夫梁裁缝的手艺，李兰珍总是一副很自豪的样子，就好像梁裁缝根本不是个裁缝，而是一个别的什么了不得的男人。说着她把一根食指从领口伸进去，挑出一根细细的米色带子："信用社的柜台上有本日历，里面一个外国女人穿了件细带子的短汗褂。我屋里小梁扫一眼就做出来了，省布票，还凉快。"

叶红梅说："你把扣子解开两个我看看。"

李兰珍就解开两个扣子，把衬衣往两边扒了扒，露出一字形的一抹家织夏布。

叶红梅欠了欠身子，半边屁股还在方凳上，她踌躇地说："不是这样子的，我屋里赵大军写信说下次探亲带一个给我。"

叶红梅的男人在青岛当海军，连长，再过两年到副营，家属就可以随军了。所以，叶红梅注定是属于遥远的大城市青岛的。叶红梅嫁过来后，先是和丈夫在一起呆了十来天，还没怎么混熟呢，丈夫就被部队的一张电报纸叫走了。后来她和患肺结核病的婆婆六婆住在一起。年前六婆死了，现在她和一条叫二小子的老狗住在一起。

叶红梅说"我屋里赵大军"远没有李兰珍说"我们裁缝"顺

溜，她自己仿佛也察觉到了这一点，于是她蹙着眉把脸扭向了门外。街道边的梧桐树上净是黄尘，叶子被太阳晒得打着卷儿。有四五个女孩头上扎了红的绿的绸子，在树下跳用粉笔画在地上的房子，她们吵吵嚷嚷的，尖细的嗓子飘起来，像在头顶甩来甩去的鞭子。叶红梅看了一会儿，对李兰珍说："夏布粗粗拉拉的，也能做汗褂？"

李兰珍说："我婆婆在自留地里种的麻，没打药，自己织的布，没用药水染。我们裁缝给我、我儿、我丫头一人做了一身……睡衣！"李兰珍说完，把脑袋往一边歪了歪，咧嘴一笑又说，"洗的时候用包袱包起来，捶捶，穿在身上……"她看了看周围，哧哧笑道："跟男人的手一样呵……一样。"

"……说来可怜就可怜，可怜凤凰落烂田。
凤凰落难遭狗咬，情郎落难妹可怜……"

一对托着瓷碗、唱着山歌乞讨的苗族打扮的男女从门口走过，男女都包着青色头帕，女的又短又宽的裤脚上绣着七色晕的花边。他们是从西边的大山里来的，好久没下雨了，到处都是干旱。一群兴奋的孩子狗一样跟在他们后边。那几个跳房子的女孩也连忙跟了过去。他们杂乱的脚步过去后，街上扬起一层灰尘。叶红梅蹙着眉目光直直地看着街道，就好像没有听到李兰珍的话一样。

四

梁裁缝的铺子位于小镇东街，东街的房子都是公房，李兰珍的父亲生前分到了一套前后三间带个小后院的房子。李兰珍和梁裁缝结婚后，就把朝向街道的那间堂屋改成了铺子。只要从这条街上走过，就能听到“哒哒哒”的踩缝纫机的声音。叶红梅、邓伯也住在这条街上。

李兰珍个子矮小、四肢粗短，一张脸像把扣过来的水瓢一样鼓。但李兰珍是一个非常爱美的女人，她的每条裤子，不管是卡其布的、棉布的、或是涤纶的，通通都烫出了刀锋一样的裤线。虽然她只有一件红色元宝针晴纶翻领毛衣，可是她给这件毛衣配了至少五条不同颜色的领子，这些漂亮的毛衣领子翻在她蓝布秋衣的领子上，使她每天看上去都不一样。到了婚嫁的年龄，她也开始经历一个平常女人会经历的一些。再说了，这世上历来只有剩男，哪有闲女？所以啊，李兰珍年轻的时候，还是有人打过她的主意的。比如肉食店的毛二师傅、镇水泥厂的碎料工赵引寿。可是，他们有的她也有，她没有的他们照样也没有。

最后，李兰珍和走村串乡做活的乡下人梁裁缝结了婚。

梁裁缝这个人呢，不太像个乡下人，他简直比任何一个街上的人都要白，要干净整齐。李兰珍第一次见到梁裁缝，是在她乡下的姨姐家。看到在这姨姐家里做活的梁裁缝，她两手握在胸前，一句话没有地看了他半天。

他着实长得像电影《追鱼》里的书生，白，斯文，刻苦耐劳，当然，也一样穷。

梁裁缝，他只有一台蝴蝶牌的缝纫机，今天挑到张三家，明天挑到李四家。不出门做活的时候，他就和他的姆妈挤在乡下的一间偏屋里。那时他姆妈的日子已经不多了，整夜整夜的，他听到她在床上叹气落泪、为他担忧。他躺在另一张用门板搭成的小床上，一动也没有动。黑暗中，他在心里把这几年的辛苦所得算了一遍又一遍。除了养活自己，积攒下来的钱，刚好够给姆妈做副杉木棺材……他流着泪，摸着手指上剪刀磨出的老茧，把多少雄心壮志，全当做了蚂蚁，一只一只，碾死在指尖。

结婚的时候，他从头到脚都是李兰珍添置的。新婚后的第二天，他穿了这一身新衣和她一同回他在乡下的家。从东街走到汽车站去，要穿过一个热闹的十字路口，走过同样热闹的南大街。李兰珍穿着红衣红裤，嘴巴抹得鲜红，她紧跟在他身边，头刚好齐到他的肩头。她一路仰着头跟人打招呼，脸红红的，似乎不是出于新娘子的娇羞，倒更像是一种孩子似的遂心如意了的得意。他把脸扭到一边，加快脚步往汽车站赶，新衣裤擦得沙沙响——他这辈子都没有走过如此漫长的一条路。

这镇上的生活，和乡下终究有很大的不同，大部分时候，梁裁缝都在裁缝铺里忙活，他很少像别的男人那样到街上乱逛。李兰珍有歇班的时候，而他没有，他的每一天都是工作日……手艺还是不错的，慢慢活多了起来。他经常坐在一盏昏暗的电灯下锁扣眼，常常要熬到夜深。即便是这样，他赚得也并不比李兰珍多——这是没有办法的事。

时常有女人对李兰珍说："……还是你好，乡下男人，肯做。"李兰珍就"嘎嘎"地笑。她们坐在裁缝铺前的街道边扯白话，偶尔一两句是关于他的，一两句，就足以让他羞愤交加，为他的肯做，为他的乡下身份。

他几乎不怎么出门。偶尔他低着头、衣履洁净地从灰扑扑、闹哄哄的街上走过，那些按月拿工资的无所事事的男人会一手插在口袋里，伸出来着纸烟的另一只手点点梁裁缝的背影，嬉笑着说："呵呵，瞧这裁缝！"

日子就这样一天天过了下来。好在李兰珍父母已逝，后来生下来的孩子，到底还是姓了梁。

现在想来，梁裁缝，他的寡言少语，他的干净整齐，甚至他皮肤的白净，似乎都是出于一种自尊。这样的一个人，让人很难以想象，他后来，何以会有这样的一种收场。

五

梁裁缝出事以后，李兰珍像变了一个人。以前她从街上走过，人们老远就可以听见她“嘎嘎”的笑声，后来她成了一个安静的、有些羞怯的人。

人们偶尔问起她的那根手指，李兰珍就会把那根令人惊骇的手指伸给人看一阵，接着又有些不好意思地把它收回来藏到掌心里去，良久才迟疑地说：“我们裁缝么……”

说这话的时候她的目光就像被打了一样散开来，又空洞又迷茫。

她在孩子身上倒是比以前用心。梁小民在学校打了架，李兰珍关了大门，用竹扫把劈头盖脸地打他，边打边声泪俱下地骂：“我叫你不学好！”她的女儿小蚊很乖巧，虽说还小，但照样可以把一只脚尖绷直了站在窗前踩缝纫机，无师自通地匝鞋垫、补袜子、在棉布裤子上打很方正的补丁。

李兰珍坐在小竹椅上跟街坊们扯白话，人们冷不丁地问到一个老问题：裁缝干吗承认自己是强奸呢？见李兰珍仿佛受到意外一击似的把头缩进肩膀里，窘惑地拿拳头在膝盖上擦来擦去。小蚊就隔窗一笑，脆生生地说：“糊涂东西，活腻了呗！”神情活脱是以前那个李兰珍——众人于是都笑了。

我外婆找李兰珍扯布做老衣，回来后对街坊说，兰珍这孩子，怕是毁了，三尺布扯出三尺半来，眼神比邓伯还差些。就有人说，兰珍要是机警点，裁缝也不得呷这么老大的亏。还有人说，裁缝这个人，还真是有情义，要不叶红梅怎么过得了这一关？

西街的福娘提起远走高飞的叶红梅，发狠地说：“未必她在大城市里就吃得下、睡得着？”

我家所在的小巷叫御銮巷，巷口有棵高大的泡桐树，我外婆她们说这番话时就坐在泡桐树底下。已是裁缝死后的第n个夏天了，蝉鸣声声、树影斑驳，一如从前。时间快得总是超出我们的想象。就像今天，当我想到要把梁裁缝的故事写下来的时候，我也人到中年，回头一望，方知来路漫长。

有一年的春天特别令人难忘。

那一年春天的雨水特别多，涔水镇在整个三月都是浸在雨水里的。我家的后窗就对着涔水河，隔窗就可以看见河对岸大片的农田，还有农田尽头一抹黛青色的山。三月丰沛的雨水给人带来多少欢乐啊！我趴在窗台上，看着河边滩地上铅笔画一般纤细的柳枝在雨中一日日丰润起来，直至变成翠软的一团绿雾。时常有戴着斗笠、穿着蓑衣的农人牵了耕牛远远地从河岸上走过，牛偶尔的一声长哞听上去像句诗一样。稻田里的紫云英怯怯地开着紫红色的小花，雨雾中有着令人惊艳的干净的美。我哥哥和梁小民等一群半大男孩子日日不知疲倦地在河边和稻田的月口处梭巡，伺机捕捞逆水而行的肥美的鲫鱼。涔水镇家家户户的厨房里都充满了葱烧鲫鱼的香味。

我很享受在后窗看到的一切，美好寂寥的景致让我沉醉。有时候，在后窗可以看到很多人，有时候一整天一个人也看不见。那一年小镇上的女孩爱上了一种新的游戏，她们把含苞待放的野蔷薇和刚抽出嫩叶的竹枝摘下来，去掉竹枝的嫩叶，把蔷薇的花蕾插进去，做成奇怪而妖艳的花枝。有时她们人手一束，叽叽喳喳成群结队地从后窗经过，她们被细雨打湿的头发又黑又亮，像绸子一样。还有一回，我看见叶红梅和梁裁缝相继经过后窗回到小镇，叶红梅撑着白色的自动伞，她过去后约有一炷香的工夫，梁裁缝也披着透明的塑料雨披从同一个方向过来，细雨汇集，刷洗着雨披上青草的汁液。尽管他们是在不同的时刻经过后窗，尽管梁裁缝手里还拎着一条串满了鲫鱼的柳枝，但他们同样轻快的脚步、干净的面容，使我把他们纳入到同一幅画面里来，让那些拿着妖艳花枝的小女孩簇拥着他们，并把他们当做两个喜悦的人收藏在我的记忆里。

天快要黑下来的时候，后窗的世界更是神秘得令人心跳：夜在沙沙的雨声中漫步而来，它的黑纱似的翅膀慢慢掩盖了一切，被紫云英的花朵装点的稻田像盏渐渐熄灭的彩灯默默隐入黑暗……就是在这样一个黑夜驱赶白天的时刻，有一次我竟看见过死去多年、我从未谋面的外公在夜幕四合下的河岸上走过，他穿着藏青色的长衫，撑着桐油纸伞，神情寂寥，脚步茫然、踌躇。

那一年我已七岁，但我能说的话却很少。言语对我来说曾经是一件十分困难的事（谁能想到后来我会做了牙尖嘴利的律师？）但我在看到外公的那个傍晚，破例在下楼吃晚饭的时候说起了我看到的这个穿长衫、脚步犹豫的男人。听完我的三言两语，我的外婆放下饭碗，泣不成声。当年外公被打成右派，外婆为不累及上卫校的母亲，果断地与外公划清界限——外婆的这一举动一直为涝水镇人们所称道。

是识大体的女人，人们说。

后来外公因病去世，死在异乡的破草房里，时间一晃又过去了好多年。对外婆来说，这段时间又未尝不是格外地漫长？漫长得足够她重新过上这样的几辈子呢？

偶尔有雨后短暂的晴天，雨声消退后的小镇，人声就像雨后春笋一样茂盛生长，街头巷尾到处是各种各样的人言，它们飞短流长，淹没了鸡鸣狗吠。

叶红梅的婆婆六婆在那个春天还能走动，雨停下来后，她扶着墙穿过一条无比喧闹的街道，从东街走到我家所在的御銮巷来。巷口的泡桐树一到三月就结满大而暗败的灰紫色花朵，花朵低垂，开起来老态龙钟的样子。人坐在树底下说着话，时不时有朵花“噗”一下掉下来，只是听这“噗”的一声响，你就知道这朵花不是落了，而是死了。

天一放晴，各式各样的老太太就齐聚到泡桐树下来。她们出门前一律用煤油篦过头上的虱子，脑后的发髻油亮亮的、一点就着的样子。她们的手指上都戴着铜顶针，手里拿着插着针线的鞋底。她们偶尔也看我一眼，对我外婆说：“这丫头还是不说么？”我的外婆有时答：“可不！有时答，在家里也说。”这要看我外婆的心情和她当时所处的境地。外婆如果碰巧手上没活干，看别人飞针走线，自己倒像个吃白饭的样子，外婆就会伸手把我搂过去，使劲晃一晃我说：“可是个没良心的，做给她吃，做给她穿，夜来给她盖被子，连一声儿外婆也听不到她的。”当然在大部分时候老太太们对我是熟视无睹的，她们要诉说的太多了，各家的生计，各家的媳妇，种种的不易与委屈。

六婆颤颤巍巍地过来了，扶着墙慢慢溜到马扎上去。她咳咳咳地喘上半天，蛇一样嘶嘶地说：“……偷人婆！回回到家，短裤子都是湿的呢。”

六婆说的是她的儿媳妇叶红梅。六婆一直到死，对叶红梅都充满了怨恨。镇上有个人是钻井队的，和赵大军差不多同时结的婚，人也不是经常在家的，可人家的爹妈孙子都抱在手上了。

听到六婆的话，我外婆等人就把嘴撇得扁扁的，以示对叶红梅的不屑。我不是第一次听六婆这样说叶红梅了，我不明白人怎么会被偷，叶红梅的短裤为什么会湿呢？大人的世界总是这样混沌、污浊、不明所以和暗藏敌意。六婆家的大门框上钉着“光荣军属”小木牌，过八一节的时候镇上的领导会提着麦乳精、红糖去看她。生着肺病的六婆是骄傲的，她的儿子是世界上少有的好儿子，儿媳妇是世上少有的坏儿媳。

“咳、咳咳、咳……昨儿给我吃春笋腊肉汤，发物么，盼着我早死呢。”六婆总是有得抱怨。

叶红梅下了班，有时会顺道过来搀说了她一下午坏话的婆婆回家。人们看见她微蹙着眉，安静地若有所思地搀着六婆走远，总是难以把这样一个女人与卖肉的毛二、税务所的罗圈腿小江、镇医院的秃顶王大夫之类的男人联系起来——他们哪个也配不上她。再说了，这几个人有哪个是胆大的？军婚呢，不是开玩笑的。虽说是不信，但人们还是很乐意听到六婆这样的话，这些话真是让人想入非非啊。

六

婚姻无疑是一个普通人一生中最重大复杂的事情，但它并不总是“在人生最美好的时候遇到一个一生中最重要的人”。我的外婆提到跟外公的政治生命一同结束的婚姻，只是一声长叹，一句话也说不出来呢。小时候我时常听到已婚的大人以过来人的身份规劝那些单身的人：“说一个吧，要不日子怎么过？”——可见婚姻也是拿来打发日子用的。长大后读了点书，在书中经济学家说婚姻是个市场，法学家说婚姻是纸契约。而众所周知市场是自由的，契约呢，又是必须履行的。文学家最扯淡，他们说婚姻是场长谈。而那些搞文学的男人谁不是在外面俏皮话成串、而和老婆却越来越无话可谈呢?

或许，婚姻就是场相互的持续的发现，有时发现对了，有时发现，错了。

可是，改错是需要勇气与代价的。我的委托人，那个下岗女工在打赢官司后，她要做的第一件事并不是马上去寻找她梦寐以求的筷子或是叉子。她需要养活自己，于是她首先是去找了一份做家政的小时工。

大多数的人是缺乏这样的勇气的。

偶尔我看着丈夫会有一些伤感，我偶尔会怀念多年前那个年轻、热情、满怀正义的法学院学生。有个晚上，我听见他打电话给一个做法官的同学，请该同学关照一个朋友经办的案子。我们在学校里恋爱，有什么话是不说的呢？他在农村长大，他的父亲曾因贩卖鸡蛋以投机倒把罪获刑三年。他大学时的理想，就是要为建立法制社会而奋斗终身。在有能力做这种奋斗的时候，他却把这理想都忘却了……现在的他是如此百炼成钢，不知道还有什么能给他最后一枪，击中他内心里沉睡的某个地方？

看看，婚姻不过如此。

我本来遇到的是A，可是过着过着，眼睁睁地看着原来直如弦的A，变成了令我畏惧的曲如钩的B，而且这个B，将来还有可能变成我一无所知的C。我们的教育系统，原来是两套。一套是公开的，由讲台上的老师、学校、书本组成，一套是隐蔽的，由活生生的社会组成。而社会这一套中，就包括了走下讲台的老师、书本之外的著述者等社会精英。作为教授者的知识分子，他们不得不做有着两副面孔的人。一副面孔下他们慷慨激昂理想，一副面孔下他们顺应时势与激流。这样，一个纯洁美好的青年，接受了一些书本上的知识，得到了各类毕业证学位证，此时他的学业依然远远没有完成，还有更高深的学问等着他去修习。纯净如水的他一脚踏进这社会，这社会给了不谙世事的他几次亏吃，慢慢他也就懂了，学会如何把理想深埋在内心，逐渐游刃有余起来，进而成长为社会的中流砥柱。一旦到了这个地步，他又有什么办法不把一双眼睛常常盯在两庑的几块冷猪肉上呢（梁启超语）？

梁裁缝和李兰珍的婚姻没什么好说的，这样的搭配我们常能看到，那是另外的一种门当户对。小时候的我不爱说话，我的外婆发愁地哄我，说你这样笨嘴笨舌的，长大只能嫁给西街福娘的小子。福娘的小子被庆大霉素坏了耳朵，是个聋子。哑子配聋子，可不也是正好么？

叶红梅的婚姻曾是涔水镇姑娘们的婚姻范本。在三十年前的涔水镇，人们即使只是想离开小镇到县城生活，也是一件和登天一样难的事。叶红梅嫁了个军官，她的丈夫赵大军是海军某部的正连职干部，只要他一到副营，叶红梅就可以办随军，跟着他到大城市里生活——婚姻中的评估标准从来无需依靠学校这样的教育系统的推广即可作为一种知识广为人知，就如“直如弦，死道边；曲如钩，反封侯”这样的处世规则无需借助书本就可被像我丈夫这样冰雪聪明的有志青年获得一样，婚姻、社会、他人都是所学校。

叶红梅的命运将会因她的军官丈夫而得到极大的改善，涔水镇的每一个人都看到了这一点。所以即使叶红梅新婚不久就总是一个人独来独往，羡慕她的人依然不少。不过那时的叶红梅，她还年轻着呢，头发还黑得发亮，到底过得好与不好，还是一件很难说得定的事。后来六婆躺在床上不能动了，叶红梅班也上不了，一日三餐把饭和水端到六婆的床边去。

六婆强撑起半个身子，挣扎着对叶红梅说：“……有你享的福！”

叶红梅低着头，端着婆婆吐的一脸盆秽物出来，泪水在眼眶里打转。她立在空荡荡的小院当中，眼里含着泪想了想她的丈夫，她能想起来什么呢？无非是一身蓝军装，还有顶总是戴得周周正正的帽子——这把她吓了一大跳。

赵大军偶尔也写信来，邮政所在供销社的隔壁，李兰珍下班的时候会把信给叶红梅捎过来。李兰珍把信递给她，并不急着离开，有时她进屋看看六婆，有时她就坐在小竹椅上，一只手伸到二小子身上去摸弄它。等叶红梅看完信，李兰珍就站起来，问道大军忙什么呢。叶红梅拿着信纸的手垂下来，很茫然地说他去上海，试驾什么江湖级护卫舰。李兰珍“啧啧”地咂着嘴离开，说我去跟裁缝说一声——岂止是跟裁缝说一声？这晚睡觉前涔水镇的人就都知道赵大军忠孝不能两全，他去上海试驾护卫舰去了。

六婆吃拉全在床上，叶红梅就时常要挽着一篮子脏衣服、床单去河边清洗，二小子忠实地跟着她。我有时也跟在叶红梅和二小子后面去河边。

二小子实在是太老了，以致叶红梅走一会儿，就得把篮子抵在树上等它一会儿。

街坊们照例是热情而客气的，他们问“六婆吃了无”或是“大军有信无”，叶红梅就蹙眉低语地答。叶红梅走过去后，人们长久地注视着她袅娜的背影，想起六婆那些咒骂她偷人的话，人人脸上都带了点暧昧的笑——不过是个人么，日子要是太好了，也终究是不太对的事嘛。

叶红梅走到河边，她拍拍二小子，让它在河岸上待着，自己一个人下到河边去。河边有块大青石，天气好的时候，一镇的姑娘媳妇都在大青石上淘衣浆衫，过年过节，来淘洗宰杀好的鸡鸭，把不要的下水扔进河里喂鱼，大家说长道短，泼水打闹，会使得这里异常热闹。叶红梅得错过热闹的时刻，她要洗的东西实在是又脏又臭。有一回我跟着她来到河边，我刚把鱼篓浸到水里，差点被一阵臭味熏晕过去。叶红梅抖到河里的一张床单让周围的河水都变浑了，一群小鱼忽地游过来争食，活泼地在水里钻来钻去。

我们一大一小两个人，站在大青石上一句话没有地看了半天的鱼。

七

除了我家巷口的泡桐树下，在李兰珍歇班的日子，梁裁缝铺子前也总是非常热闹的。一帮女人坐在门前的小竹椅上织毛衣、绣鞋垫，热热闹闹地扯白话。她们从身上的衣服扯到孩子、再扯到锅灶里的饮食，偶尔还有床上的光景。回回都是这些。同一个话题，有时会有很多版本，泡桐树下是一种，裁缝铺前是一种。

那时候的梁裁缝在安静而忙碌地过着自己的日子。他在窗前忙活，女人们就在窗外说笑。他并不能很真切地听清楚她们说什么，不过是间或的那么一句两句。那时有一个乡里小丫头叫秋兰的，跟梁裁缝学手艺，白天到铺子里来，天黑就回河对面乡下的家里去。梁裁缝裁剪好了，秋兰就“嗒嗒嗒”踩缝纫机缝。梁裁缝在窗前的案板上忙活，只要他一抬头，就可以从敞开的窗子里看见他的妻和那些叽叽喳喳鸟一样吵扰的女人。

她们中有的人有时喊他“小梁”，开他和李兰珍的玩笑，说：“兰珍说你们没有的事，你说到底有还是没有？要是没有，小民小蚊是谁的种？”

他能说什么呢？他只能在窗户里笑笑，看李兰珍嘎嘎笑着作势要去撕那人的嘴。

时间久了，他慢慢还是有了一些发现。比如，叶红梅就很少拿他开玩笑。每逢别人笑得乱作一团，叶红梅会把头低低地低下去，尖尖的下巴一直抵到颈下的深陷在锁骨里的深窝里。有一个下午，她们不知扯到了什么，只听李兰珍叹了口气，说你们哪里知道我的难处，肉票倒也罢了，粮、油的，也让你们少一个人的看看？一时间大家都不出声了，齐齐地望向在屋子里忙活的男人。

梁裁缝听得李兰珍说“我的难处”，并没有说“我们的”，不由地面红耳赤，仿佛他正是那个难处的罪魁祸首。他连忙背过身去拿挂在墙上的尺子，却又看见秋兰那个小丫头也似笑非笑地望着他，好像是在等着看他如何辩解。这让他很恼火。他赚得并不比一般的男人少，可是没有那些票，有钱也是件很难的事——何况他并不敢说有钱。

这时他听见一个声音轻轻地，说："有一个好手艺比什么都强啊。"他听出来是叶红梅的声音。墙上贴着梅兰芳，尺子就挂在林黛玉与虞姬之间。他把手摁在这两个死于爱情的千古美人之间，有那么两三秒钟，眼睛一点一点地湿起来，让他一动也不能动。

正值黄昏将近，夕阳把街道照得金黄。

他转身回到窗前的案板边，立在窗内的阴暗里，抬眼朝着叶红梅看过去，一直地，看过去。

叶红梅对着窗子坐着，两个膝盖紧紧靠在一起，微微扭着身子帮李兰珍拆小民的一件旧毛衣。她把两只手伸到李兰珍面前，修长的十指莲花样盛开。她低着头，温顺地让弯弯曲曲的旧毛线在她白皙的手腕上绕了一圈又一圈。

真的比什么都强。叶红梅又说。她一直没有看他，就好像她不忍心似的。

六婆辞世前的一段日子，叶红梅进进出出，安静得像个影子。就连那条叫二小子的狗，也难得听到它叫几声。而相隔不远的梁裁缝家里，李兰珍也好、小民小蚊也好，都太吵闹了些。有时候会令梁裁缝觉得自己的家简直就是由各种声音组成的，这个家里的开心、烦恼、甚至是郁闷，通通都是带着声响的。这些声响是强大的，时常会像水一样淹没了他。

有一回梁裁缝从河岸上走过，看见叶红梅坐在河边哭泣。浸了水的床单很沉，拧床单的时候叶红梅的指甲齐根断了。她跌坐在潮湿的青石上，把头埋在膝盖上默默流泪，肩膀一耸一耸的——叶红梅无声的悲痛让梁裁缝心内酸楚，他犹豫了一下，“噔噔噔”下到河边去，三下两下把一篮子床单、被套拧干了水。

有个下午，女人们的聚会结束，她们站起来各自提着自己的竹椅回家。梁裁缝注意到叶红梅穿着一条经过他手的草绿色军裤。那是她丈夫带给她的，本来很肥大，拿给梁裁缝改瘦了——那年流行瘦裤腿，涝水镇的人叫它绑腿裤——叶红梅穿的那条绑腿裤很合身，臀部、大腿的曲线像是用笔画出来的一样，非常圆润流畅，要是尺寸再小一点，或是再大一点都不成。梁裁缝不免对自己感到惊讶，曾经那么精准地掌握过叶红梅身体的尺度。他不禁有些羞赧起来。

八

在三十年前，在我们涝水镇，一个人喜欢打扮，我们会说，哈！这个人，真设啊！“设”这个词我们一般用来说女人。在一个处处捉襟见肘的年代，一个女人想美，就要用尽细巧的心思和全部的智慧。“设”这个词真的很能形容一个女人在打扮上山穷水尽时最后的才智绽放，比如李兰珍旧棉布裤子上刀锋一样的裤线、腈纶毛衣上各色的活动毛衣领——她费了多少心思！我的外婆在纳好的布鞋底边上总要别出心裁地裹一层白布收边。我穿着收好边的布鞋坐在街沿上看街景，会有路过的女人注意到光洁整齐的鞋底边，她会停下来看着我的脚，说：“这鞋做得真好，像买的一样！”

会“设”不是一件容易的事。

我们说一个爱收拾自己的男人呢，会说这个男人，嗯，爱“好”。梁裁缝就是一个爱“好”的男人，干净整齐。当然，他也是一个能在“设”这件事上帮女人大忙的男人。从这个意义上来说，他起到了和现今电视里那些裹着披肩、染着各色头发的男性时尚人士一样的作用。

小时候的梁裁缝偶然从一副旧货担子上买了一本评书大师连阔如先生写的《江湖内幕》，从此厌恶了一切靠手巧和嘴巧的营生。不得已作了裁缝以后，在这必须手巧的营生里他还是保留了摒弃江湖春点的耿直。比如说，他拒绝给人做假衬衣领子。就好像别人要去骗人，他拒绝做帮凶。李兰珍用那些假毛衣领子来打扮自己和掩饰她只有一件红色腈纶毛衣的窘迫，是梁裁缝没法改变的事，他只好由她去。再说了，一镇的女人谁不是这样的呢？但是一个人爱设和一个人会设真的是完全不同的两回事。一个会设的女人，你只要等着看她就好。比如镇小学里的谭老师，虽然年近半百，但无论什么时候，谭老师的衣着，是得体的衣着，谭老师的行走，是斯文的行走。而镇上有些女人，走起路来简直就像被赶急了的鸡。再比如叶红梅，她从来不用假领子，她只有两件的确良衬衣，白的一件，水红的一件。她总是把尖尖的衬衣领翻到绒衣外，脖子下的一粒扣敞着，连带着把衬衣也带出来一抹，看上去好看得很。

一个女人仅仅爱设是不够的。就拿李兰珍来说吧，她花样翻新地过着日子。今天脖子下是条红领子，明天换成黄的，后天换成绿的。可是呢，真让人替她担心。李兰珍脖子下飘着条绿色的毛衣领子，她在街上遇到熟人，拉拉扯扯说着话，一伸手、一弯腰，从袖口、从腰际蹿出来的一抹红，像一头藏不住的小兽，把一切都败露了，把一切都拱了出来。要命的是她自己一点也不知道。

有一年忽然流行马靴，街上的姑娘媳妇人人都买了一双。晚一些，李兰珍也托在县城百货商场工作的同学弄了一双小码的。靴子帮居然是生牛皮的，靴底钉着铁掌，是如此彪悍如此气势汹汹的一双鞋！靴子买回来的那晚，等李兰珍和孩子睡下了，梁裁缝坐在厨房的小竹椅上，一边洗脚，一边打量放在餐桌上的那双靴子。只见它静静地一动不动地卧在那，猛兽一般，这哪里是用来打扮人的呢？这简直是用来糟蹋人的！更令人惊心的是在白天，小个子的李兰珍穿上新靴子，站在门外的街道上和几个女人扯白话，她立在那，膝盖以下的腿都被那猛兽般的靴子一口吞了——她整个的人就像搁在两只假肢上，怎么看都像个失去下肢的残疾人。梁裁缝心惊肉跳，急忙找了一块靛蓝的竹布，连夜给李兰珍赶制了一件西装领的通天扣长衫，下摆齐到小腿肚那，总算是把那猛兽般的靴子遮了一遮。

第二天叶红梅过来叫李兰珍一起去上班，看见穿着长衫、显得十分精干的李兰珍，叶红梅一句话也没有说，却那么惊讶地望向梁裁缝。

九

梁裁缝是农村户口，有一年乡下要包产到户，他的两个孩子，小民和小蚊，按当时的政策随李兰珍落户镇上。

一天晚上一家人坐在厨房的小桌子上吃饭的时候，梁裁缝对李兰珍说："队里给我分了一亩七分水田、一块梯地。"

李兰珍在一碗炒辣椒片里翻捡出几块猪肉，给梁裁缝一片，给儿子小民一片，搛起一片送到嘴边咬了一小口，将剩下的一半给了女儿小蚊。李兰珍吃了几口饭，说："未必你还要回去栽田！给你大哥栽吧。"

乡下人为几尺宅基地就可以打破脑壳，这么多的田地，李兰珍说不要就不要了。李兰珍个小，但就是有这样的气魄。梁裁缝心里也是要给大哥的，大哥孩子多，吃饭的嘴也多，这事搁心里几天了，才敢跟李兰珍说。他们厨房里的灯泡是五瓦的，又经过油烟熏燎，灯光愈加微弱，一家人坐在松木饭桌边简直看不清彼此的脸。要是电灯再亮点，李兰珍就可以看见梁裁缝脸上温和的笑。

梁小民多次抗议这小瓦数的灯，说不如天黑去捉几十只夜花，装在罐头瓶里也比这亮堂！李兰珍说你爸在老家时都摸黑吃饭，未必你不同，会吃到鼻孔里去！夫妻俩的话都是李兰珍来说。“你爸在老家时”是李兰珍教育子女时最主要的说辞，就像学堂里的政治老师说“在那万恶的旧社会”。这样教育的结果是孩子们有时会用他们那双稚气的眼睛怜悯地望向他们的父亲，这个不能像他们一样吃商品粮的男人。有时他们望着他们父亲时的样子，就像望一个在旧社会遭足了罪的翻身农奴。

李兰珍“吧嗒吧嗒”地吃着饭，对梁裁缝说：“家里不是还有点夏布吗，你看着给红梅做件睡裙吧。”

就这么句话，不知为什么让梁小民“咯咯咯”地笑起来。

李兰珍看着儿子：“你笑什么？”

梁小民那年跟我哥一样，十二三岁，俨然是个人精了。他咬着饭碗边，青花饭碗差一点扣到脸上去。

梁小民说：“红梅姨走路奶子颠颠的，卖豆腐的老胡说她揣了两块嫩豆腐。”李兰珍“嘎嘎”笑了。笑过后又觉不妥，一筷头敲在梁小民头上，说：“我让你学那缺德男人！年前大军叔回来奔丧还给你带了子弹壳做的手枪，没良心！”

梁小民说又不是我说的。他把头躲到碗后去，继续说：“老胡说那两块豆腐一块大军拱，一块我爸拱。”

这话简直像在梁裁缝的头上打了个响雷！他的脸刷的一下变得比纸还白。不过还没等他回过神来，梁小民拿手背把嘴一抹，抄起陀螺一溜烟出门玩去了。

李兰珍愣了下，说：“——老胡的嘴巴，只怕是生了蛆！”

很快小蚊吃完也找小伙伴玩去了。三十年前的小镇令人非常放心，从来没发生过丢孩子的事。那时的孩子也不像现在的孩子有那么多的作业要做，所以他们会玩到玩不动了才回家。

梁裁缝搁下碗筷到院子里站了会儿。院墙根下种着苦瓜和丝瓜，果实累累的样子。不知为什么，他站在院子里，举头看着天上的圆月，一行清泪顺着脸颊不知不觉地淌下来。他站了一会儿，擦干泪回到厨房，十指交叉起来兜着一只膝盖，安安静静地坐在桌子边等李兰珍吃完饭好收碗。

门外的街道上不时有出来乘凉的人走过，“啪啪啪”地用大蒲扇拍打身子。那一年夏天雨水出奇地少，蚊子却出奇地多。它们一团一团地出动，简直可以把人抬起来咬。开饭前李兰珍在厨房里薰了把干艾蒿驱蚊，这会儿她就在缭绕的烟雾和微弱的灯光里大口大口嚼着辣椒和米饭。孩子们都出去了，屋子里是那么静，那么暗，那么雾，让梁裁缝有一种恍如隔世的感觉……小时候的梁裁缝最爱的事是读书，他的学习成绩当然也是很不错的，算术考过几次满分。十二三岁因家境贫困退学，被姆妈用一根竹条逼着跟一个半佝偻的表亲学裁缝，在一把折叠尺时不时的敲打下成年。即便是那样，他也还幻想过将来可以有一个像电影里刘巧儿那样标致可人的媳妇，两人在阳光下的田野里一边劳动一边唱歌……有说不尽的恩爱。然而世事难料，只是一眨眼的工夫，他成了个裁缝，媳妇、孩子，一个接一个，排着队来了，全是他不曾料想过的样子，全是他不曾料想过的日子……

后来人们都说，政府倒是问过梁裁缝上不上诉的，裁缝摇了摇头，一句话也没有呢。

我曾想象我回到了小时候，回到了涔水镇，穿过灰扑扑的街道，我走到梁裁缝的窗前，问他："上诉不加刑，为什么不呢？"当然我没有听到他的回答。

为下岗女工拟好起诉状以后，临去法院之前，我对她说："要争取判离的话，可能要做好准备在财产分割上做一些让步。"

她痛快地回答没有问题，接着她把头低下来，拨开头发让我看。

她说："都是染的……四十的时候头发就全白了，先是孩子小，后来父母老，好容易孩子大了父母走了，现在让我为了钱？那我这辈子……"她胸脯起伏得厉害，竟哽咽而不能语。

在她身上，我看到了那未能被生活完全压服的蠢蠢的欲望，这欲望侥幸在身体里的某个地方活了下来，最终使她依然成为了她。

打完下岗女工的离婚官司，我和她走出法院。我站在法院门前的台阶上，看着打赢了官司但从此吃饭都成问题的女工脚步轻快地愈走愈远，突然明白很多问题其实是不需要答案的，行动直指我们的内心，本身就是一种答案。

十

梁裁缝死后的第三年，李兰珍得到一个孩子。

那天天气不错，屋顶的积雪在渐渐暖和起来的阳光下慢慢融化，屋檐滴滴答答地往下滴水，街道两边铺子的台阶一半干一半湿，呈现出一种非常黏腻的状态。来镇上买种子、农具的农民踩着泥泞的道路而来，在小镇的水泥街道上留下一个个红色的泥脚印。

我哥哥和梁小民他们正在街道上滚铁环，喧闹声盖过了商贩叫卖声。他们在拥挤的街道上来回奔跑，铁环在水泥路面上刮擦出刺耳的"吱吱"的声响。他们不时会撞到人，撞到一辆板车，或者是一只菜筐。大人们忙里偷闲地骂一句“遭枪打的”，没有人认真地制止他们——涝水镇的人骂起孩子来用词狠毒，就好像那些小东西是他们前世和今生的仇人。

只是过了一个冬天，像我哥哥和梁小民他们那样大的男孩，好像突然长了无穷的力，那些力在他们单薄的皮肤下奔涌，让他们不得安生。涝水河的水还凉得刺骨，捕鱼捞虾的游戏还不适合去做，他们就成天在街上跑来跑去，停下来的时候，他们就咬着下唇，一幅因为无所事事而苦闷不堪的样子。那天他们在街上跑了几个来回，就出了一身的汗，我看见他和梁小民的头顶冒着淡薄的热气，梁小民的一件旧灯芯绒棉衣的下摆处粘着一块块的红泥。这一天其实跟我、跟镇上的其他人都没有什么大的关系，可是非常奇怪，很多年过去以后，我还是会隔三差五地梦到同样的场景：梁小民滚动一只铁环，棉衣是敞开的，露出由无数块颜色不一、大小不一的碎布头拼起来的里子。碎布拼接得非常规整，显然梁裁缝曾经努力用他那双巧手弥补着生活中无处不在的短缺。梁小民弓着腰，贴着街道两边的台阶蛇形前进，灵巧地躲开屋檐的滴水。他的左手垂在身体一侧，像猿人一样长过膝盖。在梦里他的速度非常快，越来越快，他也越来越远，直到最后只剩下一个小黑点。据我哥哥说实际上不是这样。真实的情况是街道上很拥挤、杂乱、肮脏，梁小民滚着铁环往前奔跑，突然他妈李兰珍从镇政府所在的南街斜冲过来截住了他。李兰珍的头顶上也冒着热气，她的右胳膊上挂着一个很大的包袱，怀里抱着一个用张海军蓝毛毯裹得像只小熊的孩子。孩子和包袱挡住了她的部分视线，使得个头矮小的李兰珍走起路来像头老熊一样蹒跚。孩子把小脑袋搁在李兰珍肩膀上睡得很香。

李兰珍拦住梁小民，她曲起一条腿托住臂弯里的孩子，把一只胳膊伸开来让那只包袱直滑到手腕上。李兰珍把包袱递给懵懵懵懵的梁小民，说帮你弟拿着。

梁小民抱着包袱发了一会儿呆后，紧跟几步追上李兰珍问：“谁？”

李兰珍“嘎嘎”笑了，说：“憨儿，你弟！”

李兰珍出了几天门，抱回来一个孩子。

街坊们很久没有听到李兰珍“嘎嘎”的笑声了，一时还没有回过神来。等李兰珍走出老远后，有人冲着李兰珍的背影喊了一句：“兰珍，孩子叫个吗？”

李兰珍头也没回，大声地答了句：“叫个梁小来！”

梁小来两岁多了，是一个瘦小而安静懂事的孩子，很少哭闹。我们时常能看到李兰珍牵着他，追着小贩给孩子买麻糖吃。李兰珍的另外两个孩子，梁小民和梁小蚊，对这个突然出现的来路不明的弟弟，抱着说不清道不明的敌意。早晨起来，李兰珍给梁小来穿戴整齐，把他牵到屋外的小竹椅上坐着。梁小来安静地坐在门口，手里捧着一只装着半缸米花的大茶缸。梁小来把一只小手伸到茶缸里拿米花儿吃。他的哥哥姐姐“咚咚咚”地出门来，小小的梁小来就赶紧从竹椅上站起身，端着茶缸站到墙边去。

福娘的聋儿子那年有十来岁的样子，因为聋，也就哑了。他没有上学，成天在各处游荡。人稍逗逗他，他就拿起石头砸人，嘴里呜啊呜啊地乱叫一阵，像个小怪物，着实有些吓人。街上的孩子都怕他。有一次李兰珍买完麻糖回来，看见梁小来和那孩子并肩坐在街沿上，四只小小的膝盖亲密地倚靠在一起。他们各自把手举到嘴边，一边“咯嘣咯嘣”地咬着指甲盖，一边安安静静地看街上人来人往，样子都乖得叫人心疼。

李兰珍打扫屋子的时候，翻出来一盒裁缝用剩下的粉条，红、白、黄各色都有。于是我们也时常能看到李兰珍闲下来坐在门口，拿了粉条在地上写“上中下、人口手”教梁小来。各家的女人都提了小竹椅出来，坐在他们身边观看。梁小来认字很快，女人们看了一阵，说这孩子倒像他的娘老子。

李兰珍把粉条一扔，“嘎嘎”地笑了。

她自己的一双儿女，梁小民和梁小蚊，是怎么都不能把字装进肚子里的人，上了几年学，一个接着一个都不上了。孩子们反正会按照自己的方式长大，一镇的孩子谁不是这样呢？后来我哥和梁小民他们几个一般大的男孩子，在派出所改了户口本，或跑到县城去参了军，或流落到那宏大而深浅莫测的社会里去，好与坏，全得凭个人的领悟与运气——大人们太忙了，哪里顾得上来？

我曾看见那些男孩一个接一个经过我家的后窗，顺着沿河岸而修的公路离开小镇。他们背着单薄的行囊，裤脚一只高一只低，略显稚嫩的背影看上去倔强而又落寞。

梁小蚊不久就开始顶替李兰珍去供销社卖布，年纪不大，手脚倒是麻利得很，一家人的日子照常过了下去。

但很快流言也传了出来。几个老太太坐在泡桐树下，神情诡秘地说：“……裙子里什么也没穿，东西一样样地拿回来，邓伯月月的账都对不上，瞧，老了老了……”这些话不太容易传到裁缝铺那儿去，即使传过去李兰珍也不大可能听得见了——她时常坐在小竹椅上打瞌睡，两手摊开搁在岔开的大腿上，被嚼坏了的那根食指骇人地伸开，头歪在一边，口水一直滴到胸口上。

十一

我爷爷和外婆相继离世后，我的父母把家搬到了我哥哥当兵的北方小城——我哥哥娶了团长的女儿，很快提了干——我漫不经心地把书念到了一所大学后，就再也没有回过涔水镇。梁小来后来怎么样就无从知晓了。不过，他在我的记忆里，始终还是那年我在镇医院看见他时的样子……

那一天我感冒了，咳嗽得厉害，母亲把我带到镇医院去打青霉素，在医务室我们看见了李兰珍和梁小来。

李兰珍头发花白，梁小来神情怯怯，他们夹杂在一群来给孩子打预防针的母子中，格外打眼。

很快轮到梁小来了。我母亲把注射器朝上，推出一点药水挤压出针管里的空气，梁小来朝我母亲看了一眼，嘴一咧，趴在李兰珍的肩头哭了。

李兰珍把梁小来从怀里放下来，用两条腿夹着他，扒下他的裤子让我母亲给他扎了一针。扎针的时候梁小来继续哭，他把脸埋在李兰珍胸前哭泣，哭声悲伤无助，可也并没有比先前更大声些。我看到他背对着我站在李兰珍的两腿间哭着扎针，他甚至都没有像一般小孩那样挣扎。李兰珍把扎完针还在哭泣的梁小来搂在怀里摇晃着，没有立即起身离开，她又向我母亲请教了一些小儿积食疳结的问题。我母亲给她推荐了四蘑汤。这时，等着给孩子扎针的一个女人，抱着孩子站在李兰珍边上。这个女人身材高大，脸色黑红，一看就是附近村子里的种田人。她怀里的女孩子也是胖大的，有着红红的肥嘟嘟的脸，跟梁小来形成很鲜明的对比。这个女人看着李兰珍搭讪着说，这是你的孙子吧，乖得很。

当时我做完皮试被母亲抱到了医务室的一张高脚凳子上坐着，我两脚悬空，不得不小心翼翼地坐在上面。我的目光跟着李兰珍。听到女人的话，只见李兰珍抱着梁小来站起身，一言不发地朝门口走去。她走到门口停下来，在门口站了一会儿，又折回来朝那多嘴多舌的乡下女人走去。她走到那女人面前，站定了，用一只胳膊搂住孩子，腾出一只胳膊来，伸出那只完好的食指，在那女人的脸前点啊点，最后停在了女人的鼻尖前。

李兰珍一字一句地说：“你的眼睛，只怕是，被玻璃划了吧！”

我至今也没有忘记的是李兰珍一言不发向门口走去时的情景。李兰珍转身向门口走去时，梁小来斜倚在她肩头上的脸转向了屋子里的人。他把一根手指塞到嘴里安静地哭泣，脸上满是眼泪，但他的表情却淡到无，并不难过的样子，好像这眼泪和他自己是不相关的两回事。他趴在李兰珍肩头，一边哭泣一边慢慢地把屋子里的人都看了一遍。最后，梁小来定定地看向了我，他的目光一旦在我的目光里停留下来，瞬间就让我感到了无以言表的深深的忧伤……我摸着手腕上扎过针的地方，眼泪慢慢流了下来。不知为什么，坐在高椅上一动不动默默流泪的我，突然想起那年坐在爷爷肩头时的情景。我爷爷双手上举扶着我，带着我一直挤到半山腰。我越过许多大人的头顶，看到了胸前挂着木牌、双手反剪的梁裁缝，他表情淡定，把头侧向一边，正好对着我和爷爷的方向。他的目光同样越过许多大人的头顶慢慢迎着我过来，就像经过了一个漫长的旅行，梁裁缝的目光看上去疲累、无助，在这疲累无助中隐藏着一丝悲伤……

时至今日，当我走在人流涌动的街头，混迹于无数衣履光鲜、表情冷漠的男男女女间，偶尔会在突然中产生一种奇异的感觉，仿佛在某个隐秘的地方，有那么一双无助、悲伤的眼睛，在看着我，一直地，看着我……

浮生记

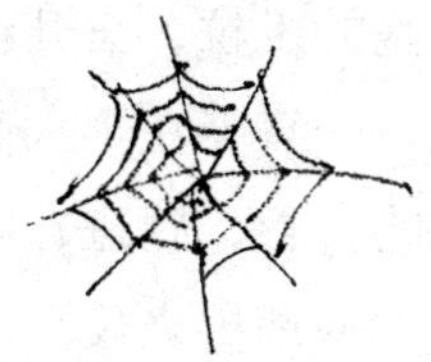

“请看在打谷的分上……”

新米坐在毛屠夫的火塘边，听到姆妈用恳求的语气跟屠夫说话，就把头低下去。姆妈以前都不用眼睛看毛屠夫，新米这还是头一次听到姆妈对他说话。

毛屠夫是新米的爸爸打谷的同庚，人人都知道他们曾在后山的一树野桃花下撮土盟誓，要做一辈子生死不离的好兄弟。毛屠夫对别人冷淡得很，却独独对打谷好。新米小时候不只一次听到大伯栽秧劝阻打谷与毛屠夫来往。

这鸟人，邪性！栽秧说。

打谷红着脸低了头，一声不吭，却照旧隔三差五和毛屠夫一起喝苞谷烧——这也是人人都知道的事。

毛屠夫的火塘里烧的是一整棵的栎树根，劲大得很，烤得新米的脸红红地发烫。屠夫的女人一言不发，面无表情地用火钳在柴火上烧清水粑粑。新米低着头，看见白玉般的粑粑被柴火燎起一个个小泡泡，泡泡迅速地瘪下去，变成焦黄的斑点。粑粑身上遍布这样的斑点时，屠夫的女人把火钳松开，让它落在新米脸前的柴灰里。

新米，吃！屠夫的女人说。

清水粑粑是姆妈带来的。立秋前种下的糯米和粳米，打下来后晒干，用筛子筛出完整的米粒，三升糯七升粳，蒸熟捣匀，费了一番心力做成的粑粑，一直养在半人高的绘有蟠龙的清水坛子里。在煤矿里当掘进工的打谷，歇班在家的时候把衣袖卷得高高的，在门前的稻场里喜滋滋地捣米浆。不过他还没有来得及吃上几个，就在入冬后的一个下午被埋在了屋后的土坡上。他在新米爷爷长满蒿草的坟墓旁占了块同样大小的地方。

火塘的铁支架上坐着一只乌黑的铝锅，里面煮着猪大肠和白菜苔。毛屠夫就着锅里的菜喝着苞谷烧。柴火和苞谷烧都养人，毛屠夫的脸像块绸布似的又红又亮。

新米不是可以顶班去煤矿里么？毛屠夫喷着酒气说。他始终没有看姆妈一眼。

姆妈从柴灰里捡起一个烧好的粑粑，拍掉粑粑上的灰，把粑粑一分为二，递给毛屠夫的两个小女。那个大点的女孩子比新米小两三岁，像屠夫的女人那样不苟言笑。小女长着一张毛屠夫那样的肥肥的圆脸，因为还小，看上去就有几分天真的可爱。她们把下巴搁在膝盖上，挤挤挨挨地坐在火塘边，隔着乌黑的铝锅和带着劈啪火星的青烟偷看红着脸的俊秀的新米。

姆妈把手伸到毛屠夫大女的头上，慢条斯理地理她的打结的头发。姆妈说，田家已有两辈人死在煤块下了，栽秧那一房我管不了，我的新米，尿尿我也不许他朝着煤矿的方向。

姆妈从怀里掏出一个红纸包，放到她带来的一篮子清水粑粑上去。姆妈说新米十六了，脚长手长的，好力气就在后头——你要是同意新米给你磕两头，这钱就是新米孝敬的苞谷烧。

毛屠夫把身子后仰，打着酒嗝醉眼看一直低着头的新米。新米长得着实像打谷那个鬼。

毛屠夫的语气温和下来，说这几天都有活做，吃过早饭过来挑家伙。

新米跟毛屠夫学杀猪的事很快传开了，新米的伯伯栽秧让儿子新荞给新米拎来一双崭新的高筒水鞋。新荞跟新米一样在右臂上缠着打谷的黑纱，他和新米蹲在新米家门前的枣树下说话。

新荞说："……听说同庚叔给小四家杀年猪的时候手抖了。"

新米说："活还是做得很好的，血放得很干净。"

小四家杀猪的时候，新米也曾过去帮忙。毛屠夫手持抓钩，和小四的大哥一起跳进猪圈里。毛屠夫跳进猪圈时，正好踩在一滩猪粪上，他差点摔一跤。看热闹的人哗地笑起来。毛屠夫没有笑，他示意小四的大哥揪住猪尾往上提，猪后腿刚一离地，毛屠夫一个箭步冲上去，将猪头夹在腋下，揪住一只猪耳猛力往后扯，猪头后仰嘴被迫张开，它还未来得及哼一声，毛屠夫手中的抓钩已牢牢钩住了猪的上腭。整个动作干净利落，博得了满堂喝彩。毛屠夫把抓钩的一端勾在一根手指上，慢慢悠悠从敞开的猪圈里走出来，那头猪就跟条上了钩的鱼似的，嘴里咬着抓钩乖乖地跟在他后边。几个小伙子一拥而上，合力将猪抬到案板上捆好。新米从樟木刀架上抽出杀猪刀递给毛屠夫，毛屠夫并没有马上接，他把手扣在肚子上，面无表情地端详那猪。后来毛屠夫把刀子捅进猪心窝里后，动作上有轻微的停留与迟疑，让新米感觉到了他一刹那间的不同往日的异常。小四的爹端着盛着一些盐水的木盆站在猪脸前，看到这一幕脸一下就拉了下来。活做完后，小四的爹没有邀请他们留下来吃杀猪饭，只是照例把一段猪大肠和一页猪肝用草绳捆了，挂在刀架上，包着十元钱的红纸包却没有放进冲洗干净的腰盆里，而是搁到了案板上。

新米问新荞，你年后去煤矿上班？

新荞没有吭声，他随手捡起一根小木棍在地上划来划去。新荞读到高中毕业，因为没有考上大学，所以这书就跟白读了一样，他只有和小学也没读完的小四一起去砖厂打工。他没有小四有力气，干得还没有小四好。

新荞在地上划了半天，说新米你什么时候后悔了，跟哥吱一声。

在煤矿干一个月就可以赚到上千元钱，命大干到退休的话，老了以后就能光拿钱不干活呢。新荞总觉得自己像是占了新米的便宜。煤矿里好几千工人，有很多人活到头发雪白，日日坐在矿区的小花园里含饴弄孙……新荞不相信田家的运气总是那么坏。再说了，跟活一个人比起来，有时候死个人反倒是一件再平常不过的事呢。

新米听到新荞的话，摇摇头站起来，用力而准确地把一块小石子扔到稻场下的稻田里去。冬天的稻田像饥饿的嘴一样空空地张开，小石子落到这空里，连声响也没让人听到一个。新米摇头不是不相信新荞，新米知道新荞是可以为兄弟舍命的人。打谷在的时候，新米时常带着妹妹新叶到煤矿里去玩。他们都喜欢吃煤矿食堂蒸的钵子饭，夏天食堂还卖三毛钱一杯的冰酸梅汁，冬天有热水澡堂，洗澡的时候一点也不冷，每个洗完澡的人都像刚褪完毛的猪，浑身被热气焖成粉红。不过现在的新米，只要想到打谷最后的样子，他宁愿把煤矿的诸多好处统统都忘掉。打谷在的时候，有许多好时光，现在回想起来简直会让人胸口疼……姆妈出去打猪草回来，一边把满满一篮子猪草抵在稻场边的枣树上歇息，一边笑吟吟地看打谷捣米浆。打谷当着孩子们的面埋怨姆妈，说死婆娘，老毛喊我去喝苞谷烧，还有辣椒炖猪大肠，你偏要我在这里捣米浆。不知道为什么，打谷面上有些恼，但他的语气听上去却是喜滋滋的，仿佛比喝了苞谷烧还畅快。姆妈亦很麻利地回答打谷："哦呵，我又没有拴住你，你的腿未必是两条桌子腿？要不就是两条蛤蟆腿，你想吃的不是猪大肠，只怕是天鹅肉。"新米和新叶就一起笑起来。

新荞把手中的木棍也用力扔到稻田里去，说哪天轮到外婆杀猪，你喊我一声。新荞所说的外婆，是新米和新叶的外婆，新荞还没有出生，他自己的外婆就死了，从小他就和新米新叶共了一个外婆。他们都喜欢外婆屋里的一张带踏板的雕花坨床，小时候的新荞和新米并头挤在外婆那张杉木坨床上做过数不清的好梦。年初新荞去砖厂打工前，特地陪着新米去乡场上给外婆捉了一只小白猪，两人用麻袋装了"小白"，轮番拎到外婆家。外婆往新荞新米口袋里塞煮鸡蛋和米花糖。外婆说，新荞，年底和新米新叶一起来吃杀猪饭。看来新荞没有忘记这顿饭。

新米到毛屠夫那里挑家伙。

新米脚上是新水鞋，半截裤管都塞在靴筒里，看上去帅气得很。毛屠夫的大女在结满霜花的窗前梳头发，一言不发地看站在门口的新米。她的头发似乎是这个世界上最难梳理的东西，新米站在门口，隔窗听到梳齿拽动头发发出的哔啪声。毛屠夫一大早就坐在火塘边喝苞谷烧，打谷过世后，他的酒喝得多而寂寥。屠夫的女人一副漫不经心的样子，手里有一下没一下地扫稻场。

新米走过去接过扫把，"唰唰唰"地扫起来。

大女把梳子咬在嘴里看新米扫稻场，看得有些呆了。大女走到火塘边坐下，端起一碗白菜煮清水粑粑吃了两口，就停下筷子，发了一会呆。大女说长得那么好看，不去读书当秀才，却要……她像个大人似的叹了口气。毛屠夫听大女说得有趣，很难得地一笑，说吃人家的粑粑，说人家的坏话，杀猪朗格不好？他又未必杀一辈子猪。毛屠夫说着话，就在椅子上伸直了脖子，从窗子里看稻场上的新米。新米扫地的样子让他想起打谷……吃的是同一川的稻子，喝的是同一个塘里的水，打谷自小就与众不同。年少的打谷性情和顺、眉眼清秀，像过年的时候贴在墙上的观音。一帮男孩子一起去塘里洗澡，脱得精光的打谷扎了个猛子从水里钻出来，整个人清新得像一杆莲花……可是最终他却是这样一种收场。太好的东西大约都是经不起磕碰的，一朵花再长久也就是一季，哪能一年开到头？毛屠夫忆起打谷最后的样子，心就像被掏空了一样。他想人这一辈子实在是没有什么意思的，于是就仰脖把一盏苞谷烧倒进肚子里去。

杀猪的家伙大大小小有十几种。毛竹挑子上一头是个雕花樟木刀架，刀架里插有两指宽的杀猪刀、剔骨刀、大斩刀、小斩刀、挺棍，还有刮刨、抓钩、挂钩等，件件都被鲜血滋养过，每一件都亮铮铮、闪着寒光。另一头是一只松木腰盆，油腻腻的，盆底沾有各色猪毛。毛屠夫背着两只手走在前面，新米挑着担子走在后面。田埂狭窄弯曲，两边的稻田里覆着白霜。刀架上的刀子碰到钩子，寒风中发出了“叮叮叮”的细碎而冷冽的声响。毛屠夫走得慢悠悠的，身子略微有些摇晃，他的后背看上去宽大厚实。新米看着毛屠夫的背影，想起新荞说他手抖了这件事……不知道为什么，那天毛屠夫没有像以往那样一下子就把刀子捅到猪心上，这应该是他近二十年屠宰生涯中来从来没有过的事。后来，他只好用刀尖在猪的胸腔里小心翼翼地寻找猪心，他每移动一下，猪那被草绳捆缚的蹄子就在案板上敲出一阵急促的鼓点。毛屠夫的脸渐渐变得煞白。尽管最后刀子拔出来时，血紧咬着刀尖喷射而出，一滴不漏地溅入木盆，他还是没有拿放在案板上的红包。新米想起小四他爹那难看的脸色，和毛屠夫最后黯然离开的情形，就有些不平。不管怎么说，活还是做得很漂亮的。新米始终这么想。可毛屠夫不这么看，从小四家回来的路上，毛屠夫一路无语。新米把挑子搁进毛屠夫家的偏屋，出来跟他道别的时候，毛屠夫两眼看着脚尖前的一点地方，喃喃说："……即便是猪，也应该有个好死嘛……吃的人也会感觉到。"新米听到这话，稍稍停了会才离开。回家的路上，新米想起了自己跪在煤矿澡堂那湿漉漉的地板上，看着伯伯栽秧与毛屠夫一起清洗父亲打谷那血肉模糊的身子时的情景。寒风中的新米流着眼泪，默默地哭了一路。

这日的猪是只黑毛猪，体格庞大，嘴脸狭长，后臀像马一样高高耸起来。毛屠夫站在猪栏前看了一眼，说好个猪。

主家在稻场上支起一口铁锅烧水，铁锅的旁边架着一张门板，门板旁边是两张并在一起的条凳，屋檐上靠着一把木梯，一个简易的屠宰场像个小戏台一样搭了起来，且样样齐整，单等主角登场。新米把杀猪的家伙一件件从樟木架子上摘下来摆在门板上，稻场顿时充满杀气。

主家的女人生着一脸雀斑，她坐在灶孔前往灶里添木柴，不时撩起衣服前襟擦眼泪。猪养了整一年了，开春的时候，她踩着雪化后的泥泞小路去乡场买它回来的。那时候它还很小，不像一般的猪那样安分，半路上竟然把背猪的背篓拱坏了，她是把它抱在怀里走回来的。二月的风很冻人，她倒出了一身的汗。还有一回，是个雨天，闲着没事男人打了她。她哭着哭着，听到猪栏里的猪叫声，到底还是披了蓑衣、挽了竹篮出去扯猪草。每回她提着潲水桶进养猪的偏屋，这猪都会从墙角下起身，哼哼着走到栏边迎她。这件件事，哪一件不让女人感伤落泪？不过新米对女人的眼泪并不以为然，每年到杀年猪的时候，都能看到这样的场景。女人养大了畜生，年底到乡场上的税务所扯上张税票，亲自喊来杀猪佬给它一刀，女人的心情就难免要变得复杂，就难免不抹眼泪。她们到底是哭那可怜的猪，还是哭自己一年的不易？没有人能搞得清。不过等猪被解成一块块挂到称钩上去称，来吃杀猪饭的亲朋好友啧啧有声地夸这猪的肥壮，女人就会擦干眼泪，面露得意之色，说一顿也没有饿着它……女人大都这个样。

女人坐在灶孔前抹眼泪的时候，这家的男人招呼了几个亲朋好友过来帮忙。他们和毛屠夫一起立在猪栏边，抽着老旱烟打量这猪。

只怕有三百斤。有人说。

新米拿来一桶热水冲洗门板，一切准备停当后，他也来到猪栏边。这猪不像一般的猪那样懒洋洋的，它大约也察觉到大限来临，像只狗一样满栏打转。新米想起小时候听打谷说猎野猪的事，心想这只黑毛猪，倒有点像野猪的样子，有劲道，不憨。新米看着这猪，心突然嘭嘭地跳起来，他想起外婆家的小白，他和新荞从镇上挑中了它，两人合力拎到外婆家的……新米压制住嘭嘭的心跳，对毛屠夫说，让我试试吧。

毛屠夫抽完烟，把抓钩夹在腋下，搓着被寒风吹僵了的手，也想起了和打谷猎野猪的旧事。那时候还没有实行严格的猎枪管制，他和打谷都在比新米现在略大点的年纪，也一样逞强。他扛了祖上传下来的一杆老枪，成日和打谷形影不离地满山打转，遇到兔子猎兔子，遇到野鸡猎野鸡。有一回碰到一只半大野猪，他想也没想抬手冲它开了一枪，这野猪的肚子当即像个筛子一样漏下血来。但这一枪并未致命，受伤的野猪像辆疾驰而来的车一样冲他过来了，而他却来不及给枪再装上颗子弹，情形很危急……最后还是打谷从侧面冲出来，用一把砍刀砍翻了它。毛屠夫到现在还记得打谷浑身溅满猪血、站在死了的野猪旁边哆嗦个不停的样子。回过神来的毛屠夫扔了枪走过去，使出毕生的力气抱住了打谷，打谷身上的猪血味道，毛屠夫在很多年后忆起来依然觉得新鲜。

也就是在这一回，他们下山到一户人家借扁担绳子抬野猪，遇到了做姑娘时的新米的姆妈。这个女人不过是给打谷端了碗水，就想让打谷把在桃树下许下的誓言都忘了。毛屠夫对新米姆妈的不满在打谷的葬礼上突然终结，他们偶然交互的一眼让他们在一瞬间看清了彼此，他们何曾是敌人？他们不过是难友。

毛屠夫看了新米一眼，把抓钩递给新米，双手往猪栏上一撑，人就到了猪圈里。新米和几个帮忙的男人也跟着跳了进去。毛屠夫把猪尾握在手里，抬脚往猪肚上猛力一踢，双手用力上举，猪的前半个身子“噗通”一下落在了地上，几个男人扑上去，把它牢牢地摁住了。新米揪着一只猪耳，往后猛力一扯，顺势将抓钩狠狠地扎进了猪的上腭。

众人连声叫好。

毛屠夫惊愕地看着新米，慢慢退到猪栏边站定。新米从会走路起，就是打谷的小尾巴，他安静地跟在打谷后面下塘里玩水、上山里捉獾，是个不喜形于色的孩子。毛屠夫发现自己以前竟然很少注意到他。有几回打谷坐在毛屠夫家的火塘边喝苞谷烧，他们并没有多少话说，两个人只是在微醺的气氛里相对而坐，慢慢将身心从微贱而艰难的日子里挣脱出来。他们各自把手撑在自己的膝盖上，眉头舒展、面容安详，像经历过无数沙场恶战的英雄，一片天高云淡……大人们喝得正好，小小的新米打着呵欠，把头从打谷的腋窝下伸过来，有些戒备地看向毛屠夫，这种眼神引起的短暂的不快，连当时的毛屠夫自己都未能清楚地意识到，此刻背倚猪栏，新米那戒备的眼神却清晰地在毛屠夫的脑海再现。

毛屠夫倚着猪栏站着，一群兴奋的孩子在稻场里跑来跑去。

几个男人合力把猪抬到了条凳上捆好，新米把抓钩递给其中的一个，示意他往后拉扯。男人稍一用力，这猪就头往后仰，猪心窝一览无余。毛屠夫双手抱在胸前，看新米麻利地将刀子捅进猪髀下的一尺三寸处，新米一抽刀，血像条蛇一样蹿出，一滴不漏地射入木盆。

接下来是给猪开气脚、吹气、用刮刨给猪刮毛，被吹得肿胀起来的猪四肢张举地躺在松木腰盆里，看上去竟有些欢喜、有些憨态可掬的可爱。杀了这么多年的猪，毛屠夫还是头一次注意到这种景象。他默默地走到条凳前坐下，看新米用挺棍轻轻拍打被刮得干干净净、吹得肿胀的猪身。新米全神贯注地做事，举手投足间似有些不屑，而略带稚气的眉宇间又似有股凛然。新米用挂钩钩住猪的后臀，指挥众人将猪挂到斜倚在屋檐下的木梯上去。新米取出小斩刀，先绕猪脖子一切，卸下猪头，再顺猪尾一刀劈到猪的胸腔处，只见猪的心肝肚胃肠顺势涌出，冒着热气落入木梯下的木盆里。新米弯腰用抓钩从木盆里勾出猪尿泡，转身扔给那几个围观的兴奋的孩子。孩子们接过去，尖叫着踢着跑远。新米无声地一笑，转身从樟木箱子里取出大斩刀，将刀举过头顶，凝神屏气，顺猪脊一路劈开。但见刀过处平整光洁，无半点零星碎骨，令人叫绝。

毛屠夫默默地看着手起刀落、神情专注的新米，他惊讶于单薄的新米那令人困惑的力量与专注……此刻的新米不再是那个偎在打谷身边、用警惕的眼神看他的孩子，他在一瞬间内长大成人。

毛屠夫把手撑在身体两侧，静静坐在沾满猪毛的条凳上看新米做活。他想起新米将刀子捅进猪心窝前的情景，新米把那把细长的杀猪刀隐在肘内，示意那个手持抓钩的男人用力往后扯猪耳。男人一用力，躺在条凳上的猪无助地将头后仰，它嗷嗷叫着，双眼潮湿而惊恐。新米伸出一只手一一合上猪的双眼，这潮湿和惊恐消失在新米手掌下的那一刻，毛屠夫惊愕地发现他看到的不是新米，而是另一个打谷，这个打谷在温和的外表下，有着刀一般的刚强和观音一样的……慈悲！

毛屠夫用双手支撑着自己的身体，沉浸在自己的发现里不能自已。这时这家的麻脸女人给毛屠夫端来一杯热茶，女人恭恭敬敬地说，你这个徒弟，难得。

毛屠夫接过茶，听到女人的话仿佛吃了一惊。他回过神来看着手持利刃的新米，眼前浮现起多年前跪在一树桃花下起誓的打谷，打谷俊秀的脸上竟然有和此刻的新米一样的神情。

原来自己从来没有像今天这样看清楚那一天的打谷。这一发现令毛屠夫忍不住潸然泪下。

盛世佳人

下午最后一节课，站在讲台上的胡围突然听到了自己体内坍塌的声响。

这是九月末的下午，阳光甚好，窗外的银杏树叶已经发黄，它们在微风中轻轻摇动，似乎随时会流淌下一树碎金。

胡围正在讲解环境正义，诸多泊来概念中的一个，不明所以地被学者们热捧。随波逐流，胡围甚至已在中文核心期刊发表过十多篇与此有关的学术论文。然而在这个下午，胡围突然觉得一切就像是披了件虚幻的金衣，如风中银杏，华丽过后不过是枯叶委地。胡围再也没有兴趣讲下去。

他挥挥手，让学生们都散了。

他的硕士生林小苏踌躇着上前，欲语还休。胡围也冲她摆了摆手。

胡围是H大社会学系的副教授。社会学系最早在文史学院，后来又并入到政法学院。H大是一所理工科为主的大学，人文学科类学院在H大的地位，说得不好听一点，就像个妾养的。而社会学系呢，并过来并过去都是庶出。政法学院法律系强挣了几年，终于弄成了个大系，硕士点博士点都全了，老师们的日子稍稍好过了些，最起码教授副教授的岗位就多出十几个，上升的渠道相对通畅。同一年和胡围到政法学院法律系的文扶同虽说学历上比胡围低了一层，但却比胡围早一年评上硕导。没奈何，胡围只好放弃原来的研究方向，往法学这边靠，识时务者为俊杰嘛。不妥协，哪来和谐？这样他和其他几位社会学系的老师都变成了法律系的硕导，到法律系去分一杯羹。胡围现带的硕士林小苏就是环境法专业的女生，长一张瘦瘦的瓜子脸，说一口湖北腔普通话，脾气倔得很。记得新生见面会上胡围曾问林小苏，对环境法哪个方向感兴趣？林小苏撅着嘴，一只脚尖在地上划了半天，反问胡围道："老师研究什么的？"——这丫头性子快得像把刀，让胡围想起自己的青春年少。于是胡围抿嘴儿一笑，说环境社会学。

林小苏老家在鄂西偏远的山村，本科是在鄂州师范学院读的，能考上H大的硕士研究生，应该是很能吃苦读书的女孩。像林小苏这样的学生法律系的老师们都不爱带，真正的寒门学子，祖祖辈辈谈笑无鸿儒，世世代代往来尽白丁，指望得上什么呢？但胡围知道林小苏这样的学生是吃得苦的，也更耐得住做学问的清寒，尽管基础可能差一些，但一旦走上正轨，往往会有突出的表现。当然要不是这个中午发生的事，胡围自己也没有意识到他对林小苏原来抱着这样大的期望。

这天中午，胡围正在办公室做着上课前的准备，林小苏敲门进来，跟他说要提前毕业。这让胡围很惊诧。林小苏学习非常用功，可是效果并不好，专业基础理论知识的缺乏影响着她的吸收。胡围为她制定的培养计划，第一年基本上都是在恶补理论。

胡围希望在接下来的两年，林小苏可以奋起直追。胡围反感只是为了一纸文凭而读研的学生，他们不但在浪费自己宝贵的青春时光，也是在浪费国家的教育资源及老师的时间。胡围不希望林小苏是这样的学生。

胡围对林小苏说："院里关于两年毕业的规定你应该很清楚。"他想提醒小苏，让她知难而退。

林小苏目光躲闪，说："老师，王主任说，只要你同意——"后面的话她没有说完，可是已经足够令胡围震惊了。前一阵她拿了张书单，这书单跟他这个导师开给她的有很大的差异，看着非常眼熟。在一大堆专业书目中，有一本朗格的《十九世纪西方音乐文化史》。估计是博士生导师、法律系主任王荪开的，他年年在给学生的书目里都有一两本艺术方面的书。拿文扶同的话来说，好像不开一两本这类书，学生会以为他不懂艺术。王荪这家伙离异多年，一直不肯正经结个婚，多次跟女学生闹出绯闻，小姑娘要抓住他，比抓条泥鳅还难。关于王荪与林小苏，胡围也听到一些，但他并没有当真。这是一个人人都可以成为新闻垃圾的时代，普通人的日常生活也可以生长出无数令人眼花缭乱的消息。真正令胡围震惊的是王荪对林小苏的许诺，这不但印证那些流言并非空穴来风，而且这种印证所带来的对师道尊严以及秩序的挑战引起了胡围心理上强烈的不适感。院里对提前毕业把关很严，需要经过严格的筛选，可是王荪一句话就将这一切跨了过去。如果制度形同虚设，正义又从何谈起呢？

傍晚胡围回到了位于学校附近的家，一所干净、安静的农家小院。胡围不久前才租下这个小院，和妻子齐粱过起了半隐居的生活。这个小院筑在一个高台上，视野开阔，三间房子方方正正的，一条新铺的青砖小径将院子一分为二。小院一边种着各种蔬菜，一边是一棵高大的柿子树，树上结满了果实。树下放着两把竹椅，乃夫妻俩听风观月之所。

教马哲的齐梁是个素食主义者，素食主义的齐梁正在准备两个人的晚餐。他们十岁的女儿胡小米学钢琴，平时都住在钢琴老师兼姨妈的齐粟家，一般只在周末的时候才回来。小米是胡围和齐梁的女儿，但小米从来就不认识他们，她在她自己的世界里，那是个无人能抵达的世界。齐梁的姐姐齐粟偶然发现小米对钢琴有兴趣，就把她带在身边教她弹钢琴。上帝把小米通向这个世界的门关上了，但上帝给小米留了一扇窗，小米很快就学会了用钢琴对这个世界窃窃低语。

晚餐的菜肴是从院墙上摘下的新鲜扁豆、木耳菜，葱、辣椒和黄瓜也是从院子里现摘的，简简单单烹一下就有浓浓的蔬菜清香。富起来的院子主人高高兴兴地搬到城里的高楼大厦去了，把一院子蔬菜作为对胡围和齐梁的馈赠。齐梁喜出望外，又买了一些蔬菜种子，见缝插针地种在小院里。现在这个院子看上去草木葳蕤、生机勃勃。

齐梁吃着饭，对胡围说："下面那个人，问你好。"——似乎这件事很可笑，齐梁说着，嘴角一挑，无声地笑了。

下面那个人，指的是租住在高台下的一所小院里的中年男人。待人热络、谦卑，说着一口陌生的方言。每天早出晚归，做着一项讳莫如深的小生意。每次遇到胡围齐梁，都会谦恭地说声"教授好"，身体力行地践行"尊重知识、尊重人才"的基本方针。他的女人寡言少语、深居简出，两个孩子不幸都是残疾。

坐在齐梁对面，胡围感到自己慢慢恢复了平静。

他扭头看向窗外，夕阳的余晖还未散尽，一轮满月倒爬到了空中。暮色中短短的一截围墙绿得像墨玉一样，那是几株攀爬蔓延的木耳菜，齐梁不经意地种在院墙边，很快就有了这番景象。

胡围对齐梁说："真想听小米弹一曲。"

齐梁也看向窗外，道："是啊，我们的小米……"

马哲老师齐梁是H大年龄最大的讲师，就像个劳动模范，每年都要上三四百节课，且从无抱怨。她吃素食，独行，是少见的行动多过语言的女人。

胡围时常能感到齐梁瘦削的身子里近乎宽广的胸怀。他们第一次见面，年轻的胡围脑海里霎时闪现出马克思给燕妮情书中的一句话：埋在她的臂膀里，因她的亲吻而苏醒。

这个晚上，胡围无疑也需要这样的亲吻。

齐梁去看小米和齐粟，把数码相机里小院子的照片放给她们看。齐梁的那款尼康D300相机把一个活色生香的小院端在齐粟面前，碧绿的蔬菜、柿子树、老式青砖、齐梁的金地小红花长裙，看上去都很美。

小米自顾自走开去，在阳台上慢慢打着转。阳台上摆了几盆指甲花，开得正好。小米转着圈，眼睛一直看着那些花儿，目光就像个正常的孩子一样。

齐梁对齐粟说，姐，我要你和小米都搬过去。齐粟的眼里甚至慢慢有了泪，这是她最亲的两个人。

齐粟轻轻拍了拍齐梁的脸，说你和胡围再商量商量，小米熟悉这里了，换个地方又不知道要怎么样了。

齐粟住的房子是父母留下来的，三十年前市里给专家们修的房子，半山位置，一梯一户，齐家在最僻静的西头一楼。她们的父亲生前睡眠浅，容易惊醒，这房子做过非常好的隔音。

齐梁把头靠在齐粟的肩头，握着齐粟纤细的手。小时候齐梁嫉妒过这双手，十指葱根般，又异常灵巧，一同开始练钢琴的，小汤加拜厄，一年后齐粟六级，齐梁四级。

齐粟十六岁那年，适逢有位本市出生的著名钢琴家回家乡做汇报演出，齐粟被从全市近千名学钢琴的孩子中挑选出来，将与钢琴家一起四手联奏一曲捷克音乐之父斯美塔那的《伏尔塔瓦河》。演奏会在人民会堂开，全家人将盛装出席。齐粟白衣黑裙，齐耳短发衬得面如满月。齐梁是如此嫉妒，以致齐粟约她早点到人民会堂再去练练那台斯坦威时，齐梁拒绝了。这也是后来她一直不能原谅自己的。

晚上齐粟没有在演奏会上出现，她消失不是一台演奏会的时间，而是整整三年。三年后的一个黄昏，上高二的齐梁放学回家，看见齐粟穿着旧时的衣裙，坐在父母中间看电视，父母各自拉着她的一只手，一动也不敢动，生怕一不小心这个女儿又会不见了。齐梁在浴室的地板上发现齐粟换下来的衣服，带着酸臭味的粗布衣服，是只在农村题材的电影里见过的式样，裤脚已被划拉成一缕缕。抱着那堆衣服，齐梁忍不住泪如雨下。

她是怎么不见的，又是怎么回来的，这三年她在哪里，怎么过的，到底发生了什么，齐粟从来不谈，家人也不问她。齐家人就当都没有活过这三年。

父母趁齐粟睡着的时候，细细打量这个失而复得的女儿，他们看见她额头的伤疤、肚子上骇人的蜈蚣状疤痕、脚底上的血泡，两个老人再次悲痛欲绝，相拥而泣。

住到村子里后，胡围两口子早晨都是在鸡叫声中醒来的。

一天天还未亮，齐梁把头抵在胡围的颈窝里，说围，原来鸡鸣声是这样的，寂寞。

素食主义的马哲老师齐梁很少有这样直指内心的表述，她总是很平静，是风也吹不皱的一池春水，迤逦风光都暗涌在波澜不兴的水面之下。认识齐梁不久，胡围就卸下了所有的铠甲，在她面前还原成真。胡围也常常回想他们一度充满沮丧的新婚旅行，如果换成另外一个女人，他胡围今天又该是什么样子？总之，遇到她，他便好了。

“原来鸡鸣声是这样的，寂寞。”

天色还暗得很，齐梁从鸡鸣声中听到了寂寞，她有没有内心非常寂寞的时候呢？即使是自己陪伴在她身边？还有小米，哦，小米，总是在一个人的世界里的小米……沉思让胡围彻底清醒过来，他没有用语言回应齐梁，他把齐梁搂紧了，想起了童年在湘西北乡村的许多夜晚，总是在鸡鸣声中迎来光明。在黑暗的长夜中，做村庄这个社区里唯一一个守夜人，司晨的鸡该是多么孤独啊，它对公益的忠守不是出于责任，也不是出于义务，而是一种天性，人类只能寄希望于通过教育来获得这种品质。可是胡围也清楚地看到现今的教育更多的时候只是使人愈来愈多地丧失这种品质。

这天的上午政法学院有一场学术讲座，齐梁三四节有课，两人早早起来洗漱，准备上午各自忙完，下午一起去看看齐粟和小米。两人坐到停在屋前路边的汽车上时，发现有几个老人蹲在各自的院门口看着他们——这一幕让他们一下意识到他们真的是住到了村里。那位说一口陌生方言的中年男子一手抱着一个下肢残疾的孩子上了一辆小面包车，他们坐的车经过胡围他们身旁时，中年男子将身子从后座的窗户里探出来，愉快地与他们打了个招呼。

清晨的乡间公路行人稀少，又无红绿灯，车跑起来很通畅。

“……你看到那两个孩子了吗？真可怜。”齐梁沉默了一会，对胡围说。

齐梁默默看着窗外，想到了齐粟。记得刚回来时齐粟不愿意接触他人，没有再去学校。她唯一可做的就是弹钢琴，还有看父亲收藏的一屋子书。齐梁想把自己的朋友介绍给齐栗，一群花朵般的女孩儿，叽叽喳喳挤了一屋子。齐栗局促地坐在桌子边，羡慕地看着她们，一只手在桌面上摸来摸去，看上去是那么可怜。齐梁觉到了自己的残忍。她自己慢慢也跟那帮朋友断绝了来往……后来有了小米，小米就像阳光，照进了齐栗的生活。齐栗接送小米去特校的时候，坤包里总是放着一把手柄上镶有绿松石和珊瑚的弯刀。这把弯刀是她们父亲的一个从事高原湖泊研究的老朋友送的，黑色牛皮的刀鞘，拔出来时刀的寒光能让人眼睛生疼。父亲一直把它藏在箱底。有一回齐栗往包里放刀子时被齐梁看见了，齐栗害羞地一笑，对齐梁说，以防万一——那些她曾遭遇过的万一？当时齐梁胸口疼得厉害，赶紧将目光挪向窗外。

胡围开着车，没有吭声。他一出门就看到了那两个孩子。其中一个是女孩，四五岁的样子，下肢像草绳一样纤细绵软。中年男子把她夹在腋下出门，她扭过头看胡围和齐梁，脸非常脏，可眼珠子黑亮黑亮。胡围有种不好的感觉，好像她的父亲——可能是她的父亲——那个中年男子，会伤害那个可怜的孩子。总是会有不幸的人，任何时代都无法避免。胡围想起了十二岁那年的春天，那个偶然从村子里路过的疯癫少女……胡围忽然很想小米，再有一个多月小米就放暑假了，小米可以在齐梁的菜地边上种她喜欢的指甲花。

早上的空气很清新，胡围看了看坐在副驾驶位置上的齐梁，她默默地看着窗外，一把乌油油的头发松松地挽在脑后，看上去是如此落寞！胡围用左手掌住方向盘，腾出右手握住齐梁安静的左手。他们没有再说话，路在他们面前蜿蜒伸展，似乎永无尽头……

来做学术报告的是国内一位非常有名的女性法律学者，这位了不起的女性不仅仅是一所大学的教授，她同时还是一家高级法院的副院长。慕名而来的老师学生挤满了报告厅。文扶同也来了，他坐在一个角落里冲胡围招手。胡围过去在他身边坐下来后，文扶同跟他耳语道："小隐，你看你的高徒林小苏。"自从知道胡围在村子里租了房子，文扶同一直小隐小隐地叫他。

胡围顺着文扶同的目光看过去，只见林小苏坐在第一排中心的位子上，她两手握在胸前，身子僵硬地绷直着，表情很期待。胡围叹了口气。胡围布置给她的研究课题，她一直有些心不在焉，身在曹营心在汉呐。

报告很精彩，女院长用"合唱的法官、独唱的学者"来形容自己当前在司法界和学术界两头奔忙的状况。听完报告出来，走在学校种着樱花树的道路上，文扶同对胡围说，大名鼎鼎的B大法学院也不过是教会了学生几个法律条文，连一点独立自由的法律精神也没有传承给他们。女院长毕业于B大法学院，胡围知道文扶同指的是"合唱的法官、独唱的学者"这回事。从理想的角度来说，女院长应该是"独唱的法官、合唱的学者"，这样才符合司法独立与学术自由的精神。但以目前司法和学术运行的相关状态来看，胡围认为女院长倒是说了句大实话，不过他也不打算替她辩解。胡围知道一旦把自己的想法说出来，又会招致文扶同的戏谑，啊哈，你们搞社会学的真是厉害，什么都研究。文扶同这句话听着还有另外一种意思，什么都研究就是什么都不研究，或是什么都研究不好嘛。

他们是同一年来到H大政法学院的，那是十二年前，都是海归。家境优越的文扶同揣着一张哈佛大学法学院的"玛斯特我夫乐"的学位，英文缩写为"LLM"，这样的学位胡围也有一张，是在牛津拿的。来H大求职的时候，胡围只出示了他的博士学位，一方面是因为在当时海外中国学子中，已有人开始称"LLM"为

“老流氓”。那些搭改革开放的便车赚了点钱的中年律师、还有部分官员到海外进修时，游山玩水逛红灯区之余也会拿个“LLM”回国，算是塑个金身，“老流氓”也因此得名。当然胡围不出示这纸文凭最主要的原因，还是因为他对法律已了无兴趣，法学在他看来俨然已是现今所有文科类学科中最虚伪最贫困的一门。时过境迁，现在“LLM”在国内别说进高校，就是进个律所都难。不过文扶同的“LLM”出自名门，一说哈佛人人起敬，毕竟在H大，“哈佛”就像藏在荣宁两府深处的大观园，不是人人有幸得以亲瞻的。“LLM”比起“PHD”（博士学位）来是低人一等，但哈佛的“LLM”不是大观园的钗黛，也是袭鸳平之流，虽说是个丫头，但是有些体面的丫头，平头人家的小姐只怕还比不上呢。文扶同故去的老父亲曾是市法学研究所的所长，桃李遍天下，在学界数得着的得意门生为数不少，因而文扶同拿到手的课题都颇有分量，这几年也出了点成绩，在那些土博士出身或是像胡围这样“走偏门”的同仁面前，他自然也就有两分自傲。

“林小苏昨天去找我了，想到我那儿去，我告诉她，除非是胡老师不想带你了，否则，哈，没门。”文扶同摇着一只手说。

听到文扶同的话，胡围心情沉重，林小苏这丫头看来是不惜背反师门也要提前毕业啊。

文扶同欲言又止，踌躇半晌，说：“学生闹着要提前毕业，不是因为工作有了着落，就是做好了准备考博。小苏她……”他看了看胡围，坊间的各种流言，他终究没有再说下去。

胡围神色凝重，有些话，他早有耳闻。潜规则并不只在娱乐圈。这些年来学界也不时暴露出类似的丑闻，令天下师者蒙羞……他想起了林小苏刚来时的情景，单纯朴素，要强而又有些莽撞。

路两旁的樱花树是初春才栽下的，一人来高。为了更好地成活，栽的时候枝叶都去掉了，光秃秃地立在路旁乍一看像两排伤兵。令人没有想到的是到了五月，风一吹，残肢般的枝干上却突然地开起花来，一朵朵挤挤挨挨、期期艾艾的，而树干上缠绕的草绳和撑着的支架都还没有去掉呢，就这样不要命地全力以赴地开起花来！胡围记得当时看到那些花儿，人一下子就像傻了一样陷入悲伤。

胡围停下脚步，手抚身旁一棵樱花树的树干对文扶同说："扶同，你这一生中有没有，令你不安的事？"他想起清晨遇见的那个小女孩，那双黑亮黑亮的眼眸。

"就是那种，会让你……Guilty，对，Guilty，你知道……"胡围挥着手，皱着眉，不知该如何准确表达，那种无法忘怀却又难以启齿的感受再次袭来。

他想起了十二岁那年的春天，那个疯癫少女被几个无赖拖进山洞前，她那黑亮黑亮的眼眸惊恐地看向他的情景……多少年来在他的脑海挥之不去。他想跑开的，但他们把他也拖进洞去，嬉笑着把他和那个衣衫褴褛的可怜少女推搡到一起。他抱紧双臂，本能地感到羞耻和罪恶。他们一边污言秽语，一边攒住他纤细的胳膊，拉直了它去触碰女孩的胸乳。他拼命挣脱出来跑掉，不知道为什么，他却没有向别人求救。也许当时年少，他不能确定到底会发生什么。这一天阳光可以称得上明媚，鸟儿在黑压压的松树林里歌唱，牛安静地在山坡上吃草……他不顾一切地往山下狂奔，开满花朵的野蔷薇枝条划破了他赤裸的足踝。大人们在山下的稻田里干活，不时有年轻男子直起腰来吼一声当地的"胡呐喊"——哦嗬嗬呀、妹啊、呀嗬！他从他们身边跑过，这没头没脑的一句让他心跳得厉害。他并不是第一次听辛苦劳作的男人吼"胡呐喊"，只是这一天格外令他心惊肉跳。"哦嗬嗬呀——妹啊、呀嗬——”他仿佛受到了驱赶似的一直奔跑，直到跑到筋疲力尽方才停下。过了几天，那个少女却在邻村的水库里不明原因地漂了起来，人们把她捞上来搁在长满盘根草的地上，她脸朝下躺在那，一只手臂别扭地折在肿胀得变形了的身子底下，那姿势看上去仿佛她正在承受着莫名的巨大的痛苦。胡围看了一眼，一个人逃也似的离开了那群看热闹的村民。

他自己也没有想到的是，后来他再也无法忘记掉这件事，不管是他打架斗殴的青春期，还是后来在异国他乡埋头苦学的青年时代。当然他也有过几次恋爱，和不同肤色的女孩。活泼健康有爽朗笑声的女孩总能吸引他……开始都千篇一律，他总是循着她们的笑声追寻而去，她们的笑声对他似乎是一种安慰。在周末，他骑着单车，格子衬衫的袖子随意地上卷，似乎不经意露出的肌肉也曾令那些花朵般的女孩发出尖叫……他不是不想做一个护花使者，但无一例外的是，每一次恋爱都难以进入到那种亲密无间的状态，无论是缱绻低缠，还是劲风折柳，他实在是都做不来。久而久之，他的女友们开始戏谑地叫他，中国病人。

“Guilty?”文扶同也停下来，饶有兴趣地看胡围。他端详了胡围好一阵，笑着说：“美满的婚姻是令人难舍的正餐，但是如果正餐之后依然感到需要下午茶和餐后的甜点，那也是可以理解的。Love isn't guilty.”——他以为胡围爱上了妻子之外的某个人。

胡围也笑了，说：“真是鸡同鸭讲，就像齐粟说的，你呀，活在另外一个世界。”就有这样的人，他们格外被上天垂爱。胡围却也并不羡慕他们，从法律的角度来说，人人生而平等。但从社会学的角度来看，法律却无法做到让人人平等——就连上帝也不能。

听到齐粟，文扶同的眸子里有一瞬间亮光一闪，但很快这亮光就像粒小火星似的熄灭了。

文扶同的妻子一直在美国，夫妻俩聚少离多，慢慢两人就淡了，最后以离异收场。后来胡围安排他同一直独身的齐粟见过一面。

一见齐粟，文扶同惊为天人。

但齐粟对文扶同却淡然得很。后来，齐粱问齐粟，齐粟望着窗外发了半天的呆，才微微一笑，说：“……倒不是个坏人。”齐粱也知道，对齐粟来说，文扶同活得可能太好了些。

“另外一个世界？齐粟她真是这么说么？”文扶同追问胡围。

胡围看了他一眼，没有回答。这个新时代的太平绅士如果知道齐粟的经历，他是否有勇气承受她的过去呢？

胡围听齐粱说过文扶同与齐粟第一次约会的情景。文扶同听说齐粟没上过大学，就把他在哈佛的生活跟齐粟说了一遍，说完哈佛说H大，不过对前者是赞，对后者是贬。

齐粱说，文扶同笑话H大的领导养鱼出身，说他们对文科类学科毫无了解，宣传H大时只突出那几个在H大短期逗留过的作家，不重视学者。他说得也对，领导都是搞海洋养殖出身，对文科的历史不熟悉。但文扶同又说闻老只是个诗人，不是学者。呵呵，人家当然不是学者，人家是被学者。齐粱笑着摇头。令齐粱想不到的是，文扶同犯的这个小小的错，让齐粟不只惊讶，而且觉得有趣，当时她笑得开心极了。

——他真的连闻老的《楚辞校补》也不知道么？齐粱曾经问胡围。

齐家的老爷子做过市图书馆馆长，生前是有名的楚辞专家，齐粟齐粱耳闻目濡，文史的功底是非常厚实的。胡围知道文扶同犯了爱夸夸其谈的老毛病，平时在其他同事面前，文扶同出言谨慎，绝对不敢有超越专业领域妄加评述的言论，大约是知道齐粟未上过大学，所以有胆子信口开河。殊不知大学这种地方，只能给你想知道的，你需要知道的它未必能给得了你。

隔行如隔山。当时胡围很俗套地回答了齐梁。

胡围决定做一个偷窥者。

他们住的小院地势较高，爬上房顶的一个小平台，可以直接看到坡下小院里的情形。

用作厨房的小屋旁有一张木梯，直达平台。以前的主人在平台上晾晒玉米。

齐梁站在小院当中，看着胡围爬梯子。

梁上君子。齐梁笑着说。

胡围在平台上坐下来后，一言不发地看着齐梁点头。

胡围双手抱膝，唱起了一首英文歌：

“我看到花儿盛开，

为你为我……

我听到它们哭泣，

在满是泥泞的小径……”

夜幕四合，四周满是啾啾的虫鸣。齐梁收住笑容，陷入沉默。齐梁与胡围第一次见面，就发现胡围在说话的时候是轻松幽默的，可是他不能停下来，一停下来就显得很有负担的样子。他的眉宇间有种隐隐的哀愁。那时她就认定他也一定有着某种无法对人诉说的经历，不同大多数人的，就像她一样。

进入夏天后才种下的蔬菜大部分生长缓慢，齐梁时常给它们松土施肥，悉心对待每一棵蔬菜，很快就得到了回报。她已经收获过一次小萝卜菜，种子洒下去后，每日早晚浇水，不久就是一畦绿苗。在虫子光顾它们之前，齐梁把萝卜苗拔出来洗净，做了一大碗绿的汤。盐和清水煮出来的素淡的汤，稍稍有点清新的苦，单纯的小米格外爱吃。齐粟爱这个小院子的安静，有一回她也爬到屋顶的小平台上，看村子里淡薄的炊烟和墨染似的山林，H大红屋顶的房子在绿树中……齐粟说，世外桃源似的。

大家都感到了生活的美好。总是会有美好。

一个下午，齐粱在给小白菜浇水，胡围坐在柿子树下备课。院门被轻轻叩响，齐粱走过去开门，是林小苏。

林小苏是走了半小时的路过来的，鼻尖上有细细的汗珠。她站在门口，一只脚伸到台阶旁的一丛青蒿上来回擦拭，以便蹭掉鞋底上的新鲜的鸡粪。看到齐粱，林小苏嫣然一笑，说师母好。师母把林小苏让进来，沏了壶茶就退到屋子里去。

齐粱坐在窗边的一张矮椅上，择一把木耳菜。她隐隐听到林小苏的诉说，家人，生活，学业，她自己的未来。

转导师不成，提前毕业胡围又不肯签字，林小苏很激动，忽然提高声音说："老师，没错他四十二了，可我也二十四了，不是十四啊！"

齐粱蓦然发现，出身贫寒的林小苏，原来她什么也没有！胡围该用什么理由让失去耐心的她放弃她奋不顾身争取到的东西呢？

人与人之千差万别，有如万物！

就像文扶同，有一回他陪齐粟去接小米，从齐粟的包里拿出那把镶有宝石的刀子扔到沙发上，罗曼蒂克地对齐粟说，让我做你的刀——他又何尝知道什么是刀？

齐粱不由想起不久前发生的事。胡围一旦确定租住在这个村子里的中年男人，他所谓的小生意，不过是利用那两个孩子乞讨时，胡围马上报了警。经查明得知中年男人从残疾孩子的父母手中租了他们，把他们从僻远的徽西带到这个城市，租金为每人一年两千。

村民不解胡围的愤怒，他们笑话教授的大惊小怪，说这个人还经常买肉给孩子吃，并不是坏人。齐粱听到他们说吃肉，一阵恶心，差点吐出来。

教授，孩子们不过是个废人，回到家，可能连饭也吃不上呢，村民纷纷说。这让胡围在很长一段时间以后都感到沮丧、而且羞愧。

这个下午，齐粱择着木耳菜，隔窗见坐在林小苏对面的胡围一言不发、陷入了长久的沉默。

木耳菜是从邻居院子里移栽过来的，种在院墙边。它们很快就适应了新的土壤，只需浇水施肥，无需打药捉虫，短短两三周就爬到半个围墙那么高。齐粱从未见过如此轻省的生长。

失语

十年不遇的大雪，足足下了三四天。往涔水镇去的路埋在了雪被里，放眼一望是一马平川的白。赵天保在县城汽车站转了大半天，没有一辆汽车愿往涔水镇去。最后赵天保一咬牙，把两个提包用一条毛巾系了，往肩上一甩，走!

好在往涔水镇去的路是沿河岸修的，只要顺着河岸走，脚下就有路。赵天保走在路上，抬眼一望，但见漫天飞雪，四野无人，偌大的空间里只有自己“嚓嚓嚓”的踏雪声。河两岸的山丘、农田、房舍全是一片雪白，好一个银装素裹的世界！河面倒是没有结冰，河水在一片素白的映衬下显得清幽滑润，宛如一抹上好的墨。风卷着雪花，猎猎扑向河面，瞬间即被消解，像极一场无声的厮杀。赵天保品味到了这场厮杀的壮烈，不禁心头一热。他想起年初离家去打工的情景，四十出头的人，在粮站坐了大半辈子的办公室，出去和小年青抢饭吃，不是一件容易的事。样样从头学起，什么苦都要吃……人生不也是一场厮杀么!他拍了拍鼓鼓的腰包，向着飞雪的河面喊了一句:“爱拼才会赢!”

十五里地，赵天保走了三个多小时。到涔水镇时正是看焦点访谈的时间。从镇边上的公路下来，一直走到御銮巷的家门口，赵天保遇到了两个人。

第一个是镇工商所的所长杨受成。赵天保在镇粮站当书记那会，杨受成是站长。杨受成是从省粮食学校毕业的中专生，读了点书，脑子又活，粮站有那么一阵很是不错。赵天保是个退伍炮兵，耿直、传统，看不惯杨受成的一些做法，仗着年长几岁，提过不少意见。杨受成没把那当回事，赵天保心里也是知道的。后来粮站说不行就不行了，大家都呆在家里吃低保。只有杨受成，摇身一变，成了镇工商所的所长。

杨受成穿着件长及膝盖的羊绒大衣，围着条灰格子围巾，踏着雪去西街的金龙酒家喝酒吃狗肉火锅。看见走得头顶直冒热气的赵天保，杨所长把手从羊皮手套里抽出来，热情地与他握手。

杨受成说："哎呀老书记，你这种自力更生、艰苦奋斗的精神确实值得我们学习啊！"他摇着赵天保的手不肯松，说，"一起去喝个小酒吧。"

"没有别人，就税务所的王所长，一起呷个便饭嘛！"杨受成十分热情。

赵天保把手从杨受成温软肥厚的手掌里挣出来，从腰包里掏出张名片给他，连说改天。赵天保心里恼火得很，知道自己肩上挂两个提包的样子，与返乡农民工没什么区别。

遇到的第二个人是镇中学的谭老师。谭老师是赵天保的邻居，也住在御銮巷，她是赵天保的儿子墙生的语文老师，她的丈夫冯老师教墙生英语。赵天保从南大街往御銮巷走的时候，看见谭老师顶着雪从街那一头过来，他就停下来，站在雪地里等她。路灯昏黄，赵天保从谭老师走路的样子认出她。无论什么时候，谭老师的行走，是斯文的行走，不像镇上的其他女人，走起路来像被赶急了的鸡，所有的毛都支棱着，张张慌慌地，还带着闹人的声响。

"谭老师！"赵天保很高兴地跟她打招呼。几天前妻子李小翠在电话里说墙生的英语考了全年级第一，赵天保很是高兴了一阵。

谭老师把裹在脸上的围巾往两边拉了拉，冲赵天保点了点头，自顾自地往前走了。赵天保以为她没有听见，就又叫道："谭老师，是我，老赵。"

谭老师的家靠近巷口，她在台阶上跺了跺脚上的雪，回过身来冲赵天保点了点头，就推门进屋去了，一句话也没有。这可把赵天保弄糊涂了，他想："莫不是天黑，她没认出我？"

天气很冷，一巷的人都掩着大门烤火看电视。赵天保看着从家家户户窗子里流淌出来灯光，心里瞬时暖和。他扭过头大踏步地往自己家里走去。

墙生和珍珠坐在火桌边看电视，是湖南卫视的快乐大本营。看见一身雪白的赵天保，两个孩子齐声尖叫起来。李小翠从厨房出来，看见是他也很高兴，连忙解下围裙拍打赵天保身上的雪："可回来了，打你电话一直关机。前几天电工媳妇老问我你什么时候到呢，指望你写春联，街上都卖到十块钱一副了。"

赵天保道："在路上走了好几天，两块电板都耗尽了电。"

他见李小翠穿了件墨绿色带暗花的立领中式新棉衣，头发齐齐往后梳了，用根镶满水钻的暗红色卡子别在脑后，看上去人十分齐整，显然用心打扮过。

赵天保就笑道："电工媳妇？电工哪个媳妇？"

李小翠也笑："还哪个！胡汉三又回来了呗，恶霸啊！老问老问的，我都烦了，还好昨天她回乡下娘家去了。"她回过头又说孩子："还不去柜子里给你们爸拿件干净棉衣，就知道叫，未必你们老子是明星！"

珍珠咯咯笑道："比明星亲多了！"

赵天保换好衣服和鞋，一家人坐在火桌边吃饭。李小翠端上来一锅干锅鸡、一钵炖得稀烂的香辣狗肉、一碗腊肉烫白菜苔、一碟子脆生生的腌萝卜。赵天保只是看了一眼，就口水直流，说："讲句老实话，出门在外，就想你这一口好饭菜。"

墙生用筷子敲着那钵狗肉说："妈炖了两天了，爸你今天要不回来的话，明天还得炖一天呢！这两天为等您，妈让我们过了八点才吃晚饭。您只想这一口好饭菜，对得起我妈么？"

赵天保作势在墙生头上薅了一巴掌，看着李小翠笑道："这孩子嘴油了呵！"快一年没见了，孩子们都蹿高了一大节，墙生的嘴唇上还生起了一圈密密的茸毛。

李小翠也笑，说："没老子管的孩子都这样！"

一家人吃得很欢。吃着吃着，赵天保问李小翠："我刚在街上碰见谭老师，我叫她，她怎么一句话也没有？"

李小翠叹了口气，说："她现在只在课堂上讲话，下了课，谁也别想和她说话。"

赵天保不解，问："为什么？"

李小翠说："说来话长。"

赵天保又问："——是什么病么？跟冯老师也不说话？"

珍珠一听冯老师，就低下头，咬着青花饭碗边咯咯笑，牙齿嗑得饭碗叮叮响。赵天保更加糊涂了。

墙生答："跟冯老师也不说，有事发短信。以前也发的，以前发'夫君，粮尽'，现在字少了一半，只有'粮尽'。"

赵天保听不懂了，问："——什么意思嘛！"

墙生说："粮尽，就是米没了。谭老师要冯老师买米呢！"

赵天保把每个人都看了一遍，还是不明白。墙生咧嘴一笑，说："爸，冯老师对菜市场豆腐王的媳妇说'俺那无油'了，就是用英语说我爱你。小王媳妇哪见过这阵势，当即晕菜了。这就是英语的魅力啊！"两个孩子都笑疯了。

晚上两口子上了床，赵天保把在外的情形说了说，把钱和银行卡都交了。李小翠说："一年到头在外跑，还是不如以前在粮站呢，好日子一去不返了。"赵天保说："说的什么话！等我们销售局面一打开，你就坐在家里数钱吧——孩子不都好好的吗？你电话里尽是个催！"

李小翠说："你歇两天，慢慢再说给你知道。总之是大了，不好管了么。你不在家，我愁得很。"

赵天保说："孩子在学校里上着学，有老师教着，你管好一日三餐就得了，费得了这老多心！"

李小翠叹了口气，说："——现在的老师啊，一忽儿喂孩子人吃的东西，一忽儿喂孩子狗吃的东西，喂得那些孩子个个小怪物似的，走在街上，眼光像刀子一样剜人！"

赵天保说："也不能全怪老师，社会就这样么！怎么，冯老师和小王媳妇——"小王媳妇他倒是见过的，很温顺的一个人。

李小翠侧过身来，一把握住他，恨恨地说："男人！"

李小翠放低了声音，接着说："八月里的事……还不到晚上十点，小王砰砰砰打谭老师家的门，一巷的人都围过去了。谭老师一开门，小王就抡着条裤子劈面打过去。裤子是冯老师的裤子，裤腰上还穿着皮带，是冯老师的皮带，皮带上挂了串钥匙，是冯老师的钥匙——"

赵天保说："——嗨，你轻些，是冯老师又不是我。"

李小翠在被子里哧哧笑了。她接着说："小王吼谭老师来着，管好你的男人！吼得谭老师都哭了，直哭了大半夜。这一巷的孩子，冬瓜、小民、小兰、还有我们墙生、珍珠，个个都看见了，可不是在给孩子喂屎！”赵天保一时无语。夫妇俩久别重逢，是夜另有一番温存不提。

第二天一大早，赵天保就在墙生朗朗的读英语课文的声音中醒来。李小翠也早起来了，门口传来刷刷刷的扫雪声。妻贤、儿乖，赵天保感到了幸福，一年来的奔波之苦是值得的。公司的产品销售走的是农村包围城市的道路，首先要打开的是农村市场，这一年来他真是路没少走、苦没少吃。赵天保起床洗漱后，把从贵州带回来的菌干给左邻右舍分了分，一巷的男人都围过来问长问短。赵天保连忙把名片拿出来发了一圈。冬瓜的爸爸大发、电工老吴、在镇上的文革桥桥头摆摩的的老李、还有冯老师，一人拿了一张，他们通通把名片举到脸前细看。

“香港、雅芬化妆品、集团公司、贵州省、六盘水地区销售总监……啊呀！老赵，你成高级白领了！”老李磕磕巴巴念完，艳羡地叫了起来。电工老吴和大发也咂嘴称道。

“你这个年只怕比刚出栏的猪还肥！”大发说。

“还是领导素质高，到哪都能干点像样的事——你们别不服气，老吴随你到哪，你都是个电工，大发你到哪都是个木匠，我老李到天涯海角都只能吃力气饭，不服不行！”老李说。

赵天保说：“一样一样，全靠战友帮衬。”化妆品公司是广东的战友家里开的。赵天保嘴上这么说，其实心里舒坦得很，人家要你做事，你也要有两把刷子才做得了事。说到底，人活着要的就是这句话：到哪都能干点像样的事！在外辛辛苦苦的，还不就是为了证明自己！当初粮站关门那会儿，组织上组织各乡各镇的粮站领导到其他部门竞争上岗，就输给杨受成一纸文凭，其实自己在部队的三年，哪比他在粮校那两年差？不说别的，政治上就比他过得硬！

大家站在扫干净雪的巷子里，呼吸着雪后清冽的空气，探讨生计，交谈甚欢。唯有冯老师神情黯然。谭老师出门倒垃圾，进来出去，眼皮子也没抬一下，就像没有看见他们一样。赵天保想看来那件事对夫妇俩的打击都不小，冯老师三十多岁的人，两鬓竟有了斑斑白发。色字头上一把刀，刀口下找乐子，哪有不伤的？冯老师是聪明人，连这道理不懂？弄成这样，自己过不好不说，影响了教学，岂不是贻误子孙的事？赵天保深感焦虑。

转眼到了腊月二十七，年货都备齐了，就差擀千张、发笋子了。千张和笋子这样的东西，存放是要靠凉水养着的，早了不行，不到正月十五就没了，年就过得有头没尾。晚了也不行，那可是细致活，一时半会儿的弄不出来，即便将将就就弄出来，也不是那么个味道。碰巧这天天气晴好，家家户户屋顶的积雪在渐渐暖和起来的阳光下慢慢融化，屋檐滴滴答答的往下滴水，声音细碎悦耳。赵天保心情畅快，就把家伙摆在大门口开始切笋子。笋干提前泡软了，按在案头薄薄地切，一片一片，下雪一样，轻盈地落入案头下的木盆里。李小翠哗地往木盆里倒了一壶开水，笋片就如被热烈抚慰了一般，舒展着，发出呢喃般的吱吱声响。

“春上雨水好，这笋子比哪一年的都肉乎。”李小翠说。

赵天保想这么好的笋子，切完了还是得用瓶德山大曲发。发笋子还得有把好力气，使劲揉，揉好了就是一道上好的菜，下到锅里和腊肉一块炖，炖的时间越长，吃起来就越清香、越脆、越活泛。力道不到呢，咬到嘴里就木木的，跟咬竹片子没什么两样。

李小翠倚在门边嗑着葵花子，看赵天保切笋子，说：“千张太费事，还是去王记买吧。”

赵天保说："那还不如抽空跑一趟道河，道河的千张才叫好。"他从小就知道道河的千张好。以前过年没什么好东西待客，一钵道河千张端上桌，主人客人的面子都有了。姆妈去世前的一段日子，姆妈幽幽地对他说："我再吃一口道河的千张，就闭眼睛走。"六月里天气，不是吃千张的时候，费了多少劲才弄来的。现在的年轻人什么都有了，倒不再讲究这些。再说了，他们也吃不出个所以然了，各种机器食品喂大的，农村用化肥农药又用得厉害，粮食没有以前香，他们的舌头都吃成了绿色。

李小翠说："你可真是穷人子的志气大，要吃道河的千张！小王就是道河人，现在县城里好些个大饭店都用他家的呢。"说到小王，李小翠若有所思地笑了，她扭头朝巷子口上谭老师家看了一眼。冬瓜娘一早去买千张，雾气腾腾的作坊里，看见小王和他那乖致可人的媳妇摇豆腐袋滤豆汁，小王背人的当儿就在媳妇的嘴上咬了一口呢！两口子现在好得可以同心协力把狗屎吃下去。打过闹过，就手儿撂过，谁不是这样？读过书的人，反而不明白这样的道理，可见老人说"人生识字糊涂始"是没错的。见赵天保没吭声，李小翠又接着说："笋子这东西好呷是好呷，就是要劲儿揉它！墙生不知疯到哪里去了，等他回来让他帮你揉。发好了给各家送一点，你不在家，我可没少麻烦大家。"

赵天保一笑："大萝卜还用屎浇（教）？看你买那么多笋干，就知道你那点心思。"他还多想了一件事，就是要把发好的笋子送给谭老师，顺便问问孩子的事，找话头问她，多说多问，她还好一言不答？什么难堪都是这样，打破了就好了的，就像生疮长疔，挤破了好得就快。谭老师夫妇俩住在巷子头上，孩子又还小，成天不出门，两人再不说话，这日子该有多难过！再说墙生，回来这几天也觉出哪里不对劲来了，学习的劲头很大，可平时言行间，总透着一股古怪劲儿，这让赵天保很不安。

夫妇俩正说着，只见电工媳妇恶霸一手挽个竹篮、一手牵了小虫从乡下娘家回来了。恶霸本来叫淑兰，是电工老吴正儿八经的原配，和老吴生了个女儿叫小兰。过得好好的，有一天她突然就跟电工的小徒弟跑了。电工后来又找了个下岗的纺织女工过起来，生下了儿子小虫。在这儿子将近一岁的时候，恶霸回来了。恶霸回到家里，拿起拖把就拖地，舀上水就做饭，仿佛她与人私奔的那几年只是回了一趟娘家……纺织女工最终不敌，悻悻离开电工。淑兰从此被人叫做恶霸。恶霸抱着纺织女工所生的儿子走街串巷地玩，追着小贩给这儿子买麻糖吃，人前人后的叫这儿子幺吧儿，很疼爱的意思了。

李小翠迎着恶霸挥手："他婶，写对联的人回来了，快买红纸去吧，逮着一回用一回，千万别让他闲着——咦，你的眼睛怎么了，红得像要咬人！"

"想咬你！只怕咬不动你这老东西——还不是让乡里的劈柴燎的！前世造了什么孽，要做乡里人！街上的人穷死，好歹还有得炭火烤。"恶霸在门口站定了，笑眯眯地看着赵天保说，"天保，你一出去就是一年，你不想小翠，难道就不想我？"

"想啊，还就想你这母物儿呢！"赵天保答，两个女人都笑了。

恶霸胖了，浑圆的脑袋像直接搁在肩膀上似的。年轻时就爱打扮，这么多年过去了，她还是跟以前一样爱俏，穿了件大红底子的花棉袄，简直让人眼花。赵天保看见小虫手里的麻糖，就说："恶霸，你赶走了人家的亲娘，买块麻糖就行了？你应该割自己的肉给他呷。"

恶霸放下手里的竹篮，一弯腰把孩子抱起来，胯往前一送，那孩子的一双小脚就踩在她宽大的胯骨上。恶霸仰着搽了厚厚香粉、纹了弯弓似的长眉的脸，耸耸臂弯里的小虫，说："虫，我的幺吧儿，你告诉你天保叔，哪个是你亲娘？"

“恶霸是我亲娘。”

“你长大养我还是养那个纺纱的婆娘？”

“养你！”这儿子脆生生地回答。

李小翠进屋抓了一把糖果装进小虫的衣服口袋里，说：“莫看这孩子小，可知道好歹。他亲娘也养他到八九个月大，哪里有你那么过细！打起麻将来屁股就像焊在了椅子上，饿了尿了，通通不待管的。”

恶霸抻了抻小虫身上的衣服，说：“……我们大人么，随怎样好说嘛。要紧一个小的、一个老的……小兰奶奶的屋子臭得进不去人，床上的褥子都沤了，她说不出来，心里还是明白的，拉着我的手只是个哭呢……”

赵天保说：“行了恶霸，群众的眼睛是雪亮的，现在你们一家日子过得不错，过去的还说它干吗？明天我给你写副春联，上联是穿红着绿就要老来俏，下联是敬老爱幼要紧当家好，横联是恶霸不恶，你看怎样？”

恶霸笑得浑身肉颤：“好你个天保，你要写了我就把它贴在大门口。年三十的春联就指望着你呢，样样东西都涨价，几张红纸也涨。”说着她把小虫放下来，一躬身掀开竹篮上的布帘，掏出一包东西给李小翠，“我嫂子做得好糍粑，给墙生、珍珠烧烧呷。”

李小翠客气地推让道：“这是小兰婶婶给小兰和虫的嘛，怎好……”她话未说完，恶霸径直进门把糍粑撂在火桌上。

恶霸说：“什么好东西！净是个客气，这一巷的孩子都有呢。给孩子的，当我是给你们老公母俩的？”说得赵天保两口子都笑了。

“这个恶霸！”赵天保说，心里却在想着谭老师，一巷的女人，就数谭老师有文化、有涵养，可也就数她过得不畅快，天底下的事，真不是件件都有得道理讲的啊。

赵天保坐在门口切笋子、想着要跟谭老师做一次谈话的时候，他的儿子墙生正在做一项“大生意”。他在镇新华书店的门口，和几个同学一手交钱，一手交货。墙生交给同学的货是几本《寒假园地》、一叠中学初三毕业班冲刺试卷。一个戴耐克黑色针织线帽的男孩翻了翻手里的试卷说：“你还真行，模仿我的字越来越像呵。”墙生说：“开玩笑，拿了你们的钱，活再做不漂亮对得起你们吗！”另外一个染了几缕黄头发的男孩递给墙生一支烟，墙生马上就着他手上的烟点着了抽起来。墙生抽着烟，把一条腿斜斜的伸出去，立即就变成了他们中的一员，看上去有些流里流气的了。一个年轻媳妇从他们面前走过后，墙生甚至打了个响指。珍珠隔着书店的玻璃门看着墙生，嘴渐渐就撅了起来。

“哥，你再跟他们一起，也要变成二流子了。”回去的路上，珍珠数落强生。

强生拽了拽珍珠的辫子，说你知道什么。他带着珍珠过了南大街，径直往西街走，一直走到一家叫吴记的小百货店前。店门前立着一个木牌子，上书“回收礼品”几个字。

强生笑着跟老板娘打招呼：“吴婶婶，那对酒呢？”他端正地立在那儿，一下子乖得像个三好学生。

墙生从棉衣口袋里往外掏钱，一卷一卷的。吴婶接过去数了数，正好是一千二。她从柜台底下拿出那对酒，原来是一对十年窖藏的酒鬼。

墙生说：“婶，酒不会有问题吧？”

吴婶把酒递给墙生，说：“瞧你这孩子，阳历新年过后杨所长屋里的拿来卖的，谁敢把假货送给工商所长？留了个把月了，我还以为你攒不够了呢。是给你爹的吧？天保有福气，养个好儿！”墙生笑了笑，把酒用书包装了，拉着珍珠就走。

一路上珍珠看看墙生，又看看墙生背上的书包，好半天才说了一句：“你哪来的这么多的钱？”

墙生笑道：“想赚钱还不容易么？”

珍珠说：“你早上不吃米粉，替别人写作业——”她说到这，突然停住脚步，惊叫道：“上个月你说去血站找同学玩，是不是去卖血了？我告诉爸妈去！”

墙生伸出一根手指头，一下一下地点着珍珠的额头：“你也不小了，哥什么时候做过坏事？我告诉你，你不要跟爸妈说。”他拉着珍珠的手往回走，边走边说，“要过年了，我给杨受成拜年用的。”说完，他又开玩笑似的摇摇头：“不对，应该是杨受成叔叔，怎么说他也是咱爸的同事。”他表情严肃得像个大人，郑重地看着珍珠说，“别跟任何人说啊。我明年要考高中，进一中要靠我考，可是进一中的实验班就要有人帮忙。”

珍珠一下明白了，杨受成的岳父是一中的校长，一镇的人谁不知道呢？杨受成的儿子和珍珠一个班，学习一塌糊涂，也是一准进一中的人呢，连老师也这么说！珍珠把嘴一撅：“稀罕！”墙生腾出一只手来在珍珠头上薅了一下，心事却重了起来。他想到父亲赵天保工作的那个公司，他上网查过的，网上只有雅芳，没有雅芬，可能是个卖假冒化妆品的公司。父亲人老实，做梦也想不到这上头去的。墙生不由对父亲生出一丝怜悯。杨受成还是技高一筹的。一镇的小店都卖假货，那些假东西都来自比涔水镇更南的南方，它们招摇地走了几千里路才来到小镇上。就说买块肥皂吧，你买十次二十次洗不出泡的肥皂后，和老板熟了，他是实在不好意思再卖假的给你，就对你说：“一等啊，我去后面给你拿一块。”——真的都在那个神奇的后面，这回买回去的肥皂是能洗出泡的肥皂。就是这么个情况。工商所查谁不查谁，也是想一下就能知道的。墙生最大的优点就是观察仔细、勤于思考。他现在还小，不能做什么大事，可是他可以让人明白，他将来，是可以做大事的人，会有让人用得着的地方。他是有目标的人。再说了，赵家和杨家比什么呢？只能比儿子。

兄妹俩走到御銮巷口的时候，看见恶霸婶婶躲在巷子的墙角抹眼泪，看样子她刚从乡下回来，一只蒙了块花布的竹篮装得鼓鼓地放在脚边。恶霸面对着墙角站着，一只脚踏在一块红砖上，好把一条腿弓起来。虫就站在她弓起的一条腿上。从后面一看，还以为她走累了在休息呢。

只听得恶霸对虫说："虫，我不是你亲娘，你亲娘是那个躺在床上要死的女人，她得了肺癌。你不要再叫我亲娘了，你亲娘要死了。"

虫吃着麻糖，弄得手上脸上粘糊糊的。他还太小，对恶霸婶婶的诉说一无所知。墙生忙拉着珍珠退了出来。

珍珠说："哥，恶霸婶婶怎么了？"

墙生答到："恶霸婶婶能有什么？——我还有几块钱，便宜你这丫头。走，给你买头发卡子去。"

墙生带着珍珠在街上又逛了大半天，用剩余的钱给珍珠买了几个花头发卡子。他们回到家里的时候，天快黑下来了。他们的爹黑着脸坐在堂屋里，他们的娘手足无措地立在旁边，火桌下的炭火都要熄了，也没人去拢一拢，屋子里比外边还要冷。这让兄妹俩很奇怪。

墙生故作轻松地："谁这么大胆，敢惹我爸妈生气？"一语未定，赵天保劈头盖脸地抽了他一竹条子，墙生一下痛得满眼是泪。珍珠吓得缩在李小翠身后，大气也不敢出一声。

赵天保："你替同学写作业，让人给你钱，有没有！"

赵天保："考试时帮人打小抄，让人给你钱，有没有！"

赵天保问一句就抽一下，墙生不吭声，不服气地用一双泪眼看着他。

赵天保又抽了他一竹条：“你早知道冯老师那事，要了他一百元封口费，有没有！”

李小翠赶紧拽着墙生：“跪下，给你爸认个错，我们再也不敢了。”

墙生扭过身子，不服气地说：“是冯老师自己非要给我的，我又没有找他要！”

赵天保气得又要抽他，李小翠连忙拦着他：“是我管教不严，你要打就打我！”自从赵天保下岗后，墙生从没找家里要过零花钱。李小翠想到这，忍不住泪如雨下，说，“这孩子错就错在太懂事！”

赵天保说：“你今天得给我说清楚，你要那么多钱干什么？少了你吃还是少了你穿？什么钱都是可以要的么！”赵天保想自己一辈子要强，就图人说个好。没想到自己的儿子，年纪不大，就知道往钱眼里钻！自己刚才在谭老师屋里的那一会儿，一边听谭老师说，一边羞得恨不得找个地洞钻进去。

谭老师神情黯然，欲言又止：“——孩子么，也是有样学样。”赵天保觉得一张老脸简直找不到地方搁。

赵天保想到这，更加生气，竹条被李小翠拽住了，他就抬脚踹了墙生一脚：“打小要你好好做人、做好人！都白教你了么！”墙生被踹得“扑通”一下跪在了地上，他背着书包跪在地上的样子，像个做错了事领罚的小学生。

墙生擦了一把流到脸上的泪，说：“一镇的好人不都在卖假货！有了钱，可以建希望小学、给孤儿院捐钱、资助贫困学生，才可以做好人！”墙生委屈得不行，他本来想对父亲赵天保说你不也一样，赚不该赚的钱，他忍了忍没有说出口。

墙生抬起头，一边流泪一边对赵天保说：“没有钱，怎么做好人！”

赵天保听了，只觉一口气堵在嗓子眼上，让他无法呼吸，让他一动也不能动。自己用心用力养大的儿子！打小乖乖跟在身后跑的孩子！天真无邪的那一个！现在一回头，冷不丁看见的像是另外一个人，这让人怎么想得通？赵天保呆了半晌。

后来，赵天保伸出一根手指，在墙生的脸前点啊点，一句话也没说出来。

小民还乡

一

梁小民回到涝水镇，看到桔子已是肚大如箩。

桔子坐在门槛上晒太阳，后背倚靠着门框，两手托着肚子，腿里一条外一条叉着，特别舒坦的样子。有过往的人半开玩笑半认真地拿食指点她，说："瞧瞧，这就是女人，一天不打上房揭瓦！"桔子就像没有听到这话一样，头一扭，"呸"一下将嘴里的话梅核吐到街中心，神态是一个要做母亲的女人的神态，安静、平和，还有些凛然不可侵犯。

在涝水镇，时间往前推三十年，女人进进出出，是绝对不能踩当街大门的门槛的，更不要说坐在上面。后来时代前进了，老规矩不大有人记得了，就常有女人一脚蹬在门槛上，一手捏了火柴梗当街剔牙。可是像桔子这样，两腿一叉骑在门槛上的，就是时代再前进个三十年，恐怕也难得找出第二个来。

人们就说："这崔家，没个男人，女人活成个什么样！"

梁小民一脚踏进西街，看到坐在门槛上的桔子，最初的一瞬间他以为自己走错了地方。梁小民记忆中的桔子，还是刚从山里嫁到这镇上的桔子，留着齐眉的刘海，穿着簇新的嫁衣，有羞涩的笑，清新、活泼，像一掬山泉水。

梁小民背着一个瘪瘪的帆布包，径直从桔子门前走过。他来到自家的门前，看到大门上挂着一把铜锁，屋瓦上生着青苔，以前开在临街墙上的窗子，被红砖密密地填上了。梁小民站在被封掉的窗前，仿佛听到了他的父亲梁裁缝踩缝纫机的声音，“哒哒，哒哒，哒哒哒哒……”

梁小民在窗前站了一会，把肩上的帆布包摘下来扔在檐下，坐在包上抽起烟来。

“咦，这不是裁缝家的小子么？”有人认出他来。

一个街坊给他拿来一把锤子，说：“你也可以跑三十里地去金满那里拿钥匙，金满那里有你家的钥匙。”去三十里，回还有个三十里，梁小民当然不想跑。他接过锤子，身后围着一圈看热闹的人。

砸了好几下，锁才松了。

傍晚的时候，涝水镇人坐在家里的餐桌边吃饭，说：“裁缝家的小子，这些年个头没长多少，肉也没长多少，力气好像也没长多少，就是眼准，每一下都砸在锁上了，锁掉下来，锁扣子居然一点都没坏。”

梁小民在外的这些年，在涝水镇人看来，他的人生是生生地塌了个洞的。现在人们轻轻松松的一句话，就把这空空的洞给填上了。

二

梁小民回到涝水镇的头几天，在这西街进进出出，对坐在门槛上的桔子似乎熟视无睹。桔子不搭理他，他也不搭理桔子。

崔家的这道门槛是栎木的，一尺多宽，二尺来高，黄澄澄油亮亮的，是多少年前的东西了，屈指一叩，有金石之声。涔水镇老一辈的人还记得这门槛的来历，说是崔木元的太爷爷花了二十块大洋，伐的山里一家人屋后的祖宗树。原先倒有两丈长，龙一样横在米线店门口。大炼钢那阵生意做不了，门槛也被截去一节做劈柴烧，剩了四五尺崔家安在了一家人日常进出的小侧门上。桔子坐的就是这小侧门的门槛，正冲着异常热闹的西街。

以前梁小民也在这门槛上坐过。那时他的父亲梁裁缝涉嫌破坏军婚，被关起来了。有那么一段时间，梁小民每天不等天亮就要跑过来坐在这门槛上，他两手托着腮帮子，看着淡薄晨曦中冷冷清清的街道发呆。桔子出来进去，偶尔会忙里偷闲伸出手拍拍他……他常常身不由己地跟在桔子后边。街坊们都笑话他："嗬！屁股后的青还未褪净呢，想新媳妇想得也太早了些！"

一个人在外这些年，梁小民有时也会想起这小镇。可回来了，还没几天呢，却又想走了。这让他多少有些烦恼。从被姆妈用根竹篙追打着离开，整整五年梁小民都没有回过涔水镇。但这依然是他熟悉的冬日的小镇，没有风，沐着暖暖的阳光，空气中偶尔会传来顽童的一声鞭炮脆响。人亦是懒散的，一切都无可无不可的样子。就连不久前河对岸的一桩灭门血案，大家也不过是咕哝一句"人越来越狠了！"呜呜叫的警车开过去后，人们就打着哈欠，回复了一贯的平静与木然。

梁小民是在得知他姆妈过世的消息后才回来的。在外的这些年，最初他提过灰桶，做过流水线，后来就总是在车上。一个人，或者是一帮人，不停地，从一地到一地。他到过很多陌生的城市，城市不长蔬菜和稻米，但城市却比乡村好活人。世界说大很大，说小也很小，到长沙后不久，他竟然在一辆公交车上与崔木元相遇了。他从崔木元那里得到姆妈已于两年前去世的消息，开始想是否要回一趟涔水镇。姆妈终老在金满出家的栊翠庵，离涔水镇三十里地，三十里，抬脚走过去也不过是半天时间，他回来好几天了，可还没有往栊翠庵方向迈过一步……他时常把身子斜倚在街道边的某棵树上，无聊地东张西望。偶尔听到过往的人说：“可回来了啊！”他和和气气地把手插在裤子口袋里，嘴角挂着点笑，却不应一声，看上去有点陌生城市的傲慢做派，但更像是一个从未离开过这小镇的愣头青，有些因为无知而滋生的无礼，因为自尊而带来的漫不经心，而这无礼与漫不经心，都正好与他十七八岁的年纪相配。

三

“小民，这些年你都去了哪里，干的是什么营生？”有人好奇地扯着梁小民打听，看上去像个孩子般瘦小的梁小民竟一下就挣脱出来，力量之大，令那人暗地里吃了一惊。

隔着两家店铺，就是桔子的米线店。梁小民听到桔子坐在门槛上跟人闲扯，说到不久就要出生的孩子，镇卫生所的金满出家了，至于常年在肩头披着件肮脏白大褂的秃头老王，桔子表示是断不会让他的脏手伸进她的身体里的，她要赚足够多的钱去县城的医院里生产，因此平均每天都要卖掉一百碗米线。

“他只配给牛马接生！”梁小民听到桔子这样说老王。

有个下午，小睡了一觉起来的梁小民出门溜达，被浅水湾足疗店的老板黄咬银叫住了。

小民，说说长沙城里的稀奇事么。

长沙城里尽是稀奇事，一两句怎么讲得完……哪天我们躺下来慢慢讲。

化生子！敢拿老娘调口味。黄咬银倚在门边笑得花枝乱颤。

梁小民也咧嘴一笑，随手从街边拖了把竹椅，一屁股坐在了崔记米线店门口。太阳从巷子上方斜斜地照过来，照得人暖洋洋的。梁小民把旧灰色西装的前襟紧紧抿在胸前，绷直两脚蹬住地面，身子往后一仰，小竹椅两条前腿悬空，在他屁股底下发出“吱吱吱”的声响。

黄咬银对梁小民说：“在大城市里过年多好啊，有花灯看，有烟火看，黑夜比白天还漂亮，回来干什么？”

梁小民冷冷一笑，说：“我赚够了钱，就要回我们涔水镇，我哪里都不得去。”梁小民十五岁的时候流落到南方一家鞋厂做工，被恶人往嘴里灌过强碱，强碱像把小刀，把他的声带削得又尖又薄，因此他说话的声音就像钉子刮过铁器，与他瘦小而清俊的外表极不相称。

黄咬银微微一笑，眼睛看着桔子，嘴里却喊着“小民”：“涔水镇屁大个地方，小民你应该向你木元哥哥学习，在大城市里挣前程。”

梁小民看了看桔子，“吭吭”咳嗽了两下，说：“大城市！大城市有什么好……房子是又高又漂亮，可是呢，前一栋根本不管后一栋的通风采光，看上去特别不要脸！”

黄咬银哧哧笑道：“哪个大城市不是这样？”

眯缝着眼坐在门槛上晒太阳的桔子，脸上绽开一朵浅浅的笑，她摸着自己的肚子慢悠悠插嘴道：“比人还不要脸么？”

比人还不要脸！梁小民一本正经地答。

四

“真不知道她神气什么！”黄咬银抱着一只暖水袋，裹着件条绒睡衣站在窗前。黄咬银看着窗外恨恨地说：“一个人住两层楼，孤得像个鬼！”

隔着一条街，就是崔记米线店，二楼临街的房间是桔子的睡房，窗口还吊着结婚时的粉红纱帘，隔街望过去，朦朦胧胧、一灯如豆。

“我们两个人，不是孤得像两个鬼！”王坪达靠在床头看《潜伏》，一泡尿的功夫就要插播一个广告，他简直有些不耐烦。王坪达看《潜伏》里的人斗智斗狠，就觉得人心真是这世界上最不可捉摸最令人畏惧的东西。对岸村子里的那桩灭门案，一家四口，被人电死在床上，电线是从公路边的高压电杆上扯下来的，用竹竿隔窗捅进屋……世道就像涔水河，表面上看上去风平浪静，人心呢，却像河底的暗流，又险又恶。

黄咬银抖抖索索上了床，哧哧笑道：“崔家的人大约都是神经病，崔木元高中毕业的人，还要跑到长沙去学法字怎么写，未必他连法字也不晓得写？”

王坪达看着电视没有吭声。满镇的人都知道崔木元是受了一个脑筋急转弯的刺激，丢下大好的日子不过，要去学写“法”字。这个脑筋急转弯还是王坪达在崔记吃米线的时候考所里新来的民警小刘的。小刘刚从政法学校毕业，整天一口学生腔，动不动就会说这个于法无据、那个于法无据的。王坪达很恼火。有天吃米线的时候王坪达就对小刘说：“三点水加一个来去的来读什么？”小刘歪着脑袋想了半天，犹犹豫豫地：“莫不是读来？”王坪达埋头吃米线，说：“你再想想。”小刘把筷子搁在碗上，两手插在双膝间又想了一阵，说：“应该是读来吧。”王坪达继续吃米粉，说：“那三点水加一个来去的去呢？”小刘又把脑袋一歪想一阵，说：“所长，好像没有这个字。”王坪达用一根指头沾了点茶水，在桌面上把这个字一笔一画写了出来。小刘一看傻了眼，不就是个“法”字么！

涔水镇的人都知道王坪达有个口头禅："捉到他，他才晓得法字怎么写！"崔木元当时手里拎着个漏勺出来，对王坪达说："我哥小强被枪毙后，布告上写着民愤极大，店里帮工的菊珍问我什么是民愤，涔水镇两万人，联名上书要求严惩的有两百人，什么是民愤？我说不清。王所长你时常说'才晓得的法字怎么写'，你看我高中毕业，数学学到微积分，语文能背'师道之不传也久矣！欲人之无惑也难矣'，今天把小刘换成我，一样被你考成糊。"说完这话没两天，崔木元就去了长沙城，白天在师大食堂卖饭，晚上在师大夜校读书。

桔子婚后很久都没有怀孕，当时并不知道自己竟然在这个时候怀上了，忙不过来米线的生意，叫苦不迭。街坊们安慰她，说桔子你没有发现么？木元和小强一个样，耳后有反骨，这样的人容易冒傻劲，一冒傻劲就要吃大亏。街坊们还说你看小强，齐齐整整的好后生，闲来无事斗狠逞强地讨人嫌，末了吃的亏却是我们看都不敢看的……整个涔水镇，一个崔家，一个裁缝家，背大时！就让木元把这股傻劲耗在读书上吧！街坊们还偷偷指指对过的浅水湾足浴店，说至少也比折腾在那里强，男人就这么回事，早折腾完，早了。桔子听了也就罢了。

后来桔子肚子慢慢大了，到底还是跑过两次长沙城，都是一个人去，一个人回。这两趟路赶下来，桔子的眼神就像入冬的河水，一天冷过一天。

年轻人，一个接着一个往外跑，外面到底能给他们什么呢？

梁小民离开的时候还是个虎头虎脑的孩子，这一次回来，他变成了一个嗓音尖细，手上脸上都有淡淡疤痕的青年。他倚靠在某棵树上，看上去很和气，和五年前相比，现在的梁小民甚至更像个孩子——但绝对是个狠起来不要命的孩子。有一次梁小民回身跟人说话，西服的后摆撩开，让王坪达看到了一把刀子镶龙嵌凤的华丽手柄。

“……他一定也吃了不少苦。”王坪达想。

自从老婆金满上了栊翠庵，孩子又去了国外，王坪达发现自己的心肠与腿脚一起软了。以前他从这街上过，一街的人都能听到他那擂鼓似的干净有力的脚步声，涔水镇最凶恶的狗听到这脚步声，也会安静地从街上退避到屋檐下。现在呢，疲了，缓了，也软了，尤其是一到黄昏，这脚步就会变得踌躇茫然，声音听上去也就有些拖泥带水，缺力少气。

电视里正插播着一条关于不孕不育的广告。王坪达又想，人这一辈子，除了生和死，其他的事算个鸟事！王坪达就对黄咬银说：“要多想人家的好处，你那年在河滩上被蛇咬了，还不是桔子送来根七叶一枝花才好？”

黄咬银有些羞怯地笑笑，把头缩进了肩膀里。

五

梁小民日日睡到别人吃午饭的时候才起来，西街的人都笑他。

“小民，这个点才起床的，涔水镇只有两种人。”

梁小民明知故问：“哪两种人？”

“呵呵呵，一种人是贼，另一种人，是小姐　！”

“哈！”梁小民的嘴一下咧得很开，他故作潇洒地摇摇头，把两手插在裤兜里，一双方头皮鞋“啪啪啪”地在街道边踢来踢去。梁小民尖着嗓子说，唉，我没有贼的本事，也没有小姐的，好命！

众人皆笑。

桔子忙过了早市的生意，她和菊珍收拾好店铺，哐啷一声关了大门。几分钟过后，人们看见桔子双手扶着后腰，鹅行鸭步地从侧门出来了。桔子扶着门框，慢慢溜到门槛上坐着，窄窄的一张脸在阳光下呈现出岫玉般的光彩。桔子只是瘦了，桔子还是桔子。

梁小民瞟了桔子一眼，走到一株香樟树下站定，他把一只拳头抵在嘴唇上，对着熙熙攘攘的街道“吭吭”咳嗽了起来。

桔子拖过来一把竹椅，对着梁小民的后脑勺喊：“小民，你过来坐，我有话问你。”西街的人闻声都看过来，坐在日头地里打麻将的人支起了耳朵，放轻了手脚，扔出去的牌都是悄没声息的，放个炮吧，也变成了哑炮。

梁小民回身坐到小竹椅上，将两条胳膊抱在胸前。他不停抖动着一条腿，看上去似乎有些紧张。

“你木元哥在长沙城里是不是有了别的女人？”桔子揪住梁小民脖子后的衣领大声问道。

桔子当然不是为自己问。梁小民回到涔水镇不久，镇上风传他手里有封崔木元给桔子的信。临近年关，崔木元没有回家。人们习惯了万事先往坏处想一想，就有人说：“是纸修书。”也有人说：“是封绝笔。”

梁小民缩着脖子大叫：“哪里啊！”梁小民的声音就像利器划过西街，每个人都不禁闻声一颤。

“那他为什么过年也不回来？”

“他说没有脸么，一分钱也没攒到，五门课倒有四门课不及格……”

桔子松开手，笑道：“看来他在电话里没撒谎，笨得像只约克白，还要学写法字！好人哪里用得着这法字！”

“桔子这话说得在理，我们做自己的生意，吃自己家的饭，睡自己的婆娘，打自己的孩子，跟这法字是八竿子打不着的。”

“那确实，除非我们睡了别人的婆娘，打了别人的孩子！”有人马上附和道。

桔子低头摸着自己的肚子："千万别像你老子一样笨！我们让他学两年，就两年，不回来卖米线，我给你找个聪明爹，不读书也知道法字怎么写的爹！"

桔子这么一说，气氛一下活跃了。就有人说桔子，别干等啊，瞧河对岸那一家子，今天脱下来的鞋，谁知道明天还能不能穿啊。

有个男人隔街喊道，我先报个名吧，我晓得法字怎么写，三点水加一个来去的去吗。众人"哗哗"笑了。

梁小民揉着自己的后脖颈，在众人的笑声里低声说："桔子姐，要不……我到你店里去帮你。"

桔子看了他一眼，说："现在你最应该做的，是去拜拜你老娘，告诉她你接下来要干什么营生，你要让她在地下睡得安稳——这才是正经。"桔子说完这话，慢慢合上眼，头往门框上一靠打起了瞌睡。不管梁小民再说什么，桔子连眼皮都不抬一下。

梁小民看着桔子，慢慢伤起心来。五年前的一天，他头上的旧伤还没有结痂，还缠着绷带，看桔子出门去河边，他赌气在姆妈的眼皮底下起身去追桔子，姆妈气得浑身哆嗦，拖着根竹篙跟上来打他，一直把他撵到河岸边的公路上。他听到身后"啪啪啪"的竹篙落到地面的声响，一边流泪，一边头也不回地一直往前跑……就这样离开了涝水镇，口袋里一分钱也没有。

梁小民回身站到街道边，把一只拳头死死抵到嘴边。没有风，太阳暖暖地照着，这腊月的天气竟然像阳春三月一样，要不是有一街的喧哗，时间也许会在这突兀的温暖里长睡不醒。梁小民仿佛看到了多年前的桔子，正顺着拥挤的街道，脚步轻快地走过来……穿着一身红衣服，初嫁到镇上的桔子，是在众人的指点和围观下的新嫁娘，是有些羞涩的桔子，也是勇敢的桔子。这镇上的人取笑桔子脚脖子上被荆棘刮拉出的划痕，桔子红了脸相告：“山里人么……山里本没有路，拿把砍柴刀，就到处都是路。”

梁小民站在街道边，目光忧伤地掠过西街，这目光似乎无处安放，街道边玩耍的孩子，打麻将的大人，坐在店铺门口等生意的昏昏欲睡的女人，扑进这目光里，都有些跌跌撞撞的……一个端了盆水在街道边洗头的足疗小姐，弓着单薄的脊背，用有限的水敷衍地冲洗头上层出不穷的白色泡沫。这种种景象，有些粗蠢，有些无邪，也有些不明缘由的可笑，这是自他蹒跚学步起，就无比熟悉的，人还是那些人，事也还是那些事，似乎从未随时间改变，看上去竟然有些虚假。街对面的一株桃树，倚在一截颓败的围墙边，不合时节地开了朵花，人人都对它视而不见。谁不知道呢，这花，也是不能当真的，只要天气一变，冷风一刮，它就会像个凄凉的短促的微笑，很快不知所终。

六

黄咬银坐在屋内烤火，隔着门帘看到梁小民站在桔子家门前的樟树下发呆。黄咬银就对身边一个十四五岁的足浴服务员说：“瞧瞧，他娘捶他还是捶得少了些，这口瘾没戒掉呢。”

桔子嫁到镇上的时候，梁小民十三岁。没有多久，他的父亲梁裁缝就因为强奸军属被枪毙了，梁小民原本是个把铁环滚得比车轮子还快的孩子，可是一下子，他的脑袋就像坏掉了一样，十三岁的梁小民时常懵懵懂懂地跟随在桔子身后。他的姆妈李兰珍那时还活着，桔子去河边洗衣服，梁小民远远地跟着她。李兰珍悟过来，往死里打梁小民。“叫你学你老子！叫你眼馋别人的东西！”李兰珍抓了把火钳劈头盖脸地打他，头打破了，血像块红布一样从他的额头上倒挂下来，骇人得很。

足浴女孩打着长长的呵欠，从沙发上欠身朝外看了一眼，撇撇嘴对黄咬银说："——也太瘦了！硌人！"

"啊呀！"黄咬银忍不住叫出声来。她不是没有像这女孩这样胡乱打发过日子，可是这么稚气的年纪，这么坦然地不要脸，还是令黄咬银吃了一惊。她抓过来火桌上的一把梳子，朝着这女孩砸过去。黄咬银骂道："骚货！"女孩撇撇嘴，回一句"神经病"，一扭身"噔噔噔"上楼去了。

黄咬银继续看门外。梁小民站在桔子家门前的樟树下，不时就要瞟一眼桔子。桔子坐在门槛上，距梁小民两三步远的地方。桔子的脸晒得红扑扑的。黄咬银看到桔子连棉鞋都没有穿，就很羡慕桔子有旺盛的气血。桔子是一点弯路都没有走过的女人，可以理直气壮地怀孕，理直气壮地有旺盛的气血。黄咬银很悲哀地发现自己是越来越怕冷了，这样的艳阳高照的天气，整个涔水镇，除了她黄咬银，还有哪个活物是离不开炭火的呢？从前那些又暗又长的混账日子，把她的热气都耗光了……先是心冷了，后来是这身子。现在的她就是把自己架到干柴垛上烧上一天，这身子也不会暖和的，就是烧成灰，只怕也是捧冷灰。王坪达来过夜的时候，她不得不先用暖水袋把自己捂一捂——哪个男人会喜欢一个浑身冰凉的女人呢？

黄咬银袖着两手出门叫梁小民。黄咬银说："你过来一下。"

梁小民一动不动，隔街回道："有话就说。"

黄咬银用手指着梁小民，恨得咬牙，半晌方道："你打的什么主意……我可是知道你！王所长让你明天跟他进山——可别说我没有告诉你！"

七

吉普车开到山脚下，路没了。王坪达把车停在一株松树下，下了车仰着头往山上看。梁小民也从后座上爬下来，站在王坪达身后仰头往山上看。他们看见一条窄窄的小径，蛇一样歪歪扭扭地向山顶爬过去。这小径的尽头就是栊翠庵，但站在山脚下是看不到栊翠庵的，它藏在山顶的一片黑压压的松树林里。

两个人爬到山顶上，走到庵旁的松树林边，看见一座长满茅草的圆形土堆。王坪达说："这就是。"尽管已到腊月，因为没有风，太阳又高高地照着，天气暖和得很，冬天不像个冬天，王坪达出了一身的汗。他敞开棉衣，把大盖帽脱下来抡着扇风。梁小民停下脚步，拧着脖子站在那一动不动。

王坪达也在那土堆前站了一会，他点了支烟，一声不吭转身朝栊翠庵走去。远远地看见金满坐在山门旁的大青石上晒太阳，喜鹊和八哥在庵前的柏树上又唱又跳，王坪达就走过去对金满说，你现在过的不是你金满的日子，你现在过的只怕是神仙的日子呢。

金满穿着一身干净的灰布衣服，头发没剃，塞在一顶同样干净的灰布帽子里。金满双膝并拢坐在青石上，两腿间搁着一碗豌豆，她正从豆子里往外挑拣小石子。金满应声往王坪达来的方向看了一眼，连忙起身往前走了几步。金满一手端着豆子，一手在额前搭了个凉棚，金满望着王坪达身后说："啊呀，这不是裁缝家的小子么？"

"就是裁缝家的小子！"王坪达从金满身边擦过，走到在庵前的一只小石狮子前坐下来。

金满望了好一阵，说："菩萨保佑，倒也长大成人了。"

金满擦着眼睛，回过身来坐在青石上，她望着梁小民所在的方向，两手捧着豆子发了一会呆。金满发了一会呆，低下头继续拣豆子。金满对王坪达说："坪达，强生有什么消息么？"王坪达将左腿架到右腿上，有些嘲讽地说："你应该叫我施主。"金满不吭声，全当没有听到这句话。

王坪达和金满的儿子强生在美国，学生物工程，山上没有电话电脑，王坪达隔三差五地把强生的口信捎到山上。王坪达架着腿坐在石狮子上，金满知道赶他不起来，也就随他。人向来是众生中最难度的，金满天天侍奉菩萨，知道菩萨断不会计较。金满认为，跟王坪达的法比起来，菩萨才是真正宽大和慈悲的，才是能改造人和拯救人的。

王坪达坐在小石狮子上，一条一条地通报儿子的消息。王坪达说："第一他不回来过年，第二过完年他要结婚了。媳妇是洋人，结婚穿洋服，拜的不是祖宗，也不是你的菩萨，是基督。"金满说："入乡随俗，在国外拜拜洋菩萨，有什么打紧，还不是一回事。"王坪达就说："菩萨和基督都是一回事，那你在哪里拜菩萨又有什么要紧的呢？就要过年了，家里也给你供了菩萨的。"金满说："你不懂。"

王坪达就有些恼火，往庵后一指，说："我是不懂！你也听说了吧，河对岸一家四口被人电死在床上，夺了四条命的人有可能就在这树林子里打转！你要有什么事，我怎么跟强生说？"

金满埋头拣石子，说："夺了四条命的人也不过是个人么，任谁都得这样，只有过到手里的一寸寸光阴才是自己的。命呢，却是菩萨的。"

王坪达皱着眉，过了半晌说："男人不能像女人那样活……这你是知道的，要是你在意的是那件事，我——"金满"噌"地站起身来打断他，说："各人有各人的缘法，我打定主意上山的那天，是因为看了贴在镇政府公示栏里的报纸，报纸上有你的照片。”金满走到柏树下，将拣干净的豆子倒在一只石钵里，马上就有几只花尾巴的喜鹊“喳喳”叫着飞过来啄食。

王坪达眼睛瞪得有铜铃大，问：“什么照片？”

金满回过身来，说：“就是你立功的那一张啊……那一年派出所抓了一个从湖北流窜过来的抢劫犯，你将他打倒在地，还把他的脑袋踩在你脚底下的那张。”金满说完这话，头一低，手臂一抬，冲王坪达打了个莲花合掌。

八

金满把梁小民让到窗边的一只松木椅子上坐下，把一只包袱递到他手里。

金满在另一张椅子上坐下，对梁小民说：“你姆妈留下的东西，都在这里头了。”她看到梁小民膝盖上的黄土印，又说：“……她哪里想得到！指望天一黑，你就又回来了。”

梁小民低着头不说话。这间小侧屋异常简陋，一东一西放着两张小木床，靠窗一张桌子两把椅子，这些就是全部的家当。西边的那张木床上铺着薄得像张纸的被褥，而另一张木床却是空的。看梁小民不停地瞅这空着的床，金满就异常温和地说：“以前你姆妈就睡这。”

前头的大殿里一年四季香火不断，这间小屋子里也弥漫着一股浓厚的柏香味。这香味把这屋子中尘世的味道冲淡了，梁小民捧着姆妈留下的包袱，仿佛听到了时间那如河水般的流淌声——一切似乎就在昨天。

梁小民把包袱搁在膝盖上，慢慢地，一层层打开它。包袱里面有十来双大小不一的布鞋，有单鞋有棉鞋，厚厚的鞋底上都纳着密密实实的细麻线。

“你姆妈活着的时候，每年都要做几双鞋给你。瞧，够你穿到三十岁的——她哪里停得下来？”金满说。

那双最小的，应该是他离开时的尺码。

梁小民拿起一双棉鞋端详，雪白的鞋底像块发糕一样厚，黑色灯芯绒的鞋面还是簇簇新的，絮着厚厚的棉花，摸上去暖和、干净、结实，像是可以穿着它稳稳地走一辈子路的样子。

金满伸出一根手指头，指一指鞋面的松紧带收口，说：“就这里针脚大了些——后来她的眼睛已经看不见了，摸着做的，倒也不差。”

金满叹了口气，双手合十，念道：“阿弥陀佛，做人父母，也是场修行。”

梁小民脱了皮鞋，俯下身子把鞋往脚上套，套着套着，梁小民的眼泪就一滴滴地落下来，很响地打在青砖地上。这鞋不大不小，竟然是刚刚好。

九

好天气没有持续几天，风一刮，气温就如坐了过山车，一个劲地往下滑。逼近年关的时候，下了一场雪，锅盖一样遮盖了涔水镇。日子本该更寂静无声，但突然的一场变故将本应过年才有的热闹提前了。

河对岸灭门案的凶手归案了，一镇的人追着警车看杀人犯。呼啸而过的警车里，面无表情的王坪达和小刘之间，赫然坐着一个同样面无表情的十七八岁的瘦小青年，三角脸，蓬乱的发，一双眼睛无辜而茫然地看着窗外拥挤的众人。就有人认出他来，记起来前两天还在这青年的手里买过白菜，于是失声嚷起来。更多的人也想起来，你一句我一句地拼凑起这杀人犯的形象，竟然是那个常年蹲在菜市场门口，守着一挑子青菜一声不吭的闷头小子，似乎是从小无父无母，靠贩卖菜蔬自己把自己囫囵养大。菜市场的管理员无数次驱赶过他，还曾将他的挑子踩得像簸箕一样扁。而这一镇的人，又有谁没有趁乱在他手里买过便宜得不能再便宜的菜呢？

竟然是这样的一个人！

人们不免有些兴味索然，以至于他为什么要杀了那一家四口，为情？为财？雪耻还是泄愤？人们竟然连猜都懒得去猜。

黄咬银袖着两手站在人群中，看到警车里的这杀人犯，想起了她的兄弟黄咬金和黄咬铜。她回到家里，把冻得失去知觉的手脚放到炭火上烘烤……她年纪像这杀人犯一样轻的时候，为家人的贫穷与疾病驱赶，身不由己地往那又暗又长的路上走去……可是她的这两个兄弟，终归是一辈子平平安安地把好人做了下来。“就是拿两世的热气去换，应该也是值得的吧。”黄咬银两眼含着泪想。

梁小民穿着簇新的棉鞋，把雪踩得“嚓嚓嚓”地响，雪把厚厚的鞋底浸湿了。这镇子，这杀人犯，这雪……梁小民把手伸到脖子上，摸着自己冰凉的后脖颈，打定主意过完年还回长沙城。

“你要有个正经营生！”梁小民想起桔子和金满的话。可是，什么样的营生算是个正经营生呀？到娱乐城做保安，经常提根棍子追着醉酒闹事的人穷追猛打，或者去餐厅，做服务生，一天站足十几个小时，二十岁以前得上腰腿病，再或者到工厂，做流水线，把自己变成机器的一部分……

“哎呀，这样活着真没劲！”他皱着眉，十分苦恼地叹了一口气。

梁小民路过桔子家门口，一边跺着脚上的雪，一边对站在檐下的桔子说：“过完年，捎点什么给木元哥？”

桔子说："你就替我捎句话，就说桔子还在卖米线，每天都是一百碗，一碗都不多，一碗都不少。"桔子两手捧着肚子站在檐下，伸长了脖子望着警车过去的方向。

警车带着那杀人犯，穿过了小镇中心的十字路口，拐个弯上了河岸边的公路，汽车的后轮把路上的雪卷得老高。所有的人，从涔水镇出去的时候都走同一条路，那些年轻人，他们都是先出小镇，再顺着河岸边的公路往外走。就好像他们都是亲兄弟，在同一个屋子里长大，然后从同一扇门里走了出去——都是这样，比如梁小民，比如崔木元。王坪达的儿子强生去县城上高中，去北京上大学，后来又到那个远得了不得的美国，走的也是河岸边的这条路。从这一点上来说，他们之间，并没有什么不同。

痴娘

涔水镇西街的王小荷，在她家临街的房子里开着一个杂货铺。

这个杂货铺没有门，但开着扇比一般的窗略大点的像把折扇似的窗。涔水镇多雨，春秋两季总是细雨绵绵，王小荷杂货铺的杉木窗子在湿漉漉的光阴里渐渐斑驳，开关之际，会发出绵长而无奈的“吱呀”一声响。

王小荷的杂货铺在西街的西头，我们在西街跑进跑出，总能看见王小荷抱着她的大头儿子坐在窗户里。你要是也从西街过，冷不丁扫一眼这窗子，最初你一定会以为看到的是副扇面画，只不过这扇面上画的不是亭台楼阁，也非墨竹幽兰，而是一对拥挤、逼仄空间里表情有些呆痴的母子。这画衬在斑驳的木框里，显得黏污，灰暗，陈旧，模模糊糊的，被水洇过了一般。

西街的女人从王小荷的窗前经过，即使什么也不买，她们也要把手撑在窗台上，把身子探进这灰暗里，肆无忌惮地瞅一阵。

又大了些。女人们离开的时候说。

这个“又大了些”，有时候是指王小荷儿子的身子，有时候是指王小荷儿子的脑袋。

王小荷的儿子两岁多了，可是还不会说话走路，他长着一个奇大无比的脑袋，平时他这个脑袋总是搁在王小荷的臂弯里。逢着有人来买东西，王小荷无法用一只胳膊抱起他，于是她就小心翼翼地把他放在她刚才还坐着的圈椅上，再小心翼翼地从她儿子的大头底下抽出自己的胳膊。王小荷弓着单薄的身子，两块肩胛骨把背部的棉布衬衫顶得老高。她一边牙疼似的“嘶嘶嘶”往嘴里吸气，一边用两手轻轻地捧着儿子的这颗大头，再轻轻地把它安放在椅子的扶手上——比放一颗鸡蛋还小心。做完这一切，她才起身从货架上给人拿袋盐，拿包烟或者是一袋酱油。

王小荷的杂货铺没有门，也没有名字。

西街的女人炒着菜，发现酱油用完了，就会打发孩子：快！去杂货铺买袋酱油——她们说的杂货铺，专指王小荷的杂货铺。涔水镇上其他的杂货铺，不是叫王记、冯记，就是叫年年发，或是叫日日顺。

我们每个小孩，都在王小荷的杂货铺里买过东西。身材单薄的王小荷有一张青白色的瘦削的脸，这脸像张白纸一样，我们很少能从这张脸上看到其他大人脸上常有的表情，比如喜悦、得意、悲伤或者是愤怒。王小荷的眼睛是黑亮的，可是眼光却是空的，跟谁也对接不上。我们从她的手里接过要买的东西时，常常会身不由己地掉进这空里，不由自主地呆上一呆，然后才回过神来扭头跑掉。

买东西的钱也是我们自己放到窗台上的纸盒里，按照挂在窗边的价格牌自己找零。王小荷脑子有些不清白，算不来加减乘除，可钱上从来没有出过一分一厘的差错。这街上的孩子，比如丘巴，比如我，胆子再大也不敢在王小荷的纸盒里捣鬼，否则娘老子打起我们来就像我们不是他们亲生的。在涔水镇，在西街，什么是可以做的，什么是不可以做的，就像河里的水与池子里的水一样分得那么清。

除了酱油，我们还到王小荷的杂货铺买红糖、盐、针线、草纸、橡皮擦和十行纸之类的东西。逢着暴雨天，家里水池子里的水会变得跟涝水河的河水一样浑浊，我们就去王小荷的杂货铺里买明矾。明矾这个东西很神奇，再浑浊的水，它也能弄得跟泉水一样清澈。

我们家家户户的院子里，都砌有一个方方正正的水池子。镇自来水厂把水从涝水河里抽上来，水在那些莫名其妙的水塔和管子里走上那么一遭，流到涝水镇家家户户的厨房和厕所里的水，就变成了一毛五分钱一个字的水——这叫人怎么想得通？因此，我们的母亲，无一例外地，在小院一角的水龙头下砌了个小池子。她们就像开会研讨过一样，水池子的位置、大小、深浅以及所用的材质竟然都完全一样。我们每家每户水池子上方的水龙头，一律是无法关死的，它们一天到晚合着钟表的节奏滴水。

“滴——答——”，“滴——答——”

而墙上的水表就像睡着了一样，可水池子里却总是有水。

男人们，对女人的这种小伎俩怀着种不屑一顾，却又有些纵容、有些暗自称许的暧昧态度。要知道，在涝水镇这样的地方生活，那些小小的不辨善恶的智慧，就像我们每个人身后的影子一样，跟随在节俭、克己之类的美德后面，从来都无法分离，而家家户户要过的日子，也因此靠了这一只叫美德、一只叫狡黠的脚，继续蹒跚前行。

王小荷家的院子里，也有这么一个水池子。除了儿子是个大头儿子以外，她家的日子与别人家的并没有什么蛮大的不同。

王小荷的男人叫赵引寿，他是一个表情木讷、行动迟缓、手脚长大的男人。和他的儿子相反，赵引寿有一个小小的脑袋，这小脑袋下是一节长长的脖颈，脖颈上的喉结格外突出，差不多与下颚齐平。赵引寿在镇上的水泥厂上班，碎石车间。碎石车间的粉尘是很多的，赵引寿每天回家要做的第一件事，就是洗澡。夏天的时候，赵引寿就站在他们家院子里的枣树下，从水池子里舀水冲澡。

王小荷的家就在丘巴家的隔壁，两家人共着一堵山墙。

这个夏天，我和丘巴经常在黄昏的时候，爬到丘巴家的屋顶上，偷看站在枣树下洗澡的赵引寿。赵引寿赤裸的样子，每一次都令我们笑得死去活来。

赵引寿洗完澡，会拖着拖鞋摇着大蒲扇出来，百无聊赖地蹲在街沿上看街景。他跟这镇上的大多数男人一个样，似乎在外面费尽了心力，回到家里就是功臣，理直气壮地什么也不干。赵引寿蹲在街沿上，痴痴地看别人的孩子活泼地在眼前跑来跑去。这个时候王小荷则要到厨房去做晚饭，他们家的厨房里也有一把圈椅，王小荷做饭的时候，就把儿子搁在圈椅上，用一根毛巾拦腰勒住他，以免他会从椅子上出溜下去……王小荷和她那大头儿子可以说是形影不离。

街道上真是热闹，小孩子们狗一样地窜来窜去。

“引寿，引寿，还剩多少天？”街坊们问赵引寿。

听到这样的问话，赵引寿的喉咙里传来“咕隆”一声吞咽口水的声响，他那硕大的喉结上下滚动了一下，才慢腾腾起身走到窗户边。赵引寿把半个身子从窗子里探进去，将钉在杂货铺墙上的日历翻看了好一阵，回身闷声闷气地说：

“……还剩七百四十一天。”

“哎呀引寿，你上辈子欠他的，今天中午他还吃了两大碗饭，我看着小荷给他喂下去的。我的大毛和小毛加在一起也没有吃那么多。看来他要照医生说的那样满满地活五年，一天也不打算饶了你。”

“你们大头宝那样的伢，能当个正经伢儿养么？他既不能给你们养老，又不能给你们送终。”

“养孩子是为了什么？你们小荷痴么，一个讨债鬼么！”

丘巴的母亲马兰花是王小荷的表亲，不过是那种像涔水河一样拐了很多弯的表亲。王小荷和赵引寿的婚事还是她给说合的。赵引寿三十岁的时候还没有说上合适的对象，马兰花就把自己的表亲王小荷介绍给了赵引寿。王小荷小时候上山放牛，从牛背上掉下来摔着了脑袋，人不是很机灵，但洗衣做饭的活都能做。起初赵引寿有些犹豫，一个街上的人，吃着商品粮，每个月有四十二元七角的收入，拿着这笔钱就可以直接去肉食店扛半扇猪肉回来，如果要降低要求娶个乡下姑娘，那娶个漂亮伶俐的并不难。但马兰花对赵引寿说了两句话，第一句话是：“王家不要彩礼钱，白捡。”第二句话是：“一关灯，底下都是刘晓庆。”这两句话，让赵引寿最终动了心。

街坊们和赵引寿扯大头儿子的事，马兰花一般都不会插话。她总是把一只硕大的青花饭碗挡到脸前，露出两道被扯得又细又长的眉毛，坐在小竹椅上“吧唧吧唧”往嘴里扒着南瓜蒸饭，或是红苕蒸饭。只有一回，她听到人说“小荷痴么”，按捺不住也开了腔。马兰花托着饭碗的左手落下来，稳稳地停在一条肥硕的大腿上，她的右手捏着筷子在空中点来点去：

“引寿，有些话你们小荷不爱听，我一说，她就把脸别过去——日子怎么能这么过？医生说！医生说的是能全信的么？金锣镇就有一个这样的伢，我们丘巴七岁的时候，上一年级，医生就说这个伢要死了，活不了几天了。可是，一直到我们丘巴十二岁，上六年级，这个伢子才死了。”

听到马兰花的话，赵引寿“噌”地一下站起来，他的脸就像被人猛抓了一把似的，眉毛眼睛鼻子全挤皱到一块去，他一句话也说不出来，只是“啪啪啪”地用蒲扇急促地拍打身子。

当初马兰花把王小荷说给赵引寿时，对赵引寿说王小荷只是脑子不灵光，什么都不耽误。现在王小荷给赵引寿生了个大头儿子，让赵引寿白忙活了一场不说，王小荷还只认这个不会跑、不会叫的孩子，整天抱着这个大头儿子不撒手。赵引寿近身不得，把正经儿子都给耽误了。

在涝水镇，大头宝这件事，要是搁在别的女人那，也不算是怎么一回事。大不了两腿一叉，再生一个呗。就是种豆子，十个豆荚里也总会有一两个瘪的呢，何况是养孩子？再者，别说是大头宝那样的孩子，就是那些个活蹦乱跳的正经伢儿，每年夏天，总会有个把淹死在涝水河里。好在这河很早就教会了涝水镇的人这样一个道理：养孩子就像种庄稼，插十苗，收九棵，就是绝顶好收成。因此，遇到这样不幸的事，又能怎么样呢？就当是一不小心被驴踢了一脚啰，就当是一个踉跄！等拿这河水洗干净孩子小小身体上的泥沙，和自己脸上的眼泪，把悲伤和原本因这孩子而抱有的希望一并埋在河对岸的山坡上后，日子就又如流水，哗哗哗向前淌了——哪一回不是这样？

可是，王小荷是个脑子有些不灵光的女人，她很难明白这些道理。

当初婚事说成后，赵引寿还给过马兰花一块涤纶的裤料呢。马兰花很有些过意不去，她觉得自己有责任给赵引寿多说两句。

马兰花的筷子从空中落下来，很响地敲在饭碗上。

“你又不傻，你要想个法。”马兰花说。

活在这个世上，赵引寿似乎最怕人问“还剩多少天”。

每次听到人问他，赵引寿脸上的肌肉都要有意无意地抽搐一下。

“引寿，引寿，还剩多少天？”

“还剩七百多天……”

“引寿，引寿，还剩多少天？”

“……还剩六百多天。”

这回答仿佛连赵引寿自己都吓一跳。报出一个数据后，他往往会四肢并拢、呆呆地立上半天。是啊，日子过了那么久，简直就像一辈子那么久，结果却不过是区区百来天。周围的人哪个不是在抱怨日月如梭、孩子长得太快？没几天工夫，衣服小啦，鞋小啦……日子在别人家里过得都很快，偏偏在他家里过得是那么慢。

赵引寿还怕遇到他的哥哥赵引禄。

赵引禄住在涔水镇的南大街，他是附近一家煤矿里的掘进工。赵引禄只有两个女儿，都在十岁左右的年纪，胳膊腿都细长细长，她们棉布裤子的裤脚，隔不了几天就要顺着她们麻杆似的细腿往上爬一节儿，这样的长势总是令赵引禄心烦意乱。赵家的饭菜是养人的，可是都喂了张三李四家的人！赵引禄一心烦就要去街上截赵引寿，他黑着脸，好像赵引寿欠了他几箩筐的谷子没还。赵引禄在街上截住赵引寿，他们周围很快就会围上一圈人，他的两个女儿跟出来立在赵引禄的身后，细细的手腕和脚脖子都露在外面，看上去就像两个细胳膊细腿的草人儿。

“硬生生等五年，耽误的不光是你的儿子，还有老赵家的孙子！”赵引禄说。在传宗接代这件事上，他对赵引寿寄有厚望。王小荷生完大头儿子的当天，赵引禄提前从单位里支来了加班费，买了两只老母鸡、五斤红糖，在老婆的诅咒声里喜滋滋地提到西街去。孩子三个多月的时候，还是他发现不对劲，催着赵引寿和王小荷带孩子去常德城里看医生——他还偷偷塞给赵引寿二十元钱。

赵引寿低着头，答：“小荷说，她只有一双手么。”

“国家也是有政策的，有病有残疾的伢都算不得数，再生一个又不犯法！”赵引禄说。

赵引寿依然低着头，答：“小荷说，一双手抱不得两个伢么。”

这时赵引禄的两个女儿就会嘻嘻哈哈唱起来：“王小荷，大头妈，能生不生大傻瓜！”

“吃了我的鸡，吃了我的红糖，还花了我的钱，就听我一句话，一句也不行么？”赵引禄说着说着就有些气急败坏起来，就有些恨铁不成钢起来：

“小荷说小荷说！你就知道小荷说！她傻，你也傻么？”

我们时常能看到他把手指点到赵引寿的脸上去。

自从抱着儿子去过一次常德城后，赵引寿似乎再也没有抱过他的儿子。我们也很少能看到他和他儿子在一起时的情景。

说来奇怪，我们，比如丘巴，比如我，隐约觉得，赵引寿，他有些怕他的傻老婆王小荷，还有他那个既不会说话，也不会动弹的大头宝儿子。

我们有这种感觉可不是空穴来风。

有一天，天气特别炎热，挨到傍晚，也不见有丝毫的凉风。我和丘巴从河里洗完澡回来，看见赵引寿站在自家的杂货铺前，隔窗看着坐在杂货铺里的王小荷与儿子。王小荷歪着脑袋，把自己汗津津的脸和大头儿子的脸亲密地贴在一起。她微微摇晃着身子，嘴里哼哼有词，目光直直地从赵引寿的身边擦过去，就像没有看到他一样。

我们看到赵引寿就像挨了打一样垂下头来，长长地叹了一口气。

我们看到赵引寿低着头，拖着两条长腿走进了自家的院子里。这是晚饭前的一段时间，没有什么别的乐子可寻，我和丘巴再次爬到了丘巴家的屋顶上。

我们看见赵引寿慢慢把满是灰尘的背心和长裤褪在枣树下，低着头赤裸着走到院子角落里的水池子前。

赵引寿赤裸着，把两条胳膊撑在池子的两侧，一动不动地站在那。他的臀部像个没有装满的面口袋一样向下耷拉到了大腿上，四肢比一般人都要长大，因此从后面看起来，他就像一个上了年纪的猿人，丧失了敏捷之后，身体的庞大只会使他看上去无比笨拙。赵引寿在池子边上趴了一会，慢慢弯下腰去从水池里抄起葫芦瓢舀水。他每舀一瓢水，就“哗”一下从自己头顶浇下去，水飞快地从他满是灰色粉尘的背上滑过，冲刷出一条条烟熏般蜡黄的肌肤。

就在这时，我们看见王小荷抱着儿子急慌慌地走进院子来。她小心翼翼地把大头儿子放在院子里的一张竹床上躺着，然后跑步去了厕所。

赵引寿没有回头，他专心致志地舀水浇着自己，就像农民浇灌庄稼那样上心。他的身后很快形成了一股小水流，像一条灰色的长蛇，从赵引寿的脚后跟爬到了那张竹床下。过了一会，似乎这条长蛇的爬动惊动了赵引寿，他猛地回头看着竹床，接着我们听到了水瓢落进水池子里时发出的“噗”的一声响。赵引寿警觉地往厕所那个方向看了看，手里抓着一条旧毛巾，蹑手蹑脚地走到了竹床前。

赵引寿两手抓着毛巾握在胸前，毛巾的一端从胸口一直垂下去，直到赵引寿的膝盖那展开，我们隐约看到了毛巾上印着的“先进工作者”几个红色大字。赵引寿站在他儿子的竹床前，浑身都在往下滴水，腰一点点弯下去端详他的儿子。他再次警觉地往厕所那个方向看了看，手里抓着毛巾，慢慢伸向他的儿子，似乎是想要去触摸这个躺着不能动弹的孩子，但不知为什么，他看上去有些紧张，一张脸绷得像要迸裂了一样。这孩子躺在竹床上，颤颤的，和一堆豆腐没有什么两样，他的脑袋无法转动，但是他的眼珠子却灵活得很。起先他一直看着黄昏时的天空，这天空好看得很，天蓝得出奇，大朵大朵的白云被夕阳染成了绚丽的金色。他似乎看得有些着迷。他快三岁了，如果他能动弹，如果他能说话，这个时候他肯定会指给赵引寿看那些云朵，并且用生脆的声音对赵引寿说话：爸爸，你看这朵云像不像老虎，那朵云像不像狮子——我们小时候都这个样——当然他没有这样做。过了一会儿，这孩子好像想起来应该跟他的父亲打个招呼，于是他的眼珠滴溜一下转过去，看向站在他旁边的赵引寿。可是，令我们没有想到的是，赵引寿就像被人当胸推了一掌似的，猛地往后连退几步，他的两条胳膊折断了一般无力地垂下来，毛巾掉到了地上。他仿佛受到了惊吓，身子就像怕冷似的哆嗦起来。

看到这一幕，丘巴和我不约而同地把头埋进臂弯里，遏制不住地笑起来，我们咬着自己的胳膊，笑得浑身哆嗦。赵引寿的裸体，啊，怎么说呢？应该是我们所见过的，这个世界上最滑稽最难看的，男人的裸体。他的两腿间，看上去简直就像一只死老鼠，了无生趣！

“你又不傻，你要想个法。”马兰花的这句话不只说了一次，西街的每一个人都已听得耳熟。可是如何接近王小荷，尽快生一个正经伢儿，对赵引寿来说，似乎不是一件能靠智力解决的问题。他照旧在许多个傍晚，郁郁不乐地蹲在阶沿上，痴痴地看别人的孩子活泼地在眼前跑来跑去。

当然，赵引寿也还是尝试过一些法子的，不过没有什么用。按丘巴的说法，赵引寿在王小荷面前笨得简直不像个男人，他的脸上时不时会布满蚯蚓般的抓痕。

“……王小荷搂着大头儿子躺在院子里的竹床上……她就像

条刚从水里捞上来的鱼，赵引寿长着那么大的两只手，也摁不住一个王小荷。”丘巴曾乐不可支地对我说。

对我和丘巴来说，这个夏天跟以往的每一个夏天似乎都不太一样。我十二岁了，丘巴比我年长两岁，是年十四。随着我们年岁的增长，每一天似乎都变得比以往漫长。到河里抓鱼钓虾扎猛子的游戏也似乎没有以前有趣，除了经常爬到丘巴家的屋顶上，我们还时常冒着被毛毛虫蜇伤的危险，爬到河边的柳树上坐着，一边用赤裸的双足拍打河水，一边偷窥来河边洗衣服的女人。女人们像鸟一样叽叽喳喳，她们蹲在河边的样子，实在是与一只蛤蟆没有什么两样。

女人们蹲在河边某处突出的石头上，身体的重量压倒在一只膝盖上。她们把身子倾斜，胳膊伸到河水里浸湿要洗的衣服，让我们得以看到那被一只膝盖顶出领口的大半个乳房——我们很单纯地满足于最终会“看到”的快乐。在这个年纪，我们隐约意识到随着我们的长大，终有一天会和某个女人相遇，并且一辈子会像把河水和池水舀到一个桶里那样和她搅缠不清。这让我们好奇，也让我们生出了一些说不清道不明的苦恼，因为我们无法知道她会是个什么样的女人，会给我们的生活施以什么样的影响。

很多年以后，我偶尔回想那个夏天，透过岁月的风尘，在涔水河边懵懂少年的眼中，看到的那个令少年内心温暖柔软并产生向往的女人，竟然会是一个像王小荷那样的女人……

王小荷，她怀抱着她的大头儿子、身子后仰坐在杂货铺的圈椅里的样子，她空空的眼光冷冷地投向窗外的样子，她在竹床上拼命撕咬赵引寿的样子，不知不觉一点点留给我们的，最后竟然会是一个母亲的形象，这真是令人难以置信！

那年夏天快要结束的时候，预防血吸虫病的医疗工作小组来到了涔水镇。涔水镇不在血吸虫病重点防控的区域内，所以他们是在这项工作差不多快要结束的时候来到镇上的。刚立秋，蝉鸣阵阵，已是秋声，正是一年中最热的时候。

工作组的医生挨家挨户地发放资料，给一些经常接触河水的人做了粪便的检测，并发放了一种叫吡喹酮的药。西街人吃了这种药后，彻夜难眠。

医生告诉大家，可以实行自我催眠术，来克服吡喹酮的副作用。

我们不知道什么是催眠术。那差不多是在三十年前，三十年前的涔水镇远在湘西北的一隅，它的每一天都像这河水一样，沿着旧有的道路不慌不忙地前行，安静、平常，不被打扰。而那个时候，涔水镇之外的世界，却像吞食了春药，每一天都翻云覆雨，每一天都孕育出无数新奇的事情，足以令人心乱神迷。我们并不知道这些无比怪异新奇的事物正踩着纷乱的脚步向我们走来，它们经过一个又一个的城市，带着异样的声响与气味，终有一天会越过万水千山，抵达僻远而又古老的涔水镇。

西街的人打着呵欠，听医生侃什么是催眠术。医生的描述带给人奇异神秘的感觉，他们中的一位还乐呵呵地开年轻夫妇的玩笑：

“你要是给你堂客催眠成功，你要干点什么那还不是随你？当然，你——”医生说着说着将笑眯眯的脸扭过去朝向女人，细声细气地说：“如果你给你男子汉催眠成功，那也是一切随你！”

众人哄笑，心如鹿撞。

当然最后没有人学会催眠术。不过，这倒是极大地启发了西街人。他们撺掇赵引寿以服用了吡喹酮严重失眠为由，从工作组的医生那开来证明，最后从镇卫生所买来了两片管制药品安定。

于是接下来的好几个傍晚，我们看到赵引寿喜滋滋地蹲在街沿上跟人扯白话。

“引寿，你种下了没有？”

“种了……种我是种了。”

“呵呵，好样的引寿，她傻，你可不傻。”

“引禄还会买鸡和红糖的吧？”

“……说是鸡还是两只，红糖么，照旧、照旧……”

入秋后下起了雨，细密而绵长的雨丝一飘数日，迅速地消解了盛夏的溽热，西街那原本灰白的麻石街道，也被雨染成了涔水河一样的黛青色。不久，屋檐开始往下滴水，“滴答滴答”地敲打在街沿上，直把一个个晌午敲打成黄昏。那些原本被夏日的骄阳炙烤成深青色的苔藓泛出一丝翠色，它们像蚕吃桑叶一样，顺着墙角和街沿一点、一点地往上咬，看上去缓慢，沉闷，而且无聊。

学校还未开学，西街的孩子们无事可做，终究按捺不住，冒着雨跑进跑出，大街小巷，狗一样到处乱窜。我和丘巴已不屑于与那些小屁孩为伍，如果不去河边钓鱼，我们就整天坐在屋檐下下象棋。棋盘是用粉笔画在地上的，偶尔有风吹过，细密的雨丝折断了般扑进屋檐，瞬间湿了楚河汉界，车马炮卒——这常常让我们滋生出些许惆怅。

女人们开始忙乎毛线活。她们聚集在马兰花家的大门口，热闹的笑语声使得这雨也不再寂寞。她们谈论某个人新买的衣料、男人、孩子、还有锅灶里的饮食。当然她们谈得最多的，还是王小荷的肚子。

“兰花，小荷怀上没？”有个女人把头往王小荷的杂货铺那边摆了摆，问马兰花。

“还能怀不上？引寿说一连四次呢，半片药就管用……”马兰花说。她手里正拆着丘巴的一条旧毛裤，她一边说话，一边飞快地将弯弯曲曲的旧毛线套在她叉开的圆滚滚的膝盖上。

“那也未必，别说四次，还有四十次也怀不上的呢。东街的素娥，回回完事后把腿贴在床头的墙上倒竖一阵……半年才怀上了。”女人说完，捂着嘴“哧哧”笑了。

“可不，素娥脑门顶上的头发薄得像张渔网……唉，儿女也是讲缘分的。”

马兰花把嘴撇得扁扁的，满脸不屑地说：“你们知道什么，引寿家的宝，虽说不是个正经伢儿，那可是头一遭儿就有了的。”

“兰花这话不假，引寿窗户上的喜字还红彤彤逼人眼，小荷的肚子就鼓得像个气球了。”

“哦哟，小荷这婆娘，脑子不好用，肚子倒管用得很。”大家咂嘴称道。

“我娘家那边的女人，都能生养。老一辈儿的，村子里跑的孩子比山坡上跑的牛羊还多。要不是计划生育，要多少没有？”马兰花有些自豪地拍着自己的肚子说。

“你们晓得么——”马兰花突然想起来什么似的，指指王小荷的杂货铺笑道：“听说，有一回醒过来，闹呢，嘿嘿，闹起来倒不像是傻……赤着身子往墙上撞，半边身子都紫了，不要命了似的，可见还是傻么！”

“啧啧，可不！”女人们纷纷附和道。

有个下午，依然飘着雨丝。一个乞丐在小孩们的簇拥下来到了西街。

他是一个年约六旬的独腿男人，人黑瘦得像根老藤，唯一的一只脚赤着。他头顶着一块破旧的塑料布，一侧腋窝下夹着一根拐杖。拐杖敲打在湿滑的街道上，发出“嘣嘣嘣”的声响。他身子歪斜、拖着一条腿很别扭地前行，跟那根拐杖相比，好像有病的是他那条完好的腿。

大家都停下自己的事，饶有兴趣地看着他一家挨着一家地讨过来。每到一户人家门口，乞丐站正了，伸出一只瓷碗，尾随的小孩就嬉笑着齐声喊道：

“行行好，打发打发吧——”

老乞丐心安理得地省了那一句，一言不发地端着瓷碗静静地站在那。细雨在他千孔百疮的塑料布上汇集，形成了一串串的水滴，他的一条裤腿和拐杖全都湿漉漉的。

有人在他的瓷碗里放块米糕，有人放几块咸萝卜。乞丐全都倒进斜挂在胸口的布口袋里。那个时候的乞丐讨要的无非是口吃的，因此涔水镇的人也唤他们“讨米佬”。

马兰花用只青花碗装了两个红苕米饭团出来，见这老乞丐的瓷碗湿湿的，就把碗窝在胸前快步走到雨中，将这两个饭团倒进他的布袋里。

“讨米佬，你真的遭孽，这么大的年纪还要出来讨米——你的儿女呢？”马兰花回到檐下抹着头发上细密的水珠问道。

这老乞丐沉默了一阵，答：“……这辈子我连他们的娘都没有找到，又到哪里去找他们？”这似乎是一句玩笑话，但他的声音里透着异常的苍凉与真诚，仿佛是老友之间掏心掏肺的诉说，因此大家都没有办法笑起来。

“遭孽，一个伢儿都没有，真正遭孽！”大家感叹着，目送他走到王小荷的窗前。

老乞丐靠窗站定，将瓷碗伸到窗台上。孩子们围在他身后起哄一般替他喊道：

“行行好，打发打发吧——”

“行行好，打发打发吧——”

大家站在屋檐下，透过一街蒙蒙的细雨，看到乞丐一动不动地站在王小荷的窗前。我和丘巴站在王小荷家的斜对面，尽管看不到此刻窗内的情形，但这情形对我们来说却不难想象。此刻的王小荷，一定吃力地抱着儿子站了起来，一定小心翼翼地把他放在她刚才还坐着的椅子上，再小心翼翼地从她儿子的大头底下抽出自己的胳膊。王小荷也一定一边牙疼似的嘶嘶嘶往嘴里吸气，一边用两手轻轻地捧着儿子的这颗大头，再轻轻地把它安放在椅子的扶手上——比放一颗鸡蛋还小心……然后她会从靠墙的货架上的玻璃罐里摸出一块高粱糖，也许是两块饼干给这遭孽的讨米佬。

可是接下来这讨米佬却让大家吃了一惊。他还没等王小荷将糖或者饼干放进他的瓷碗里，就将伸在窗台上的瓷碗收了回来。他把碗夹在一侧腋下，伸手在胸前的布袋里摸了半天，拿出一只米糕轻轻放在了王小荷的窗台上。

我们全都说不出话来，目送这老乞丐一脚高一脚低地往外走去，拐杖敲打地面发出“嘣嘣嘣”的声响，这声响在轻微的“沙沙沙”的雨声里显得格外孤单、格外凄凉。

就在这时，一件出人意料的事情发生了——王小荷抱着她的大头儿子冲了出来。她的胳膊肘撞在了她家大门的一侧门板上，发出了“哐啷”一声响。如果我没有记错的话，这应该是医生说这孩子活不过五岁后，王小荷第一次抱着他走出大门。我惊讶地发现这孩子比我们平时看到的似乎胖大许多，平时他躺在王小荷的怀里、躺在竹床上，似乎都没有现在这般重。现在他在王小荷的怀里直往下坠，王小荷不时地抬起一条腿托托他，用力将他往怀里搂一搂。王小荷的身子就像挂了重物的树枝一样弯下去。

王小荷抱着她的儿子，跌跌撞撞冲到雨中。她追着老乞丐离去的方向赶了几步，一条腿“咚”一下跪倒在湿漉漉的街面上。她曲起一条腿托住儿子，腾出一只胳膊来将手中捏着的一件东西朝老乞丐奋力砸过去。我们看见这东西在雨中划出一道白色的弧线，落在老乞丐身后不远的地方。这东西在地上跳了几下，最后停在了一个污水坑里。我们看清楚原来是一个米糕。

王小荷仰着脸，嘴无声地大张着，泪流满面。细密的雨丝飘落到她脸上，与泪水交织在一起，很快就分不出哪些是泪水，哪些是雨水。

老乞丐也闻声停了下来，只见他慢慢转过身来，呆呆地立在那看着王小荷。那群簇拥着他的孩子不知道发生了什么事，此刻全躲到屋檐下贴墙站着，他们似乎是怕受到大人的责骂，因而变得格外安静乖巧。过了一会儿，老乞丐歪斜着身子慢慢走到那个污水坑旁，一点点将自己矮下去。那块破旧的塑料布从他的头顶滑到了地上，我们看到了他满头的白发。他把拐杖轻轻搁在地上，一条腿跪倒在污水中，抖抖索索地伸出一只青筋暴突的手，将那只米糕捡了起来。

老乞丐看着王小荷，缓缓地一下一下点着头，将那只沾满污水的米糕慢慢地举到嘴边，一口，一口地吃了下去。

看到这一幕，王小荷慢慢闭上眼，头也一点一点地低下来。她把额头抵在儿子的额头上，发出了含混不清的“嗷嗷嗷”的母狼一样的哭喊，这声音听上去简直令人肝肠寸断！

王小荷把身子覆在儿子身上，被细雨浸湿的单薄脊背因为哀恸而不停抽动。那孩子一动不动地躺在王小荷的怀里，他似乎也感受到母亲的悲伤，他垂在身体一侧的手臂软绵绵地晃了晃，好像是想抬起那只手来好擦去王小荷脸上的泪水，可是他办不到，我们很清楚地看到有一颗泪珠从他的一只眼角慢慢流了下来。

雨仍在“沙沙沙”地下。

我们每个人突然都变得有些忧伤。尤其是马兰花，她斜靠在她家的大门框上，两只胖乎乎的手握成拳头捂到嘴边，两眼张得大大地看着细雨濛濛的街道，泪水就像河水一样在她宽阔的脸上汹涌流淌……

开满鲜花的土地

最初，人们叫她桂英，后来叫她来福家的。

现在，偶尔有人经过这座废弃的矿山，他们会立在坡下，喊她一声“张阿婆”。她听到那声呼唤后，有时候会起身推开“吱呀”作响的柴门，到门前的小土坪上跟他们打个招呼。有时候，她只是用拐杖敲敲门或者窗，或者别的什么东西作为应答——这要视她的身体状况而定。比如现在，她有两天没有正经吃东西了，一整夜坐在炉子前，把头垂到膝盖上打瞌睡——她不敢上床睡觉，怕自己躺下就起不来了——听到坡下传来老桂爹的呼唤声，她睁开眼，拿起搁在椅子边的拐杖敲了敲炉子通向屋外的烟囱。过了一会，她依稀听到了老桂爹带着痰音的打趣声：“呵呵，死老婆子，真经活啊！说是过不了冬的，眨眼又让她熬过春了。”

老桂爹大约是去放牛，踢踢踏踏的脚步声过后，她听到了牛渐渐远去的一声长哞。她抬起头，看到亮晶晶的日头光从窗户里照了进来，两只老母鸡在墙角的鸡笼里扑腾。

这是个早晨，她又活到了新的一天。

她把手从袖筒里抽出来，摸摸炉子上的瓦罐，瓦罐是凉的，炉火不知道什么时候熄了。瓦罐里用茶叶和桂皮煨着二十来个鸡蛋，这是她要捎给住在涔水镇的孙子孙女，小宝和小云的。她没有什么好东西给他们，全靠了墙角鸡笼里的那两只老母鸡，它们每天生蛋，一天不落，简直是上天赐给她的恩物。她身子还硬朗的时候，隔三差五，她会把积攒下来的鸡蛋稳稳地卧在一只装着稻米的篮子里，然后她会提着篮子，顺着长满杂草的矿区公路，翻山越岭走到一个叫中无的被稻田包围着的乡镇上，搭跑起来会吱嘎作响的中巴车去涔水镇。她的孙子孙女住在涔水镇。

以往，她会等鸡蛋攒到六十个左右，才去一趟涔水镇。六十个鸡蛋，要攒差不多一个月的时间。一个月，时间不长，也不短，小宝和小云的母亲，那个以前喊她婆婆的叫金香的女人，也不至于嫌恶她跑得太勤。她是一个很知趣的老人。

这一次她没有攒够六十个鸡蛋。不久前她病了一场，咳嗽，浑身发热，头疼得像要迸裂一样，还吃不下任何东西。她两手抱着包着黑底红花头巾的脑袋，在门前的土坪上坐了半天，才等到老桂爹路过，托他用四十个鸡蛋到附近村子里的卫生所为她换了两包药片。她吃了药，又继续活了下来。

活是活了下来，可是，她发现自己的力气越来越小了。先是连半桶水都拎不动了，后来，她去一趟矿区西边山上的菜地，花的时间也越来越长。菜地边上就是来福和大儿子顺得的坟墓，父子俩倒是亲亲热热地早晚都在一起。有时候她甚至是有些嫉妒来福的，顺得一直都是个听话的好儿子。而她的身边还有谁呢？小儿子顺意早跑得不见踪影，孙子孙女跟随改嫁的金香去了涔水镇，她的身边一个亲人也没有，就像这座被废弃的矿山一样荒凉。晚上，她坐在炉火边，听着山风刮过屋后那一大片残败的房子，那些房子的门窗和屋顶的椽瓦都已被附近的村民卸走了，风穿过那些房子的断垣残壁，发出了时高时低的呜咽般的声响。她听着呜咽作响的风声，想起了死去的还有活着的亲人，她的静静地躺在地下的来福和顺得，她的不知所终的顺意，她的一天天长大的小宝和小云……她的心里突然又生出了一点不甘心的念头。

“我要再看一眼小宝和小云！”她对自己说。

她蹲在地上，就着炉火微弱的光亮，一层米一层鸡蛋地往一只竹篮里放，不过是二十来个鸡蛋，和可以稳稳地卧二十个鸡蛋的稻米，她竟然拎不起来了。她蹲在那儿，把篮子挽在手臂上，一只手扶着墙壁，试了好几次，可她怎么也站不起。最后她只好把鸡蛋煨熟了带给孩子们。

“我的时辰快到了。”她想。

以往的生活经验告诉她，一个人失去力气，但又不失掉食欲，是一件十分可怕的事。她还叫桂英的时候，是她的奶奶。后来她叫来福家的了，是她的母亲。她们活到最后都是这样，老得都起不来了，只能躺在床上喘喘气，却照样要吃要喝，就那样一动不动地躺在床上吃喝拉撒，她们都在死前熬过了一段漫长的毫无尊严的龌龊时光。她大约是不想像她们那样死去的，所以不久前，她不知不觉就减少了进食，开始吃粥之类的与自己的力气相匹配的食物。

炉子边上的炉灰里卧着一只铝锅，里面有她在两天前煮的大米粥。她揭开铝锅的盖子，用勺子舀着吃了起来。去涔水镇，来回将近三十里，绕过三座山，她需要多吃一点东西，所以她吃了几勺粥后，又蹒跚着到身后的柜子里把糖罐找了出来。糖罐里的糖不多了，勺子刮着罐底发出了令人不适的轻微声响。柜子上有一张多年前照的全家福，是在涔水镇的凤泉照相馆照的。记得叫王凤泉的照相师傅给他们一家人调整好姿势后，把头钻到一块黑布后面将他们打量了半天，她看着镜头不敢眨眼，瞪得眼都酸了。现在来福一手搂着一个儿子，在发黄的全家福里笑得很开心，他的嘴咧得比水瓢还大。而她那时的脸颊也圆润得像轮满月，露出的胳膊比现在的腿还要粗。顺得和顺意那时都还那么小，都胖乎乎的，虎头虎脑地可爱。她曾经的日子简直就像一座金山!

“还是你好，一了百了!”她倚靠在柜子上喘气，擦着眼泪望着照片里的来福说。来福望着她没心没肺地傻笑。

她初见来福，隔着一张细丝竹帘。来福穿着簇簇新的白的确良衬衣，扣子一直扣到脖颈那，来福年轻的脸用肥皂洗得很干净，他有些局促地和媒人坐在桌子边吃着碗荷包蛋。来福是有些鬼精的，仿佛知道她躲在哪儿似的，不时拿眼瞟一瞟竹帘这边。她的母亲掀开帘子走进来，笑着低声对她说：“桂英，你还能到哪里去找这样的人?”她涨红脸哼了一声，装作不屑地把脸扭到一边。她知道来福国家工人的身份，也看到了来福笔挺的好看的鼻子，和鼻子下长长的人中。这是个有福的人！当时她把辫梢在手指上绕来绕去，望着窗外这样想着，心跳得比擂鼓还急。

可人到底值个什么呀！一转眼，来福在地底下都躺了将近三十年了。他的好看的鼻子和长长的人中并没有给他带来什么福气，瓦斯“嘭”的一声响，来福就没了。

她靠着柜子吃了一勺红糖，感觉到自己身上渐渐暖和起来，似乎也多了一些力气。人的身体真是个娇贵的东西，一辈子得拿多少好东西对付它呀！她一边有些厌恶地用青筋突兀的手捶了捶自己干瘦的身体，一边慢慢挪到床边，抓过搭在床头的湿毛巾擦了擦脸。她安静地坐在床边发了一会呆，看母鸡扑腾起来厚厚的灰尘，灰尘像活泼的小精灵，在从窗口照进来的光影里飞舞。她发了一会呆，从枕头底下摸出一个藤编镶银的镯子戴上，又从床里边的隔板上翻出一件半新不旧的灯芯绒黑底小白花对襟夹衣，套在她的有些破旧的薄夹袄上面。这夹衣还是顺意买的。那年顺意十七岁，在矿里打零工，他从矿井里拖出来旧的木头撑架，取下撑架上锈迹斑斑的铁钉换了几个钱，他用这钱给她买了这件衣服。那时他还没有喝上酒，脸上时常会有安静的略带羞涩的笑……她坐在床边，抖抖索索地抻着身上的衣服，想起来顺意，她的眼泪又流了下来。

顺意离家前的一个晚上，喝了不少的酒，那时他才十九岁，刚刚转为正式的矿工，喝起酒来却像那些人生无望的四五十岁的糊涂矿工一样。她倚在门边，无助地用心疼的眼神爱抚他，胆颤心惊地看着他一杯接一杯往喉咙里灌廉价的苞谷烧。后来他趴在饭桌上，喊着“娘”，揪着自己的头发嘤嘤哭泣：“为什么要把我生在煤矿？”她不知道他为什么这样悲伤，又回答不了他，心疼得直掉眼泪。她记得当时看着顺意的样子，想到死于瓦斯爆炸的来福，和因矽肺病死去的顺得，她的心，就那样一点、一点地碎了。

她坐在床边哭了一会，擦干泪开始收拾东西。她把鸡蛋一只一只捞出来擦干，仔细地放到一只印花布包袱里。出门前她又撒了一把米到鸡笼里。

“今天呢，就不放你们出去了。”她用亲亲热热的语气对两只咯咯叫的母鸡说话。

这是不错的一天，阳光好得刺人眼，空气里有潮湿的土壤和肆意生长的植物散发出来的清香。站在土坪上，能看到屋后山坡上那一大片破旧的房子，翠绿的草色衬托着那些断垣残壁，依稀还能辨认出哪堵墙是以前的电影院，哪堵墙是以前的办公楼、浴室，还有礼堂，以及她曾经工作过的食堂（来福没有了后，矿里安排她到食堂工作），最先倒塌的都是这些修得十分庞大的房屋。矿里的家属楼是慢慢才坍塌了的，一栋接着一栋。刚开始人们不能相信这么大的煤矿说不行就不行了，地下的煤虽说是越挖越少，可终归还是有得挖的，周围的小煤窑一度生意还很红火呢。大家以为挺一阵就会好的，到那时传送带一定会像从前那样源源不断地把又多又好的煤从那神秘莫测的地下送到地上来。抱着这样美好的希望，男人们骑了摩托车到中无去摆摩的，把人带到涔水镇，一来一回收五元钱。女人则带着孩子满山开荒，种油菜棉花，双抢的时候到附近的村子里帮人割稻插秧。大家死撑了好一阵，直到听说矿长已去省城买房养老，直到通往矿区的公路被荒草淹没，再也看不到运煤的大卡车的影子，人们才不得不接受这残酷的现实，一个接一个拖儿带女地离开这矿山出外谋生。

房子没有人住是不行的，人简直就是房子的一口气。她打量着自己的这栋房子，想起来当初顺得修这房子时的情景。顺得和金香一定婚，就开始着手修这房子了，他干得很起劲。顺得每天从矿上的煤场下班，身上的煤灰都没有洗尽，他就要跑到这里忙活起来。顺得整整干了一个秋天。顺得总是一边干活一边唱歌，过往的人都打趣他，喊道："顺得，悠着点啊，和新媳妇睡觉也是个力气活呢！"顺得原本打算自己和金香住到这房子里来，把矿上分给他们家的那一进三间的房子留给她和顺意，可是金香不同意，金香不愿意住到山脚下这栋孤零零的没有自来水的房子里来，顺得没有办法，只得又攒钱买了一车好木料，把这房子修得格外宽敞结实。

金香人长得好，可是眼光真是不怎么样，那些一排挨着一排的有自来水的房子早都塌了，唯有顺得修的这房子还是好好的。即便是她没有了，这房子一时半会也塌不了，只要顺意早一点回来，收拾一下就能住。她想。

土坪下的公路边有一株桃树，花开得正好，引得一群蜜蜂围着一树花“嗡嗡”叫。公路上长满了开着黄色小花的蒲公英和抽出嫩绿新叶的车前草，它们把以前大卡车轧出的车辙都掩盖了，走在这样的路上，虽说拄着拐杖，她还是不免要一脚踩空了般的晃一晃。在长得密密实实的野草下面，汽车轮胎曾轧出的坑啊洼啊统统都还在呢。以前，除了来拖煤的大卡车，这条路上也经常跑着煤矿那刷了漂亮的白色和红色油漆的大班车。在星期天，矿里的女人们常常乘班车去涔水镇买东西，班车的车门上写着“国营亘山煤矿”几个红色大字，一路上都会有在田地里忙活的农民直起腰来对这辆车行注目礼。

“瞧，煤矿的家属坐车去涔水镇赶集了！”他们总是这样说。

现在这条路几乎没有人走了。

她走到了矿区西边的小山前，公路右手边的山坡上是以前家属们开的梯田，她的菜地就在公路边上。尽管力气越来越不济了，开春的时候她还是种了不少的南瓜、黄瓜和辣椒，“万一顺意回来呢？”她总是这么想。有几块平整一点的梯田，老桂爹种着旱烟。有时候，她在这边给菜除草，他就在那边给烟叶捉虫，两人有不少的话说。

“……她骂阎王爷翻生死簿翻了夹页，把我给漏了——嫌我还不死。”桂爹有一次伤心地提起他的大儿媳妇如何嫌弃他，他们坐在长满盘根草的田埂上，各自无语地流着浑浊的老泪。年轻的时候桂爹是个终日笑眯眯的鳏夫，一个人拉扯着三个孩子，孩子们都上过几年学，穿得干干净净的，年底的时候就像那些有个勤快女主人的人家一样，桂爹家照样也有头肥猪杀。他时常来煤矿食堂打潲水喂猪，喊她桂英姐，而她呢，怜惜这个勤快的好男人，也总是把最好的潲水留给他……这些事情想起来才几天啊！人这一辈简直快得像根箭，还没弄明白怎么回事呢，“嗖”一下就直射到终点了。

矿里的人散了后，大部分梯田都荒了。不到一两年工夫，野蔷薇、黄荆条、映山红，还有无数叫不出名字的灌木和杂草就重新占领了这些地方，现在它们都开出了黄的白的粉的紫的花朵，空气里有一种浓郁的花香。来福和顺得的坟前也有几株开着花的映山红，花朵格外大，颜色也分外鲜艳。说来奇怪，矿区附近的山上野花不少，就映山红开得与众不同。出了矿区，比如到了中无，斑竹、花岭、蓝田这些地方，映山红也有，就是没有煤矿附近的开得好。

“我出山去看小宝和小云。”天气非常好，她看着两堆长满青草的土堆，高高兴兴地说。

她没有在烟地里看见老桂爹，她停下脚步，往山下的村子里望了望。三五座灰屋顶的房子掩在竹林和树丛后面，隐约露出一线屋脊，或是挑起来的檐角，安静得不像有人住的样子。

从这里到中无，大约要绕过三座这样的山，走过两川稻田，路不长，也不远。太阳照得人非常暖和，她把头上的头巾往后推了推，把挎在左臂上的包袱换到了右臂，继续顺着长满杂草的公路往前走。有只白色蝴蝶从路旁的草丛里飞出来，在她前面飞啊飞。“也算是个伴。”她愉快地想。她的腿脚不是很好，走得很慢，不过她也不着急了，以往她总是急慌慌地，因为要在天黑前赶回来。今天呢，她想，“管它呢！”天气这么好，山坡、稻田全都是绿的，喜人的绿，像被打翻了的油漆桶，浓浓地淌得到处都是，阵阵花香使她四肢发软，她恨不得躺到地上睡它一觉。这样的好日子一辈子应该也有过不少的，可是想得起来的却又没有几天，“这辈子真是过到狗洞里去了！”她一边笑话自己，一边慢慢往前走。

就要拐过第一个山脚了，她想停下来喘口气，就拄着拐杖站定了，回过头往身后看去。她看见自家的房子背靠翠绿的山坡，被暖暖的阳光照着，非常气派的样子。坡下的一树桃花像块绯红的云彩，她的房子就像建在云彩上。“做得一户好人家！”她又想起来顺意。她把手捂到胸口上，掉过头继续往前走。

绕过一座山，还是一座山。

山坡上桂爹的老黄牛在安静地吃草，正是青草异常肥美的时候，牛吃着草，尾巴慢悠悠一甩一甩的，一副享尽世间福分的知足模样。桂爹却不知道去了哪里。她原以为桂爹会在山坡上放牛的，她拄着拐杖站定了，四下里看了看。

山下的棉田里有人在干活。她把一只手搭在额头上，看清楚那是个上了年纪的女人，女人是坐在地上给棉苗除草的，屁股在地上一点一点地挪着往前。年轻人都不知道去了哪里。女人的头顶上也包着块黑底红花的头巾，在涔水镇西街的杂货店里，这种头巾要卖五块钱一条。

她自己的这条是金香给她的。那时她的身体还很好，她提着鸡蛋，抓了只老母鸡去涔水镇看小宝和小云。金香后来嫁的男人是涔水镇水泥厂的工人，不巧那天他上班晚了些，她和他在他们的家门口碰上了。男人一动不动，两手扶着单车绷着脸立在那。金香提着两手的肥皂泡跟出来，见到这一幕不由拉长了脸。金香嫌恶地对她说：“——他们又不肯吃！”金香说的他们，当然是指小宝和小云。她又羞又愧，赶紧把东西搁在门边走人，连小宝小云也没有见上。她快走到出镇子的公路上时，金香追了过来，将头巾往她手里一塞，一句话没有说掉头就跑了。倒是她，把头巾攥到手里哭了一路。这一回后她过了很久才又去了一趟。

“老姐妹！你看见桂爹没有？”她站在公路边上用力喊。她用了很大的力，可声音还是轻飘飘的，一阵微风吹过来，就把这声音捎走了，那老女人连头都没有抬一下。

一定是耳背了。她想。

她喘着气，找了块平展些的地方坐下来休息。人活到一定年纪，不知不觉就被上天拿走些东西的，渐渐听不见，或者看不见了。她呢，倒是一直耳聪目明的，上天到了现在才拿走她一点力气，可是上天早早地带走了她的亲人，跟上天有什么道理可讲的！

在烟田里没有看见桂爹，在长满青草的山坡上也没有看见桂爹，桂爹一定在中无的茶铺里听书。他时常把从茶铺里听来的故事讲给她听，孟姜女哭长城，王宝钗寒窑十八载，林冲雪夜上梁山……古人也过得真不易，她不免唏嘘。桂爹也会把在茶铺里听到的山外那些稀奇古怪的事讲给她听，比如有个地方地震了，有个外国在打仗，有个当官的被抓了，有个农民到城里卖掉自己一个肾，肚子上的刀疤像把镰刀一样长……她总是听着听着就把手捂到胸口上。

她坐在地上歇息了一会，把包袱撸到肩膀上，一手拄着拐杖，一手揪着身前的一株映山红，使劲让自己站了起来。这一用劲，使得她的嘴唇都麻了，眼珠子挣得像要掉出来一样，两脚就像踩在海绵上，软绵绵地发飘。

“可不敢了！”她手里攥着一把从映山红上撸下来的粉色花朵，捶着自己的胸脯想。

接下来的路她再也不敢坐在地上休息了。经过一川稻田的时候，她靠在田头的一棵白杨树上歇了会。快到中无的时候，她到路边的一户人家讨水喝，那家的男人提了把椅子出来让她坐着把水喝完。还是早晚会有些凉的天气，这中年男子已光着一双大脚了，裤脚卷得高高的，露出粗壮而青筋暴突的小腿。

“你认识以前煤矿煤场的顺得么？”她喝了口水，目不转睛地看着这男人问。顺得如果还活着，应该也是在这个年龄。

“是每天照三餐打婆娘的那个麻子么？”

“不是，那是赵麻子永前。我的顺得是那个爱唱歌的大个子，他可没有动过金香一指头。”

“哦，你的顺得呀……”男人那几亩油菜地的田埂上茅草疯长，他磨着镰刀，有些不耐烦起来。再说他既不认识什么顺得，也不认识什么金香。

“顺得爱唱歌，可是后来医生说，在煤场那种地方，是不能唱歌的。”

她喝完水，把碗放在椅子边。“上天会保佑你。”她对中年男子说。

她到底到了中无，在茶铺里找到了桂爹。

中无位于一大片望不到边的肥沃的稻田中央，只有一条一百来米的长街。除了乡政府，长街上只有几家杂货铺，三两家小餐馆，一家剃头铺，和这家连名头也没有的小茶馆。还走得动的老人们，携了自己的旱烟袋，在农闲时刻从四周那些有个美丽名字的荒凉村子，那些叫梦溪、花岭、蓝田、斑竹、绿浦等年轻人越来越少的村子，结伴来到这茶馆里，听同样老来苍凉的说书人讲一个个耳熟能详的老故事。

她从茶馆里那群有着同样寂寞表情的老人中找到了桂爹。

桂爹朝她看了一眼，说：“……怎么还出门了！”桂爹从桌子底下抽了条条凳，搬出来放到茶铺的屋檐下。他们隔得远远地坐在条凳的两端说话，都驼着背，脸上的皱纹一道追赶着一道，没有一块平展些的地方。

“……你救了驾，立了大功，就是大明的功臣，少不了封官晋爵，蟒袍加身。何不去往南京，那有青山绿水，美酒佳人，还留恋这穷乡僻壤作甚！”

“话虽如此，可是故土难离。”

…… ……

说书人在他们身后声嘶力竭地讲着《大明英烈传》，一块响板磕得“啪啪”响。

“都是些了不得的人，有的人先不过是乞丐，后头倒又做了将军。一个人到外头闯荡，造化到底有多大，是最难说得定的。”桂爹说。

她想着顺意，点了点头。

街道边的泡桐树开了花，花朵儿灰扑扑的，和煤矿周围山上的花儿比起来，一点也不鲜亮。她把包袱搁在腿上，将头巾从头上抹了下来，笨拙地擦着额头和脖子里的汗，一只手里还攥着那把粉色小花。“我要再看一眼小宝和小云。”她说。

“……花岭王婶家的小儿子不听话，她过世的时候，抬龙杠的人没有给他把棺升起来，听说前几日他骑摩托车摔死了，是吧？”

“哪里是前几日！好一阵子了！怎么倒又想起这个了？”桂爹朝她看了看，说：“这个不好讲，有时候灵着呢。”

这当地的习俗，管抬棺木的人叫抬龙杠的。老人亡故后，抬龙杠的人在吹鼓手和火铳手的簇拥下，走一段路就会停下来，他们把棺木搁在两张条凳上歇息，孝子孝女们就要跪倒在棺材前哭泣。起身的时候，抬龙杠的人齐心协力将棺材往肩上举一举，嘴里齐声喊着某个孝子的名字，道：“给某某升棺（官）了！”或“给某某冲棺（关）了！”这孝子得到祝福，将会受到祖宗的庇佑，即使不能为官做宰，接下来的一辈子也会过得称心如意。

“你知道的，顺意……”她嗫嚅着说。来福没了后，桂爹曾去帮她挑水，是顺意将他赶出门，还拿砖头砸破过他的头。小宝和小云她倒不担心。

“你就为这点子事么？放心吧，我会让抬龙杠的人给小宝小云升，也给，那个不管老娘的狗杂种顺意升！”桂爹拍着大腿，笑眯眯地对她说。

阳光照在身上非常暖和，有风从长长的街道上吹过，送来好闻的稻田的气息。她咧开没牙的嘴，开心地笑了。

她伸出一只手抚弄搁在膝上的包袱，手指粗糙而僵硬，摩擦得包袱布面沙沙响。桂爹看到了她枯瘦手腕上的藤镯子，以前她从没有在人前戴过。“哎呀，将来见了来福，怎么跟来福说呀！”记得当时他把这镯子往她手上套的时候，她急得直往下撸。那时她的手腕又白又圆，像节河藕。

去涔水镇的中巴车“嘎吱嘎吱”地开了过来，汽车所到之处，腾起来一团黄色的尘雾。她把包袱挎到肩上，拄着拐杖颤颤巍巍站起来去赶中巴车。

“死老太婆，就不怕死在路上么！”桂爹嗔怪地说，起身跟在她后边。

她拍拍身上的尘土，把手里有些蔫耷耷的花束冲桂爹摇了摇，心满意足地说：“我还有多长的路要走，我自己还能不晓得么？”

万金寻师

崔忠伯做好晚饭，去池塘边喊万金回来吃饭。

立秋过后，眼看开学的日子一天天逼近，万金这小东西难免又要闷闷不乐几天。往年，他还小，看池塘对面崔策松家的孙子小光穿着新衣、背着新书包人模狗样地往学堂里去，他会不顾羞耻地又哭又闹：

“我也要上学啊——爷爷！”

嗓门扯得又高又亮，人一蹦三尺高。

后来，同样的事，九岁的万金变得矜持了。每天看别的孩子上学放学从门前的田埂上经过，万金要么装作看不见，要么在脸上摆出一副毫不稀罕的冷漠神情，小小的嘴巴也会抿得像根棉线一样直。偶尔，他还会说句风凉话：

“这些蠢东西，进了课堂，就要坐得像个木头人一样啰！”

不知道为什么，万金这副样子，反而让崔忠伯更加心疼，他倒宁愿他闹些。崔忠伯曾舍下一张老脸，一趟趟找学堂里的老师。可是，老师又有什么办法呢？

“这孩子，户口不在我们这里呢……”或者：“这个口子……我们开不得。”总之老师很为难，一个劲儿挠头。

万金是个黑孩子。

万金光着湿漉漉的小身子，坐在池塘边的松木栈桥上发呆，背心和裤头团在一边，两条结实的小腿一动不动浸在凉爽的池水里。黄昏黯淡而轻柔的光线里，一群蜻蜓贴着水面飞来飞去。

“爷爷，策松要死了，是么？”

听到脚步声，万金把头转过来，看着崔忠伯。万金的眼神里有一丝不易察觉，但却很深很深的，忧愁。

策松病倒在床后，崔忠伯每天都要穿过一川稻田去望一望他。策松的精神时好时坏，精神好的时候，策松会喘着气跟崔忠伯开玩笑：“老家伙，有什么……亲热话，捎给，小平妈？”仿佛他不是要死了，而是要去走亲戚，会故人。

“……只是一场小别。”崔忠伯两眼望着策松家的方向想。活到一定的年纪，这样的事还算得上是个事么？都有这么一天的，早一点和晚一点的差别而已。崔忠伯的老伴活着的时候，常说崔忠伯和策松是两个“齐了心可以把狗屎吃下去的老混虫”。

现在，策松，这个齐了心可以和他一起把狗屎吃下去的人，就要死了。崔忠伯不免有些伤感。

崔忠伯蹲下来，把手放到万金的小脑袋上。策松的儿子儿媳带着两个孙女都赶回来了，家门口支起了办丧事要用的塑料篷，远远一望，就像生了一朵白蘑菇。只要白蘑菇里大鼓和爆竹一响，策松在这人世上的最后一点风光就要开场了。

崔忠伯摸着万金圆溜溜的小脑袋，说：“是的，策松要死了。”

“人人都会死，是么？”

“……是的。”

“你也会死的，是么？”

崔忠伯把万金的小手放到自己铁一样硬的掌心里，用力地握了一握，说：

“是的！爷爷也有那么一天……”

崔忠伯掌心里的力大得让万金浑身都缩紧了。万金把手挣脱出来，笑了。以往崔忠伯告诉过万金，一个人之所以死，是因为他把这辈子的力用完了，没有力，连空气也吸不到鼻孔里去，这人还怎么活呢？一个人就像一块土地，全靠一股力量撑着。现在万金从爷爷劲道十足的一握里感受到了爷爷依然强大的生命力，眼里的那一点忧愁就像被风吹跑了一样消失得干干净净了。

“策松死了，小光会去县城里上学，是吧？他会有新的老师，是吧？”万金的问题像小鱼儿一样，排着队游过来。

策松的儿子儿媳在县城给人看大门打扫卫生，是小光爸爸做官的小叔给找的好差事。同样是黑孩子，小光交得起每年五千的借读费，一开学都要上三年级了。小光到了县城，可以和父母，还有两个姐姐住在一起，而且天天有得汽车看。策松躺在床上气若游丝，小光跑进跑出地抓蜻蜓玩，找万金玩，兴兴头头的，小光晓得什么呢？

“等我死了，万金不是也可以去番禺么！”崔忠伯拍拍万金的小脑袋笑道。

万金生下来后，家里的瓦房被扒了半边。万金爸爸小平的那辆半新的农用车，还有家里的猪和牛，都充了罚款。这还不算，小平夫妻俩足足欠下了八九千块钱的外债。以前油光水滑的日子一下子变得艰涩起来，最后夫妻俩只好带着两个刚上初中的女儿去番禺熬粥卖。传回来的消息是，钱很不好赚，小小的铺面里支着七八个熬粥的炉子，大人孩子一天到晚汗湿衣衫。

崔忠伯至今还记得万金母亲出门前那愤愤的脸色：“——这下

满意了吧！又不像人家有个做官的小叔，重男轻女的老不死！”同样是超生，策松家里只是“小光”一下，而小平夫妻俩呢，却是“万金”散尽。崔忠伯不怪儿媳妇，人人都以为他跟策松一样，就是想要个孙子传宗接代。传宗接代倒也没错，关键在于，如果没有男孩子，谁来种家里的那些田和地呢？孙女早晚是要嫁出去的。崔忠伯简直不能想象田地里长满荒草的样子。小平那个家伙是指望不上的，他是宁愿把汗水洒在城市那又脏又硬的水泥地上的。小平对养活他长大的这些田啊地啊始终谈不上有什么感情。崔忠伯不只一次看到他皱着眉对人说：“我们那，嗨！穷乡僻壤的……”有一年开春，小平在外面见识了一种抛秧的技术回来，他嘴里叼着支卷烟、趿拉着拖鞋站在田埂上往水田里抛掷秧苗的轻慢模样，让崔忠伯想起来就气塞胸膛。一个连脚丫子都不愿伸到田地里去的人，竟心安理得地一日三餐吃着净白的米饭，他以为田地的回报是天经地义的！天底下怎么会有这样不知好歹的人呢？

“老东西，年轻人有年轻人的活法！”以前策松总是这样开导崔忠伯。

“我才不去番禺呢！”万金站起身来，麻利地穿好衣裤。万金跳到塘埂上，从一丛蒿草里捡起一根穿着一溜儿小鱼小虾的柳枝。

万金说：“番禺有什么好！”

崔忠伯拉起万金的一只手，笑着说：“我们这里好，番禺呢，或许也好。”村子里原先有三十户人家，家家户户人丁兴旺鸡鸣狗吠。如今，剩下七八家，都是老的拖个小的。有点钱的人，走了。有点本事的人，走了。年轻点的，有一把力气可以卖的，也走了。一场大雨过后，常常能听到某处久无人居的房子轰然倒塌的声音——出去的人连后路也懒得给自己留一条。水泥公路通到了村里，人们只是顺着它出去，却很少再顺着它回来。小平夫妻带着孙女们出去那么久，偶尔打个电话回来，人回来的次数却是屈指可数。再辛苦再不易人们也愿意待在那些陌生的“外面”，这“外面”或许真有他和万金不知道的某些好。

崔忠伯摇着万金的小手，说：“我们不管别处的好，我们只管这里的好。走，爷爷回去给你煎小鱼吃。”

万金到池塘里摸鱼捉虾的本事见长。接下来，崔忠伯认为该教他如何根据水面的波纹和气泡来分辨哪里有甲鱼，哪里有黄鳝和泥鳅。

崔忠伯最后一次去找老师，是在一年前，被拒绝后，崔忠伯决定用自己的方式来教万金。他气呼呼离开学堂时，对老师说下了狠话：“——你们这样能教出什么好的来！”崔忠伯后来常想自己是对的。看看现在学堂里出来的孩子，要么胆小怕事似被穿了鼻子的小牛犊，要么五谷不分好逸恶劳谁的话也不听。崔忠伯周末的时候去涔水镇，每次都能在街上碰到那些从学堂里出来的无所事事的少年。他们三五成群，在大街上横冲直撞，或是在游戏厅里进进出出，个个都是无所敬畏、举止粗俗的样子，就好像他们在学堂里学的就是如何偷懒和享乐，如何冒犯上天、尊长和警察。

崔忠伯最先教万金的，是如何去摸清这块土地的脾性。屋后坡地上的土是黑褐色的熟土，肥力很好，不需要怎么侍弄它。可是，得了好处的人要心怀感激，芝麻和红苕收过后，要烧几场火土埋在翻耕过的土壤里以接地力。油茶地里得上猪粪。山上的国防松不到万不得已不砍它。门前的稻田到了开春时节得翻耕过来晒晒太阳，它也是需要透透气的……崔忠伯干活的时候把万金带在身边，每样东西都让万金学着种一点。万金有样学样，干得很起劲。万金即使有做不好的地方，崔忠伯也不着急。他认为这育人就像熏腊肉，得慢慢来，慢慢熏，急不得，关键是用心。在这块土地上，只要肯用心，什么都好活。这一年随手插下的柳条、竹子，转过年就漫生出郁郁葱葱的一片。还有油茶、橘子，还有黄豆、高粱、玉米……还有栀子、荷花、菱角……无数的花花草草。总之是种什么有什么，种什么，什么好。

门前的枣树下一坡花草繁密，有泽兰，有鱼腥草，有紫苏，有青蒿，有萱草，有龙爪花。万金把小手从崔忠伯的大手里抽出来，弯腰摘了几片紫苏。小鱼煎好后盛出来，和切碎的紫苏叶拌一拌，那样一种香气和味道，还能到哪里去找呢？

万金最爱龙爪花，他从田间地头移来不少栽在坡下。冬天下场雪，别的花草都枯在雪下，踪影全无。只有龙爪花的叶子如矛如剑、破雪而出。秋天龙爪花开花的时候又是另一番景象，一片绯红花下，干干净净片叶不着，有叶的时候无花，有花的时候无叶，花叶不聚头。尽管花开起来红艳艳一片喜庆得很，但跟寻常的花花草草相比，没有绿叶扶着的花，孤孤单单的，总是缺着点什么似的。崔忠伯每每看到小万金给龙爪花浇水施肥，总是心口一紧，不免要叹一句："这孩子……"

万金识得每一花每一草，且知道它们每一样的奇妙用处。有一次小光和万金爬枣树玩，小光爬到半截摔下来了，抱着擦破的膝盖咧嘴大哭。万金哧溜一下从树梢上下来，到草丛里捋了一把泽兰嚼碎了给小光敷上。第二天小光膝盖上的红肿尽消。连策松也说："一方水土一方人，小的中，也就你们万金，还像这一方人！"

万金的龙爪花开得好，策松曾向万金讨花栽。

"万金，把你的龙爪花连蔸挖两棵给我，好么？"

万金很干脆地回绝他："种在这里你不是一样看么！"策松病倒在床上后又托小光要了一回，这一回万金给了。

"——策松都要死了么。"万金挖花的时候对花说。

崔忠伯吃着饭，和万金商量起明天的活计。

“万金，看云相明天没有雨，如果策松没有死，明天我们要给油茶树扶扶蔸——策松死了就要去帮忙。”

“爷爷，看云相明天确实没有雨，如果策松没有死，红苕地的草不也该拔了么？”

“是的，活都赶到一块了，芝麻地里也要捉虫了。可是如果策松死了，什么活我们都得放一放。”崔忠伯说完这句话，把碗放下来看着万金，说：“万金，我可以叫策松，你不可以，从今往后你还得叫策松伯。”

“大家不是都这么叫的么？”

“策松要死了，等他死了，你再也见不到他，想起来的会尽是他的好处……”说到这里，崔忠伯不免顿一顿，眼前像放电影一样出现很多人，老伴，老邻居，老伙计……他们都比他先走一步。现在轮到策松了。自己是哪一天呢？

“再说，我们同着一个崔字，等他一躺到山坡上的苕地旁，他就成了小光的，也是你的，先人，所以不可以还叫策松。”崔忠伯郑重地说。

“哦！”万金含着满口的饭使劲点头。

策松这家伙！被老老少少一口一个“策松”地叫了这些年，怪谁呢，只能怪他自己行不正。当年策松三十不到就当了鳏夫，他和他那白脸黑发的漂亮媳妇哪里过够了？倒是一个人把儿子拉扯大，年轻的时候都没有落下话把子，自以为活了一把年纪，依然能趟得过万水千山的，谁想老了老了，却不小心在涔水镇的小婊子那里失了格。

策松并不以为自己失了格。

“——你们晓得什么！”提起这茬，策松总是先涨红了脸，然后把脖子一拧发出一声冷笑。

也不知道是从什么时候开始，涔水镇的大街小巷里，突然就冒出来一些洗头洗脚的店子，一家挨着一家，简直比卖油盐的还多。有那么几家，心思既不在头上，也不在脚上，陌生地方来的陌生女孩，日日坐在店铺门口无聊地东张西望。她们是那么年轻，在这人世上的日子短得简直都来不及对羞耻生出些许认识，却就一头撞进了这全然不顾及羞耻的行当。尽管乍一看她们衣不蔽体、浓妆艳抹地让人尽起不良念头，但细一端详，却又个个都是一脸无知、十分天真的样子。她们哪一个看上去不还是个孩子？可怜的不知轻重的孩子！

策松这老家伙，偏就下得去手？崔忠伯总是疑惑。

曾有那么一段时间，趁小光去上学的那阵空闲，策松总要先在门前的池塘里洗了脸，换上干净的衣服急急忙忙地往涔水镇赶。起初，还真以为他是去浮生茶社听梁小来师傅的澧洲大鼓呢。有几回回来的路上，策松背着两手，边走边有模有样地学梁小来师傅哼唱：“你一朝坐到了龙椅上，哪还记得那韩素梅沦落在院行，你忘记了你骑泥马你闹汴梁，你把那可怜人儿抛一边忍凄惶……忍凄惶！”音调儿凄凄，不忍卒听。

有一天，一个同样白脸黑发的小婊子赤着脚，神色慌张地从理发店里一路追出来，一边追一边心急火燎地唤：

“策松！策松啊！”

小婊子披头散发，一路追到桥头的中巴车停靠点，“嘭嘭嘭”地拍打车门。

“——策松啊，你的钥匙落了！”

语气亲昵，听上去像个老婆，可没把策松当场羞死。这件事过后，大人小孩，谁还管策松叫策松伯呢？不久，小平从番禺打电话回来跟万金说话，末了让万金喊爷爷听电话，小平在电话里愣头愣脑来一句：

“——少和策松去涔水镇！”

崔忠伯对儿子小平唐突的话语并不气恼。老子老了，儿子就会像呵斥儿子那样对老子说话，哪一代人不是这样？儿子以此表示自己成了一家之主，接过了呵护家里老老小小的重担。小平到了用这种口气说话的年龄。可是，小平大约想不到，过不了多久，只怕万金也可以用这种口气对他说话了。

"爷爷，明天我的油茶树不扶蔸，它会不会像策松伯一样死掉？"

"油茶么，你只要种活它了，就再不用担心它会死掉啰。"

"策松伯死后埋在地下，他会不会害怕？"

"不会的，他还会从地下钻出来的，那时他会变成一棵树，也可能会变成一根草、一朵花，就是不再是你策松伯了。"

崔忠伯关于策松会变成花的话让万金"咯咯"笑了。万金笑得在床上打了两个滚，他简直无法把又黑又瘦的策松和娇嫩美丽的花朵联系在一起。

"一定不是龙爪花……应该是朵狗尾巴花吧！"万金很肯定地说。

"嗬！谁知道呢？没准还就是朵龙爪花！"

万金安静下来。就在崔忠伯以为他睡着了的时候，黑暗中万金轻轻地又问了一句：

"爷爷，油茶果下树的时候，老师就会来，是吧？"

崔忠伯听得万金床上一阵"窸窸窣窣"的声响，知道万金又在抚弄姐姐们留下来的课本呢。

崔忠伯很肯定地回答万金："是的！"

万金六岁的时候，崔忠伯就开始带着他在屋后的山坡上种油茶了。油茶不认户口本不认钱，你用心对它，它就生根、发芽、拔高、开花结果给你看，小万金很快活。崔忠伯种三百棵，万金种三棵，油茶新苗当年都成活了。他的种植诀窍万金慢慢看会，无非这么三条：首先要除好草。否则油茶地里就会柴多、草多、虫子多，那样很不利于幼苗的成活与成长。其次是施好肥。这一带的土地都是沙红壤，种油茶就如同种田栽菜，不施肥料当然就没有好收成。再次是扶蔸。崔忠伯每年都要带着万金对油茶地普挖一次，并对每株油茶树培好土，扶好蔸。想得到必先有实实在在的付出。

种油茶的时候崔忠伯对万金说："油茶果下树的时候，万金就会有老师啰！"

今年这些油茶树都挂果了。

万金的那三棵油茶树也是果实累累，少说也能产上八十斤熟果。八十斤油茶果拿到涝水镇的油坊里，直接就可以换到七八十元钱，当然，也能当场榨出足足四斤好茶油来。到了年底，万金就是想拿茶油泡饭吃，又有什么难的呢？再说他们的油茶树可不只这三棵，而是三百棵！到时，万金想上什么样的学堂不行？

可是，崔忠伯已经不想把万金往学堂送了。

崔忠伯想，一个只认钱的学堂有什么好上的呢？万金那孩子是多么好！

万金已有了不少的在这块土地上好好生活下去的本事，唯一令崔忠伯揪心的事，是万金识字太少了。

崔忠伯自己识不得几个字，虽然这并没有妨碍他成为一个种庄稼的好手，也没有妨碍他快快活活地过了七十多年，但崔忠伯还是认为识字是很重要的，简直就像种庄稼一样重要。至于为什么，崔忠伯自己却也说不清。每每看到路上有写着字的纸，崔忠伯会马上捡起来，吹干净塞在墙缝里。崔忠伯认为字就是神迹，通着天上的文曲星。崔忠伯希望将来生活在这块土地上的万金是一个种庄稼的好手，也是一个能识文断字的人。小万金自己也是这样想的吧。策松家的小光，有一天跑到家里来找万金。小光在门槛上跳上跳下，嘴里念着新学的好听的唐诗：

“绿遍山原白满川，

子规声里雨如烟。

乡村四月闲人少，

才了蚕桑又插田。”

又是桑麻又是田的，崔忠伯听得入了神。回过神来的崔忠伯，一回头发现万金不见了。找到屋后的菜地边，只见万金正对着一株油茶树又打又踢呢。

崔忠伯一直留意着要给万金找一个教他识字的老师。

周围也有不少识得几个字的人，可总是有这样那样的原因让崔忠伯不愿把万金交到他们的手里。邻村的胡会计，年轻的时候能背一本《毛主席语录》，可他是个连脸也洗不干净的人。当过兵的老强，喜欢看《参考消息》，有一回他把自己养大的狗吊在门前的桃树下用棒杀，狗凄厉的哀叫声传遍了整整一条川，谁听了不得难受几天？

春上油茶开花的时候，村子里来过两个照相的人，是两个读书人。穿白球鞋，戴眼镜。他们把摩托车停在山下的公路边，围着崔忠伯的油茶地咔嚓咔嚓拍了无数张照片。崔忠伯打听到他们是涔水镇法庭刚分来的大学生，崔忠伯很高兴，请他们到家里去歇息。崔忠伯把泡好的新茶和万金姐姐的课本一并端给他们，他们教万金认了十来个字，还教万金学会了写自己的名字。万金和崔忠伯都很高兴。崔忠伯在心里盘算，一周带万金去一次涔水镇，一次去认上十来个字，一年下来该有多少！崔忠伯乐呵呵地去乡场上的小卖部打了斤苞谷烧，还杀了一只芦花大公鸡招待大学生。

但是公鸡还没有吃完，崔忠伯就打消了请这俩大学生做万金老师的念头。这是两个不快乐的人。他们喝了点酒后，很快就把油茶花带给他们的一点喜悦忘却了。他们开始怀念曾经各自待过的城市，抱怨涔水镇和这乡下是多么糟。他们来涔水镇不到三个月，仿佛已捱了三十年。他们皱着眉的样子，看上去特别愁苦。

崔忠伯满腹歉意地开导他们："城市好，我们这里，也好……"

大学生没有搭理崔忠伯，继续抱怨张三李四，仿佛他们来到涔水镇，完全是受到了别人的陷害。他们的嘴里没有好人，也没有公道。

崔忠伯不免吁叹：识字的人很多，可以做万金老师的人，却又太少了。

策松身体还好的时候，倒是推荐过一个人。

"梁小来师傅，人品，见识，本事，都在那儿呢，斯斯文文的一个人。万金要是有福……"

崔忠伯找了个空闲带万金去涔水镇，绕道西街到浮生茶社隔窗一望，只见梁小来师傅身穿一身黑长褂，袖口翻出一展白，挑帘出来往台上的鼓前一站，满茶社的人鸦雀不闻。一阵不徐不疾的边鼓过后，梁小来师傅手腕轻抬，道：

"大鼓置于前，重槌长缨飘，雷鸣以召众议，击鼓而引歌谣。各位，今日这本书，要从一个女人开始宣讲——"原来讲的是"穆桂英挂帅"，声音醇厚沉静，果然是不同凡响。

崔忠伯回来对策松说："——也太干净了些，看上去没丝儿土性呢。"

崔忠伯以为，这样的人是经不起折腾的，往往不容人，也不容于人。小孩子有样学样，就怕学得娇贵孤傲了。人一生那么长，谁能保证没一点儿风吹雨打？崔忠伯总是想起改造右派那阵，下放到村子里的两个读书人……有个干干净净的王先生，就有点像梁小来师傅，身板儿挺得笔直，眼神儿清澈深邃，洁净得似乎不沾一丝儿灰尘，让人走路都不敢挨着他——怕把他弄脏了。可是没过多久，王先生就用一根牛绳把自己吊死了。倒是那个姓张的大学历史老师，矮矮胖胖的，地里去得田里也去得，牛棚睡得猪圈也睡得，见人就哈腰点头地笑，打他左脸他赶紧把右脸伸给你，三十年后崔忠伯还见他在电视里津津有味地讲康熙帝讲乾隆帝呢。

“……你也有看走眼的时候么！”策松当时冷笑。

策松告诉崔忠伯：“别看梁小来师傅年轻，他经历的事，也可以说一本书，要没一丝儿土性，能活到今日么？”

“……是么？”

“我给我儿子说了，我死后就要请梁师傅来打孝鼓。别的人……哼！”策松从鼻子里喷出一口气，神情甚是凛然。过了一会，策松却又凄然一笑，道：“他若来，是你看走眼了，他若不来，是我看走眼了。如果我死在你前头，你就可以知道他做不做得万金的老师。”

这地方上的规矩，老人过世后，要打一夜孝鼓，追忆述评这过世者一生的操劳与不易。梁小来师傅的规矩是，生前杀人放火的不去，嫖赌毒的不去，忤逆不孝大不道的不去——去了说什么好呢？空口讲白话，有损德行么！

“爷爷，老师到底是什么样子的啊？”万金问。

崔忠伯思忖了一会，想起梁小来师傅站在台上，不慌不忙徐徐道来，看上去何物不了然于胸的样子，崔忠伯就回答万金道：“这个么……总之，是个好老师啰！”

“好老师……”

崔忠伯听到黑暗中万金嘟囔了一句。片刻之后万金翻了个身，心满意足地睡着了。

崔忠伯却睡不着。老伙计策松要先走一步了，活到这个年纪，谁还把死当回事呢？只是，策松终归是有那么档子事的，到底请不请得动梁师傅呢？

弯刀

毛毛用小刀刮开橘树皮，果然发现了树干被虫啃咬过的痕迹。

快瞧啊爸爸！毛毛兴奋地叫起来。可是没有人答应他。

毛毛抬头一看，橘园里除了他自己，并没有其他人。给橘树治虫的工具散乱地扔在草地上，爸爸不知道什么时候离开了。

毛毛跑到橘园中央的井台上，踮起脚尖往橘园外望。只见爸爸两手插在后腰上，站在橘园的篱笆旁跟人说话呢。爸爸面前站着一位又高又瘦的驼背老人，毛毛认出他是爸爸水泥厂看管仓库的老廉，全厂的人都喊他老廉头。老廉头的双手握在胸前，不停地揉搓着一顶蓝布工作帽，正低着头跟爸爸说着什么。他的背看上去似乎比以往更弯曲了一些。还有三位陌生的老人，站在距爸爸和老廉头十来步远的地方，和老廉头相比，他们的个头要矮小很多。此刻这三个老人各自面向不同的方向站着，像是互不相干的几个人，他们都没有说话，安静地抽着卷得很粗大的旱烟。和老廉头一样，他们的身板都有些弯曲，双肩微微下塌，看上去都十分温顺的样子。

以前毛毛从来没有见过老廉头到家里来找爸爸，来找爸爸的往往都是副厂长、车间主任这样的人，当然，偶尔也有采购员、供销员。他们有时到家里来，跟爸爸商量生产、销售和采购的事情。老廉头能有什么大不了的事？他能跟爸爸说什么！老廉头可以跟爸爸说的话，毛毛用脚趾头都能想得到。每次毛毛跟着爸爸去水泥厂，走到仓库那，老廉头不管在做什么，他都会把手里的活儿放下来，站得端端正正地跟爸爸打招呼："……厂长来了！"——回回都是这么句话。

老廉头话不多，但他在水泥厂，在这周围十里八乡，却都是一个十分出名的人，没有人不认识老廉头。早几年，老廉头的背还没有这样弯，他的力气也还大得惊人，一个人能把一根碗口粗的椿树连根拔起来。水泥厂的仓库盖得又高又大，仓库里成包的水泥码得像小山一样，大卡车日夜不停地来拖，小山也很难变得再小一点，有时候即使它小下来，但用不了一个晚上它又会重新变大。老廉头的儿子，曾是这仓库的搬卸工，长得像是老廉头的一个影子，力气也同样大得惊人，一百斤一包的水泥，他一次能搬三四包。几年前一个夏天的中午，非常炎热的一个中午，他爬到仓库的水泥小山上，躺在一把吊扇下边午休。后来，"嘀嘀嘀"的上工的铃声一响，他忘了头顶转得呼呼作响的吊扇，"噌"一下从小山上坐起来，他的脖子当即被吊扇的叶片砍了个大口子。那时候老廉头还不在仓库工作，他在距水泥厂七八里地的小山村里种田。人们把他从热烘烘的稻田里叫上来，他带着两腿的泥跑到水泥厂，看到他的被自己的血染红的儿子时，老廉头哼都没有哼一声，直愣愣像块门板一样"嘭"一声倒了下去。等他再次站起来，人们发现他比原先竟然矮了许多——这些当然不是毛毛亲眼所见。自从半年前毛毛跟着爸爸妈妈来到这里后，老廉头的故事毛毛至少听过八百遍。人们只要远远地见老廉头走过，就会说：

"喏，这就是老廉头，这就是那个儿子被吊扇把脖子砍了的人！"厂里的工人，有时候下了班并不急着回家，他们会在仓库前的小广场上抽根烟，或是找老廉头要杯水喝，他们一边抽烟喝水，一边听那些外地来的卡车司机扯外面各处的奇闻异事。作为回报，他们往往会把老廉头儿子的事说给那些外乡人听。

"老廉头，你说你儿子那脖子，只怕比牛脖子还粗些，怎么就叫吊扇叶子给弄了呢？"末了总有人不免要这样问。

"命里的事么……"回回老廉头都一脸平静地答。

毛毛几乎没有见过老廉头高兴或是生气的样子，他从来没笑过，但是也好像没有什么事情能让他哭。只有一次例外，不过是在前两天，镇上那位在肩膀上纹着一只螃蟹的三哥，来水泥厂找爸爸要钱花。老廉头等三哥走远后，冲着他的背影啐了一口痰。

"要烂你到远处去烂！"老廉头带着一丝怒气道："这样的东西，没有了才干净……老天不长眼，竟让这样的东西活下来！"

现在毛毛看着老廉头双手揉搓着工作帽，低着头小心翼翼地跟爸爸说着什么的样子，不禁感到有些新鲜。

"也许是在告妈妈的状呢。"毛毛想。

毛毛曾和妈妈一起陪着镇上那个老得都快走不动了的神父去水泥厂给工人们送《圣经》——神父来到小镇四十多年了，送出去的《圣经》可以堆成一座山——妈妈特地给老廉头送去一本。当着妈妈的面，老廉头恭恭敬敬接了过去，转过身却随手垫在了暖水瓶底下。过了两天，妈妈找了件爸爸的旧衣服拿给老廉头，说话的空间，妈妈不动声色地将那本《圣经》从暖水瓶底下抽出来，揩干净放到了窗台上。

老廉头不喜欢别人动他的东西。

水泥厂仓库的门廊下有一个小磅秤，很久以前它就被摆在了那儿，没人能说得出它在仓库排什么用场。老廉头不管它有用没用，每天都将它擦得很干净。常常有工人有事没事都要跳到那称上去将自己称上一称。如果跳到称上去的工人动静大了一些，老廉头就会很心疼地咒骂："——你娘！卵事没有，像个神父！"

毛毛觉得，顶顶不讨老廉头喜欢的人，除了三哥，就是神父。神父叫老廉头"廉兄弟"，老廉头却从不答应他。

此时天近黄昏。

太阳从西边的山岭上照过来，毛毛眼前的一切都笼上了一层薄而柔软的金纱。山脚下的小镇看上去就像条灰色缎带，显得格外安详。在小镇西头，水泥厂家属区的对面，是神父的那座小小的尖顶教堂。此刻夕阳的余晖斜斜地照在小教堂尖尖的屋顶上，屋顶上高高矗立的十字架在教堂东边的稻田里涂抹下厚重的阴影。毛毛站在井台上，看到一个被拉长得走了样的十字架将稻田分割成了大小不一的几块。橘园西边的山岭后就是水泥厂，平时它就像头巨兽，躲在山后不停地喷着浑浊的热气。天气好的时候，站在橘园里把头一抬，就可以看见水泥厂上空飘来荡去的灰白烟雾。现在呢，水泥厂躲在了夕阳后面，静悄悄的，毛毛迎着光，什么也看不见。而近处那些袒露在阳光里的橘树的叶子，像被传说中神奇的金手指摸过，泛着亮而温暖的光泽。在这光泽的下面，杂草、背光的树叶和散发着香气的果实却潜入到树下愈来愈深的黑暗里。看着眼前的一切，毛毛有了一个惊人的发现，那就是黑暗实际上并不是从天而降的，原来一切都来自泥土。黑暗就像雾气一样从脚下的土壤里钻出来，它们顺着草根、树干一点点往上生长，在空中汇集，形成牢不可破的一个整体，然后步步为营，逼退阳光，最后抵达高远的天空——黑夜就这样降临。这个发现使毛毛着急起来，如果黑暗长得再高一点，橘园里很快就什么也看不见了。他跳下井台，急急忙忙奔回到那棵有虫眼的橘树下。

毛毛跪在柔软而潮湿的地上，把一根细长的有着小小弯钩的铁丝轻轻伸进树皮下的小洞里。

我在给你治病，你要忍着。毛毛对橘树说。

挂满果实的橘树一动不动，仿佛听懂了毛毛的话。毛毛学着爸爸的样子用铁丝在小洞里掏了掏，然后慢慢地往外抽动铁丝，铁丝带着一些像面粉一样细的木屑出来，木屑散发着好闻的香气，飘飘洒洒地落到橘树下的泥土里。毛毛屏住呼吸，把铁丝抽出洞外，一只像粒白米饭一样的虫子在弯钩上挣扎，它的头和尾不停地一曲一伸，一副努力想要自己亲吻自己的样子，让毛毛忍不住笑了。毛毛轻磕铁丝，把虫子装入到一只玻璃瓶。

毛毛背着小包、抱着玻璃瓶子跟在爸爸身后来到小镇街上。他回头望了望橘园，老廉头他们已经不见了，橘园变成了一片深黑色的厚重的云彩，懒懒地漂浮在山腰上。有一片亮亮的晚霞还停留在山顶，看上去像顶柔软而温暖的帽子。毛毛的鞋子上沾了一些橘园里潮湿的红土，他停下来把脚伸到路边的一从蒿草上蹭了蹭，然后追上几步跟在爸爸身后往家里赶。毛毛背上的小背包活泼地一下一下拍打着他的大腿。

这街是一条长街，从橘园下来一直往西走，会路过几家杂货铺，两家小酒馆，一所小学校，街道中间是乡政府和派出所，最西头是水泥厂的家属区。这是晚饭前的一段时光，从道路两边的房子里飘出来阵阵炒辣椒的呛人的香气。家家户户门前的梧桐树灰扑扑的，有不少男人在树下或蹲或站，个个都是一副无所事事的样子。沿途不时有人跟爸爸打招呼，爸爸简简单单地回应一声，脚步却并不因此而慢下来。

毛毛跟在爸爸身后路过一家小酒馆时，有个人从酒馆里走出来招呼爸爸。毛毛认得他，是派出所的王所长。

王所长穿着件颜色暗污的藏青色T恤，一件警服松松垮垮地披在肩头，浑身散发着刺鼻的酒气。他一边用牙签剔着牙，一边对爸爸说："厂长，听我们所里的小刘讲，昨天你来报过案，是么？"

爸爸点点头，道："是的。"

王所长把嘴里的秽物吐到地上，笑了。

小酒馆过去就是一家理发店，理发店门前的路灯下摆着两张油漆斑驳的斯诺克球桌，有条桌腿不知何故短了一截，用几块青砖胡乱垫了起来。几个头发染得焦黄的十六七岁的少年坐在球桌上，有两个少年手里还各握着一支被磕得长短不一的球杆。他们裸露在外的臂膀上，纹着和三哥肩膀上一样的靛蓝色螃蟹。以往这些少年总是给人十分无聊而又肆无忌惮的印象，他们围坐在球桌上，旁若无人，高声大语，不时还会吹出几声尖利的挑衅的口哨。今天他们默默地抽着烟，个个都有些不快地绷着脸，一副准备随时跟人打一架的样子。毛毛觉得这些少年很是神秘，时常很久都见不到他们，但是就在你快要忘掉他们的时候，冷不丁地，他们又凭空冒了出来，三五成群地坐在这两张球桌上，过不了几天再次消失掉。镇上的大人们见怪不怪，他们来来去去，从不多看那些少年一眼。他们和那些黄头发的少年，就像是两条方向不同的河流，彼此相安无事，却也永无交集。毛毛一只手抱着瓶子，一只手牵着爸爸的衣角，他倚在爸爸的腿边，不住地张望那两张球桌。他想球桌下一定有一个同样神秘的管道，这些少年借助这个管道，在不同的世界里自由来往。

王所长笑着指点着那帮少年，道："呵呵，就他们？"他伸出一只手拍拍爸爸的肩头，有些轻佻地说："厂长大人，莫怕莫怕！他们无非也就是要顿酒钱，等城里扫黄打黑风声一过，你就是想见他们一面，只怕也难。”

爸爸似乎是不经意地往边上略挪了挪身子，王所长那只搁在爸爸肩头的手滑了下来。爸爸看了看那群少年，冷笑一声道：“不是有你么，我怕他们什么！我要是怕，就会给他……只是给了三哥，大哥、二哥、说不定还有四哥五哥，就都该来了！”

“呵呵！哪里会有这么多哥！”王所长讪讪地笑了。那只从爸爸肩头滑下来的手，在空中不易察觉地停了一下，五指紧握着带着些不快回到他的裤子一侧的口袋里。王所长的眼皮垂下来，冷冷地道：“……多虑了。”

王所长从耳朵上取下支卷烟自顾自地抽起来。王所长道：“自古以来都是邪不压正、白不畏黑。我可是知道的，以前老厂长，高兴了也打发他们一点，但是要是胆敢找他要……”王所长话没有说完，脸色一点点阴沉下来。他吐出一口烟雾，烟雾给他有些阴沉的脸戴上了一层面纱，使得他看上去就像橘园里的那口井，深浅莫明。

爸爸弯下腰来，摸摸毛毛的头，十分温和地说：“你先回去，告诉妈妈，爸爸和王伯伯说两句话就回。”

毛毛抱着瓶子往家里走去。路过理发店时，一个像女人那样在脑后扎着根马尾的少年，伸出手里的球杆拦住了他。毛毛站定了，侧过头去看着那个少年道：“哥哥好！”少年愣了一下，迟疑着将球杆从毛毛胸前移开。

理发店里亮着灯，毛毛看见那个叫三哥的人脸冲着门外坐在一张人造革的椅子上理发，他把脖子以下的身体都埋在一块发乌的白布里，听任理发师摆布的样子看上去特别温顺。但不知为什么，毛毛觉得三哥绷着脸一声不吭看着门外的样子，显得有些心事重重。

毛毛回到家里，妈妈的晚饭已经做好了，饭菜都扣着盘子摆在了桌子上。妈妈没有开灯，坐在窗前的暗影里擦拭着一把二胡。毛毛听到了松香从马尾上滑过时的丝一般的声响，知道妈妈一定是在打理那只她不怎么舍得用的琴弓。这琴弓是爸爸托人从很远的地方买回来的，浅栗色光润的杆身上满是深褐色的小圆点，毛毛到现在还能记得妈妈当时惊喜的表情。爸爸把琴弓从一只锦盒里取出来时，妈妈两眼张得大大地叫起来："天！湘妃竹的啊！"看到妈妈爱不释手的样子，爸爸十分得意地说："马尾是正宗的白马尾毛哦，绝非漂染！"妈妈激动得脸都红了："你从哪里弄到的啊？"爸爸当时笑着瞧了妈妈半天，才答非所问地说："谢谢你愿意带着毛毛跟我来到这里……"毛毛听不懂大人间那些莫名其妙的无趣的话，但他从此却对那把琴弓着了迷，毛毛时常忍不住要伸出手去摸摸它。每当他的手指触摸到光滑柔韧的马尾时，他都会产生一种奇异的感觉，回回他都仿佛看见了一匹白马，雄壮而又矫健的白马，来自童话中和平而纯美的国度，浑身像雪一样白，像墙一样厚实。它听从了某种神秘的召唤，"嘚嘚嘚"地迎风疾跑而来。它在进小镇的简易公路上奔跑，身后扬起薄薄的尘沙，它穿过道路两边青翠的山岭和清澈的流水，掠过果实累累的橘园，它奔跑着，雪白的马尾高高地飘起来，简直像道闪电一样夺目……

毛毛跑到妈妈身边，一只手抱着瓶子，伸出一只手去触摸妈妈怀里的琴弓。妈妈轻轻拍了拍毛毛沾着泥土的小手，把琴弓放好，回过身来摸了摸毛毛的头。毛毛把瓶子举起来给妈妈看。妈妈并没有看毛毛的瓶子，她站起来，微笑着摆了摆手，示意他把瓶子放到窗台上。不知道为什么，毛毛觉得妈妈今天与以往有些不一样，她看上去像三哥一样心事重重。

不一会，爸爸回来了。毛毛听到了爸爸"咚咚咚"的有力的脚步声。爸爸进到屋里打开灯，灯光把爸爸的身影投射到他身后的墙上，这身影看上去异常庞大。墙的正中间挂着老厂长留下来的一把弯弯的短刀，爸爸站在那把短刀下，一只肩膀斜倚在墙上。爸爸看着妈妈笑着说："你不知道他有多勇敢！长大一准是条好汉！"毛毛不知道爸爸在说谁，但爸爸脸上的表情看上去骄傲极了。妈妈的脸上浮起一个好看的微笑。

"你要知道，神父后来也路过那，他可是远远绕过球桌走的！"爸爸又说道。

妈妈对爸爸说："你呀，知道什么！神父只是爱人，不是怕人。"

爸爸笑道："神父爱人，所以怕人。"

妈妈回过头去看着爸爸道："你呢？爱人还是怕人？"

爸爸走到妈妈身边，伸出双手扶着妈妈的肩头道："我么，我只是爱人，不怕人。"

"不老实！你以为你是毛毛？"妈妈笑道。

爸爸也不由笑了。他歪着脑袋，装出一副很认真的样子道："容我想一想……这样吧，我且也先去做个恶人，好么？"

妈妈"扑哧"又笑了，道："以后我就得叫你四哥么？"爸爸闻言也笑。

爸爸说："做人真难啊！要不，这样吧，遇到恶人做恶人，遇到爱人的且爱人？"

妈妈笑着摇摇头，伸出一根手指，轻轻点在爸爸的嘴唇上。爸爸叹了一口气，安静下来，不再跟妈妈争辩什么。妈妈在裙子上擦了擦手，把扣在饭菜上的盘子一一揭去，屋子里一下子充满了暖融融的饭菜的香气。

"——廉师傅找你了。"妈妈吃着饭，有些迟疑地说道。工厂里的工人，妈妈都叫他们师傅。

毛毛听到这句话，感到非常失望。他以为妈妈会像昨天一样问他："你学会了吗？"如果妈妈这样问，他就会告诉她，瓶子里的虫子，有一条是他捉的。他还学着爸爸的样子用注射器往虫眼里挤药水，然后把刮开的树皮重新抿回去，并用稻草围着树干在打过药的部位系了一个活结。他做得非常好，几乎和爸爸做的一样好。可是，妈妈没有问。

毛毛把头转过去看着爸爸，他很希望爸爸告诉妈妈："哈，我们的毛毛，今天干得真不错！"但爸爸似乎也把这件事给忘了，这会儿他只是很专心地吃着饭，腮帮子鼓鼓地，慢慢地一下一下嚼动。爸爸把嘴里的饭菜咽下去后，说："哦，老廉头么，他能有什么大不了的事？巴巴跑来说点维修仓库的事。"一个说"廉师傅"，一个说"老廉头"，乍一听就像他们说的根本不是同一个人。

毛毛很奇怪地看了爸爸一眼。老廉头根本没有跟爸爸说维修仓库的事，毛毛不知道爸爸为什么会这样说。毛毛把橘树包扎好后，把工具收拾好放进一个小背包里。他背着小背包，抱着玻璃瓶跑到爸爸身边，听到老廉头对爸爸说："……这样的东西，没有了干净！"毛毛仰着小脸，把瓶子举起来给爸爸看。毛毛说："爸爸，瞧，我抓到了一只！"爸爸似乎没有听到毛毛的话，他皱着眉，对老廉头说："好了，你们回去吧，这事不成！"说完爸爸弯腰把毛毛抱起来往家走。老廉头急急地跟上来，两只大而骨节突兀的手在胸前撕扯着工作帽。老廉头急促地说："厂长！烧成车间里头，石头进去，还不是变成灰出来！你放宽心……"爸爸停下脚步，非常厌恶似的打断他："好了老廉头，别说了！这件事，不成！"老廉头把手捂在胸前，慢慢抬起头来看着前方。老廉头一字一句地说道："要是老厂长在……"爸爸"噌"一下转过身去，看着老廉头很大声地说道："现在不是老厂长了！我再说一遍，不成！"不容老廉头再啰嗦什么，爸爸说完这句话转身就走，步子迈得又大又快。毛毛把下巴搁在爸爸的肩膀上，看见老廉头的双手无力地垂下来，显得非常失望的样子。那三个站在不远处抽烟的老人走到老廉头身边，毛毛看到他们穿着和老廉头脚上一模一样的军绿色胶底鞋，裤子都卷得高高的，露着苍老而青筋暴突的小腿。他们问了老廉头一句什么话后，把旱烟从嘴边上移开，抬起头齐齐地看向爸爸，满脸都是鄙夷的神色。

毛毛也曾跟着爸爸去过水泥厂。翻过西边的山岭，就能看见水泥厂的厂房。毛毛不但知道水泥厂有烧成车间，还知道水泥厂有制成车间，烘干车间和包装车间。从山里挖出来的石头，在这几个车间里挨个走一遭，就会完全失去自己原本坚硬的本性，变成风都能带走的粉尘。不过，神奇的是，只要这些粉尘遇到水，就会重新变得坚硬，而且比原先的石头更甚。

"爸爸，虫子进到烧成车间，会不会变成灰出来？"毛毛问。

爸爸笑着摸了摸毛毛的头，说："快吃饭吧！"

"橘树呢？"

"……"

"铁丝呢？"

"……"

爸爸一直没有吭声。妈妈看了爸爸一眼，柔声地代替爸爸答道："可能会吧，炉子里的温度太高了。"

"那有什么东西是不会变成灰的呢？"

"毛毛！吃饭的时候不要说那么多话好吗？"爸爸的眉头皱起来，有些不快地喝道。毛毛赶紧低头吃饭。

毛毛觉得爸爸妈妈突然都变得有些不对头，可能是提到了老廉头的缘故。当然，也可能不是。是不是对毛毛来说都不重要，毛毛不再说话，飞快地把饭吃完。毛毛吃完饭，到厨房的自来水龙头下洗了洗嘴巴，“噔噔噔”地跑到窗台前去看那只玻璃瓶。毛毛跪在一张方凳上，看见那些虫子都安安静静地躺在瓶底，似乎是先前那种一曲一伸的运动把它们累坏了，此刻它们都已沉入梦乡。毛毛毫不费力地从它们中找到了属于他的那只，现在它以一种特别的姿态躺在那儿，小小的身子中间有一道细微的被铁丝弄出的伤口。没有鲜血流出的伤口。这让毛毛一眼就认出了它。

爸爸妈妈在他身后小声说话。

爸爸对妈妈说：“要不，你们还是回到城里去住吧……”

毛毛一听着急了，他猛地回过头去喊道：“我不想回到城里去，我就要在这里吗。”毛毛知道一回到城里他就要去那个四周都是铁栅栏的幼儿园，天天把手背在背后，小身子坐得直直地跟老师念“锄禾日当午，汗滴禾下土”——真是一点意思也没有的。

妈妈对毛毛挤出一个安慰的笑，道：“爸爸逗你玩呢，你到院子里去，把虫子都倒进鸡食槽里吧。”毛毛把瓶子抱在怀里溜下凳子往门外跑去，听到妈妈在身后对爸爸说：“瞧，他喜欢这里……都还是些孩子呢！能怎么样呢？兔子还不吃窝边草，老厂长一家，还不是在这住了十多年？”

“可是……”

毛毛借着从窗口淌出来的灯光，拍着瓶底把小虫子都倒进鸡食槽里。小鸡听到动静在鸡窝里扑腾起了翅膀。

“明天再吃吧！”毛毛对小鸡说。

院子里有妈妈种的花花草草，红红黄黄地开了一大片。没有月亮，灯光照不到的地方都黑漆漆的，是刀也劈不开的黑。毛毛站在灯光里，感觉就像站在一口开凿在黑暗中的狭长的水井里。毛毛朝四周看了一眼，索然无味地回到屋内。爸爸皱着眉，若有所思地坐在桌子边上。他的手里还攥着一块软布，正有一下没一下地擦拭那把短刀。妈妈坐在窗前调试二胡，“多米多米，来索来索”，毛毛知道妈妈又要拉二胡了。爸爸把刀轻轻放到桌子上，伸出一根手指竖在嘴唇上，“嘘——”爸爸冲毛毛打了个手势，把毛毛搂过去让他坐在自己腿上。毛毛把空空的玻璃瓶抱在怀里，瞪着眼睛看着门外浓浓夜色中的天空。有两颗星星非常亮，这是个宁静的晚上。很快，妈妈的琴声引来了风，先不过是微风，叹息一般在身边绕来绕去。后来风越刮越大，挟裹着飞沙与嘶鸣的马群，鞭子一样呼啸着从门外卷过。毛毛屏住呼吸，把眼睛瞪得大大地看着门外。毛毛渴望能从那些疾奔而来的马群里看见一匹真正的白马，属于他的，闪电一样迅捷的白马……可是毛毛什么也没有看见。狂风与纷沓而来的马蹄踢腾起的阵阵尘沙，遮住了星星的光芒，毛毛一瞬间仿佛坠入了无边的黑暗。毛毛坐在爸爸的腿上一动也不敢动，屏住呼吸把那只空空的玻璃瓶紧紧地搂在怀里。毛毛头一次感觉到了恐惧，那些莫名的无人能免却的恐惧，是那么真实、那么近……

琴声终于停下来的时候，毛毛在爸爸温暖的怀里长长地舒了一口气。就像刚刚经历了一场狂风暴雨，现在雨歇风停，毛毛重新回到了宁静。

一只叫得顺的狗

得顺原本不叫得顺，而是叫阿黄。它是一只非常不起眼的本地土狗，长相极其普通，短嘴、平额，四肢粗短，毛色棕黄，双耳柔软阔大，温顺地耷拉在圆圆的脑袋两侧。它的头一个主人，是涝水镇派出所的所长王坪达。王所长养狗，不为看家护院，只是为了冬季进补，因而他的狗都没有什么像样的名字，他只是叫它阿黄。涝水镇上有过许多阿黄。

王所长酷爱食狗肉，这在涝水镇是件家喻户晓的事情。年轻的时候，王所长爱吃公狗肉，两岁左右的公狗，一身都是生猛的肌肉，很合他的胃口。后来上了年纪，王所长渐渐觉出了公狗的腥臊，爱上了细腻肥嫩的母狗肉。王所长认为产过仔的母狗肉质松散、粗糙，因而他不吃生产过的母狗。每年冬至过后，王坪达会把宰杀后清洗干净的狗分成大致相等的小块，养在结着薄冰的清水里，随吃随捞，红烧、黄焖或葱姜爆炒。下雪天，西窗白，王坪达会支上只火锅，温一壶老酒，边吃狗肉，边赏一院梅香雪。这样的日子，就是神仙，只怕也过不到许多的。到了年底，王所长吃完一只一岁半左右的小母狗后，会去乡下寻找另外的一只来养。阿黄从乡下来到涔水镇时，不过三四个月大的样子，有一副孩子似的心无戒备、天真烂漫的表情。它在派出所大院的水泥坪上跑来跑去，就跟它在乡下的田野里撒欢一样自在。没几天，阿黄就跟大家熟了起来，不管谁叫一声“阿黄”，它都会欢快地跑到那人的面前，用自己柔软湿润的鼻子去那人的腿脚上磨蹭。初来涔水镇的阿黄很快乐。

王坪达除了爱吃狗肉，还好一样，就是去浮生茶社听梁小来的大鼓书。梁小来二十五岁，年纪不大，却是当地有名的鼓王，拿过许多次大鼓擂台赛的冠军，从涔水流域、澧水流域一直拿到沅水流域，方圆百里名头都很响。茶社开在小镇西街上，由先前的裁缝铺改造而成，坐北朝南，暗褐色的大门上方，黄褐铮亮的梨木牌匾上，碗大的“浮生茶社”四字，年年都要用曹素功的墨认真地润上一遍。临街的墙上装上了阔大的攥心格子木窗，墙面也用老式青砖重新砌过，与周围那些花花绿绿瓷砖贴面的店铺相比，浮生茶社就像是一个和现世有点隔膜的旧式绅士，端严、内敛、不事张扬。茶社的生意谈不上好坏，只是细长如流水，不溢不竭，不盈不亏。左邻右舍，布匹店改卖东北米，锅饺店改卖香蜡纸扎，水果店变成了麻将馆，只有这茶社，多年来坐看他人城头变换大王旗，兀自岿然不动。与市井的热闹相比，茶社另有一番清凉。一个人进了茶社，叫上一壶太清绿，看日影缓缓掠过街对过的檐角，纵有天大的烦恼，也暂且撂到脑后去。时疾时缓的鼓声，伴着一折甘露寺，或是斩马谡，将人手中的一段平常光阴，演化得格外意味悠长。冬天到，寒风起、薄霜降，万物收敛，却正是乡下人的闲暇好时光，梁小来的浮生茶社每天午后准时开讲。到了年底，出外打工的人也陆续回来了，茶社格外热闹起来。王坪达只要有空，就会穿街过巷去茶社听书。出于职业的习惯，听书之余，他也观人。出外挣钱的人中，有那么几个，荷包满了，却是带了病回来的，脸色比去年差了很多。内中一个神情委顿的中年男子，似有大伤，往往是一曲未终，就拂衣而散了。遍布街头巷尾的关于他卖肾的流言，似乎不全是空穴来风。几个西装革履的年轻人，钱来得多少有些蹊跷，王坪达从他们的眼神里也能窥出一丝端倪。外面的世道不见得就有多好。

王坪达去茶社听书，阿黄来来去去都跟着他。与别的狗不同，阿黄到了茶社，见了生人，从不乱窜乱吠，鼓声一响，阿黄就趴在王坪达脚下一动不动，凝神屏息，安静得很。梁小来于是特地为阿黄设一座，准备了一只垫着稻草的竹筐给它。久而久之，阿黄也成了茶社的常客。听完书回去的路上，王坪达哼一句，阿黄应一句：

“劝千岁啊——”

“汪汪！”

“杀字休出口！”

“汪汪汪——”

“老臣与主那个呀、说从头！”

“汪！汪汪！”

…… ……

人人都觉到了阿黄的有趣。

梁小来看到阿黄时，也总是要俯身抱一抱，或摸摸它毛茸茸的圆脑袋。阿黄呢，则会把头往梁小来怀里偏一偏，或伸出舌头将他的手掌舔一舔，小儿女情态尽显。镇上的女人们见了，就不免要打趣梁小来：

“啧！好个母狗！”

梁小来尚未娶妻，也不知是从什么时候起，镇上的女人们爱拿这单身汉开玩笑。那些曾牵线搭桥、想把妹子嫁给他却落了空的女人，偶尔会恨铁不成钢地伸手在他身上拧一把，道："一块好羊肉，倒落在狗口里！"梁小来从来只是笑一笑，并不搭理那些疯女人，一般说来，汉子们都惹不起她们。她们跟小孩子一样，疯起来最会厮缠，你纵有千钧力气，又能用到哪里去呢？在涝水镇，人人都知道梁小来和他师傅的小女儿周水清相好，周水清住在涝水河对岸的绿浦村，比梁小来小六七岁。梁小来要想娶她，还得熬上两年。都说周水清身体不好，自小多病多灾的，肩不能挑手不能提，娶回家大约也只能当菩萨供着。也有人说她没怎么上过学，识字全靠了她爹的一箱子鼓书本子，人也是有些痴痴的，周围的人都不大看得懂她。还有人说她是个跛子，出不得门，都不曾到过涝水镇的。隔着窄窄的一条河，能有什么事瞒得过镇上的人？梁小来少年老成，自小就很有主意，不像时下的年轻人，谈起恋爱来只是胡闹。不管别人说什么，他还是常常把自己收拾得干干净净地过河去看周水清，来来往往不急不躁的样子，让那些想取笑他的人渐渐也没了心绪。这镇上有不少人是看着梁小来自难处过来的，那么小就没了爹娘，姐姐远嫁，哥哥又是常年不回家的，他自己安安静静地长大了，没有给别人添过一点麻烦，是个多么讨人喜欢的年轻人！阿黄亲热他，又有什么好奇怪的呢？

梁小来十来岁习鼓书，多年沉浸其中，上自帝王将相，下到痴男怨女，从古说到今，虽是一门小技，但久而久之，他也渐辨得些性情、考得些方俗，能形容万类，知得千古秋凉。阿黄，孩子似的天真、敦厚和顺的样子令他欢喜。梁小来得了个空，一本正经地对王坪达说："明年冬天，我拿十只肥狗换阿黄，可好？"

王坪达摆手答道："换，即是不忍，不忍，则食之不香。不香，你给我一百只肥狗，又有何用呢？"

生而为狗，真是可怜！听闻的人不免感叹。但感叹归感叹，万物都得各安其命，阿黄也不例外，这个道理大家还是懂得的，于是日子照旧过了下来。

转过一个冬来，阿黄长大了不少。长大了的阿黄，还是一个孩子似的心性，快活、对人友善、且无比信赖。时常有顽皮的孩子爬到它的背上去玩，阿黄支撑不住了，就和背上的人一起滚到地上去。人人见了这番情景，都不免要叹一句："好歹也是狗啊，怎么就一点都不恶呢？"

进入四月，阿黄六七个月大了。六七个月大的阿黄，已是一只青春曼妙的狗，它的身形在不知不觉中变得更加长大，毛色也格外光亮，完全是一副漂亮的成年母狗的模样。涔水镇的人很少能在街上见到阿黄了，王坪达去茶社，也不再带着它。四月天，天气太过和暖，万物生机勃勃，但凡阿黄出门，总有公狗尾随挑逗，王坪达不胜其烦，就把阿黄关在了派出所大院内。镇上那些成年的公狗，开始有事没事地往派出所大院跑。王坪达时常拿了警棍站在大院门口驱狗。后来，阿黄的脖子上多了一根狗绳，狗绳一端系在院子里一棵开满白花的梨树上。阿黄时常围着梨树打转，眼神忧愁地向外张望。阿黄在树下转来转去，绳子在树上绕啊绕，变得越来越短。绳子短得不能再短的时候，阿黄竟知道掉过头来，再把绳子绕回来。阿黄的这股子聪明劲，引起了人们观赏的兴趣。来来往往的人常常停下脚步，看阿黄如何把尾巴歪向一边，围着梨树打转。有时候阿黄受了那些公狗的挑逗，当着众多看客的面，"汪汪汪"叫着直往外挣，挣得雪白的梨花落了一身，看上去让人十分不忍。

就有人拿阿黄与王坪达套近乎："王所长，你行行好，给它招个女婿吧。"

王坪达笑一笑，不紧不慢地应道："它还小。再说，阿黄那么漂亮，总得挑一挑的，不过……”他停下来，歪着脑袋将那人上上下下打量一番，一本正经地说道：“倘若你肯，我又有何不肯的？”众人于是都快活地笑了。

涝水镇派出所共有三位民警。所长王坪达，警员小刘，外加一个内勤小孙。小刘除了时不时跟着王坪达出警外，还有一个任务，就是替王所长看管阿黄，以防它被那些发情的公狗坏了金身。小刘二十出头，不同当下那些活泛的年轻人，却是个实肠子，给他个棒槌，也当起真（针）来，看狗没几天，他就开始挠头了。派出所是老百姓经常进出的地方，补办身份证，给新生的孩子上户口，放养在山上的老牛不见了，邻居家的竹根长得越了界……凡此种种，都是免不了要到派出所走一趟的，因而派出所大院的门不能总关着。阿黄倒是跑不出去，可是那些公狗，一不留神就会溜进来。

小刘对王坪达抱怨道：“这事何时是个头啊，比抓贼都难。”

王坪达看着不停打转的阿黄，笑着打趣小刘：“嘿嘿！你以为它像你一样，一年到头都惦记这事么？过了这半个月，只消半个月，它就安静了。”

小刘很有些难为情地笑了。

小刘恋着县城里一个卖童衣的姑娘，这在涝水镇也是件人尽皆知的事情。卖童衣的姑娘比小刘大三岁，小刘叫她姐姐。姐姐对小刘时好时坏的，姐姐对小刘坏，小刘是得个空就要往县城跑的。姐姐对小刘好，小刘更是得个空就要往县城跑。现在正是对他好的时候。小刘去县城不敢开所里那辆吉普车，怕所里有什么急事要用，他全靠了一辆旧摩托，“突突突”去，“突突突”回。涝水镇到县城二十里路，有时只是三两个小时的空，他也“突突”个来回。瞧他忙得！镇上的人就不免要笑话他。

听说是半个月，小刘于是松了一口气。但还是疑惑得很，只是不好问人。闲下来他蹲在阿黄面前，两手撑着腮帮子看着它，想起自己与姐姐的热闹，不免患得患失、柔肠百转。他恨不得问阿黄一句：感情的事，果真能这样来无影、去无踪么？阿黄解不了小刘的疑惑，它为自己的那点欲望所困，只管在树下转来转去。小刘很有些惆怅的，末了回过神来，想到阿黄不过是条狗，于是又都释然了。

王坪达比小刘多吃了三十年的饭，路过的桥，接起来要比小刘走过的路长。小刘和阿黄，他都看在眼里。四月桃花天，人与狗，都易患痴症。因此看到时，王坪达的脸上会生出一点若有若无的和蔼的笑。年轻人，身子就是一池活泼泼的春水，能经得起什么风吹？老成如梁小来，也不例外。同样是讲《昭君出塞》，梁小来在春上讲的与在冬天里讲的会有所不多，茶社窗外的桃花一开，梁小来的鼓书里不知不觉就多了些“无风竹影、有月窗纱”这样的词儿。因此王坪达认为，不管是不是在桃花天，也不管是不是与痴症有关，人，总归会像阿黄一样，一辈子难免会有这样一两个不知害臊、糊里糊涂的“半个月”的，别人先且不管，就拿他自己来说吧，以前常穿一双能踢碎人脑壳的军用皮鞋，走个路也弄得山响，连狗都怕他，可是末了，还是觉得千层底的布鞋舒服，还是觉得安安静静走自己的路好。一切都只是个过程而已。

世上万般事，都是人算不如天算。阿黄这事也不例外

一天早晨，王坪达正在米线店里吃一碗牛肉米线，电话响了，是他在沅城中级法院做法警的同学老赵打来的。老赵喊王坪达去杨树湾，说是“有事相商”。杨树湾是个枪决死刑犯人的地方，老百姓都叫它“杀场”。这杀场位于沅城与涔水镇之间，靠沅城方向，一个极其不引人注意的所在。杨树湾不是湾，而是一

个向阳的山坡，山坡上也没有杨树，而是长着一大片黑压压的松树。王坪达接完老赵的电话，发了一会呆。一眨眼，和老赵竟有好些年没见面了。老赵以前是武警，转业后做了法警。年轻的时候，两个人气血俱旺，一个管抓，一个管杀，都有些担负了这清明世界神圣守责的自得，是谁也不服谁，见了面要互掐一番，甚是热闹的。后来，他们年纪渐长，慢慢看开，很多事就都淡了下来。现在老赵冷不丁来个电话，王坪达一时竟想不出能有什么事。他匆匆吃完米线就给小刘打电话备车。

从涔水镇到沅城三个小时的车程，沿途的油菜花都开了，像匹明艳艳的织锦，从公路两边直铺到田野尽头的山脚下。农民整洁的小楼散布其间。间或能看到一两口蓄满水的池塘，池塘里悠闲地游着三两只鸭子。天空也是蓝莹莹的。王坪达看着窗外想，仙境也不过是如此了。他想起来自己的老家，不过是山多一些，难得有这样开阔的田野，但这个季节的山里，一坡坡的翠竹，一坡坡的油茶花，也是美不胜收的。

得抽空把老家整饬一下了。他想。

警用吉普跑了两个小时后，来到了杨树湾。汽车从高速公路上下来，又走了一段盘山路。山上野花都开了，香气扑鼻。

王坪达望着窗外，对小刘说："还是古人讲究，秋后算账。哪像我们现在，一开春就忙这种事。"

小刘一边开车，一边应道："那是！说到底还是老祖宗会办事，古代砍个头可不简单，搁现在那就是行为艺术。你想啊，吃的是长休饭，喝的是永别酒，用胶水把头发刷得服服帖帖，绾个鳄梨髻儿端端正正，鬓边再插朵红绫子纸花，砍下来拎在手上，那也是好个体面脑袋！"话未落音，忽听得汽车后座上传来几声狗叫。小刘扭头一看，只见阿黄趴在后座下，正好奇地抬头往车窗外张望。

小刘叫起来："它怎么跟来了，我明明把它系在树上了的。"

王坪达也回过头去看了看。王坪达笑道："这狗东西，大约也想出门看个新奇呢。"

汽车停在了一个戒备森严的院子里，阿黄还没有下车，院子里的几条警犬就都骚动起来，尤以一只改良黑背闹腾得厉害。老赵闻声走过来，看了看阿黄，摆手说道："带狗来也就算了，还带只母狗来，这不是成心要乱我军心么！快拴到外面的林子里去吧。"小刘赶紧把阿黄牵了出去。

王坪达将老赵上上下下好一番打量，打趣道："才几天？活成了个烧火佬！"老赵的儿子在北京工作，刚结了婚。涔水镇的人喊那些刚做了公公的男人为烧火佬……家业交给儿子打理了，从此只能坐在灶孔前给做饭的儿媳妇搭把手烧烧火了，只是烧火也就罢了，偏偏看到忙前忙后、年轻貌美的儿媳妇，心里又会生出些男人的不安分的愚蠢想头——人生中最后的一点不切实际的愚蠢想头。过了这段时候，给天仙烧火也老实了，那时候才是真老了。

老赵当胸捣了王坪达一拳，说："你不一样也快了？看你还能蹦跶几天！"

王坪达没心思再开玩笑，问老赵："今天是谁啊，非得让我来。"

老赵说："你不看新闻的么？公审公判大会刚开过了的，还能有谁？早不说晚不说，今天一早突然说要见你。"老赵把王坪达带到一间小屋前，站在门口喊了声："田小楠，王所长到了，你有什么话快说吧。"

王坪达听到"田小楠"三字，不由心里一沉。"到底还是死刑啊。"他在心里叹了一口气。田小楠的家与王坪达的老家相距不过十来里路，一年前，王坪达配合沅城警方到田小楠家所在的那个小山村抓的她。当时田小楠藏身在她家屋后的一个小山洞里，熟悉地形的王坪达没费多大劲就找到了她。田小楠揪着王坪达的袖子，跪倒在地上，不住地求情："王所长，黑皮吃白粉吃死了后，我就知道错了，再也不敢了，求求你！求求你！看在我爹娘还有女儿的分上……"王坪达把手铐给她铐上后，她用绝望的眼神看着他说："你，这是让我去死呢！"王坪达也算是久经沙场的人，什么样的人没交过手？他从来都是快准狠的，可这一次，不知为什么，他虽然是毫不犹豫地铐了田小楠，但心里却觉得有些空荡荡的，少了以前常有的那种踏实感。后来电视也好报纸也好人们的议论也好，他都不怎么看不怎么听，似乎是刻意要忘掉这回事。

王坪达进到屋内，看到一个身形瘦削的年轻女子挣扎着从一张椅子上站了起来。

王坪达连忙说："坐下说吧，坐下说！"

王坪达看见田小楠表情平静、两手搁在膝盖上端坐在那儿，头发整整齐齐地抿在耳后，两只裤腿都用细麻绳扎紧了。王坪达的目光像被火烫了一样从田小楠的裤腿上跳开了。大部分的死刑犯人，即使是那些穷凶极恶的杀人犯，在临刑前一刻都会有屎尿失禁的情况，所以必须把裤腿扎紧，以防屎尿溺下。当了一辈子警察，王坪达对这一切都已不再陌生，但他还是感到了惊心。

田小楠看着王坪达，嘴角牵动了两下，算是笑了。田小楠说："对不起，让您跑这一趟。"

王坪达说："没关系的，有什么话，你就说吧。"

田小楠垂着头，半天不吭声。王坪达不忍心催她，就把脸扭向窗外。外面阳光明媚，绿莹莹的空旷的草坪中央，铺着一块颜色鲜艳的毛毯，几个荷枪实弹的法警站在毛毯边上默然地抽着烟。

"可惜了那毯子。"田小楠说。

王坪达回过头来，看见田小楠也望着窗外，王坪达就对她说："国法无情，这是没有办法的事……你还有什么事需要我做的，只要我能做，会尽力的。"

“王所长，你知道的，我父母，一病一瞎，我女儿叮叮，又那么小，他们三个，常常连饭都搞不到嘴巴里去，低保的事，还得麻烦您。”

“都跟乡里说好了，去年年底就该办下来了。怪我，年底一忙，竟忘了问问。”王坪达说这话的时候，不敢看田小楠的眼睛。年底的时候，他去过一趟田小楠家，田小楠的老父亲，无论如何也不肯接受低保，他的原话是：“我们有什么脸面再拿国家的钱？我没有教好那一个，我不能再不好好教这一个，一粥一饭，都得自己堂堂正正挣来……”

“去年没有办下来。”田小楠说着话，“噗通”一下跪到了地上，头撞得地板“咚咚”响。田小楠说：“拜托了！”

“放心吧！”王坪达连忙把田小楠扶起来：“我答应你的事，一定办到。”

“看来啊，这种事用手枪比用步枪好。实习那阵，我见过用八一式半自动步枪的，威力大了点，下巴以上的脑袋都崩没了，场面实在难看。”回去的路上，小刘一边开车一边说。他看完了整个行刑过程，感慨颇多。

王坪达不吭声，沉默地望着窗外。

“沅城这帮家伙倒是懂枪，用七七，威力够贯穿，一枪毙命，弹眼小，射击残留物少，把人翻过来一看，嗬！好家伙！前额上的眼儿不过硬币大小，毛毯上还挺干净，洗一洗补一补都能用呢！”小刘拍着方向盘直感叹。

王坪达不悦地道：“专心开车吧，不说话会憋死你么！”

小刘看了王坪达一眼，道：“所长，对坏人仁慈就是对好人残忍！田小楠她是罪有应得，她在县城贩了这些年的白粉，害了多少人？够死上十回八回的了！黑皮，不是她能死么？我和黑皮从小一块长大的，他死的时候，我都不认识他了，两只眼窝子陷到了后脑勺，整个人光剩了一把骨头！我要是早两年来涔水镇，就轮不到你抓她，我直接就把她给抓了——阿黄，你说我说的对不对？”

阿黄一声不吭，安静地趴在后座上。

王坪达道：“我倒不是后悔抓她！她得到了一个公正的审判，这没什么好说的。只是，这死刑，怎么说呢，惩恶是一定的，可是，也彻底剥夺了一个人要做好人的机会不是？我现在呢，厌恶行恶，也厌恶他妈的行刑，不过是一报还一报的事，能高明到哪里去？”

小刘看了王坪达一眼，笑道：“所长，你老了！软了！”

王坪达道：“——老了就老了吧，谁还能不老呢？”他说着话，十指交叉起来兜住后脑勺，看着车窗外飞纵即逝的风景发呆。至于是不是软了，他懒得为自己辩解……田小楠要不是死刑，老百姓也不会答应。满世界都是无法消除的戾气。

王坪达发了一会呆，对小刘说道：“喂，你说，假如我们把一个坏人也送上天堂，让他在一个全是好人的环境里重新做人，会怎么样呢？”他看了一眼小刘，接着说：“比如，把田小楠，送到一个没有白粉的地方……”

小刘“噗嗤”一下笑了，他摇着头道：“坏人都能去天堂，那天堂还是个天堂么？”

“嗬，也是！”王坪达愣了下，道：“这真是吃饱了饭没事干，撑得瞎想！”王坪达摆摆手，有些羞赧地说到。他把座椅放平躺下，把大盖帽盖在自己脸上，闭上眼开始睡觉。可是一路上，王坪达满脑子都是田小楠裤腿紧扎着坐在那里的样子，直到车开进了涔水镇派出所，王坪达也没有睡着。

春种、秋收，都是茶社的淡季。布谷鸟一叫，乡下开始种瓜种豆，梁小来的大鼓书，就改为隔几天一讲了。隔几天，他也没个定数，有时三天，有时五天。剩下的时间，梁小来开始编一个新本子，现代故事，忠犬救主。讲的是一个进城打工的中年农民，因为急用钱，不小心陷入黑市器官交易，后来是他在城里收养的一条流浪狗救了他，最后这个农民带着一个健康的身体，还有那只流浪狗回到了家乡。梁小来试着把这个故事讲给周水清听。周水清坐在窗前绣十字绣，听完这个故事，泪水把花绷子都湿透了。周水清提笔在梁小来的鼓书本子上写了几句开场词：借狗狗忠义本色，添芸芸儿女家风。两般有无不同？算来是痴人一梦。

为了写好这忠犬，梁小来常去派出所看阿黄。梁小来隔窗对王坪达说："一只忠犬，就应该是阿黄这样子的吧。"

王坪达不吭声，只是看着小刘笑。

小刘正用拳头撑着脑袋打瞌睡——没事的时候他总是这样。按小孙的说法就是要"养足精神，去看姐姐"。小刘恍惚听得梁小来说"忠犬"，就站起来隔窗说道："阿黄这性子，典型的菜狗，忠奸不辨，照它的情形，坏人它也爱的，这温吞水，哪里救得了人？老赵那条黑背还差不多。"

梁小来不改初衷，道："救不救得人，另说，但说起忠犬，阿黄一定也不差的。"

阿黄呢，听不懂这些，安安静静地趴在梨树下。

从杨树湾回来，阿黄性情大变，终日懒洋洋的，对谁都有些不理不睬。

不久，阿黄挑起食来，食盘里常常剩下一大半。这样的次数多了，梁小来就注意到了。他跑去对王坪达说："阿黄别是病了吧，得找个兽医看看。"

王坪达把报纸从脸前移开，扭头看了窗外的阿黄一眼，淡淡笑道："不碍。"

到了五月，梨花开尽。阿黄的病症似乎加重了，更添了一层呕吐。梁小来按捺不住了，跑进派出所办公室去打电话叫兽医。

王坪达把梁小来的电话扣上，说："不碍的。"

小刘在一旁说："都养到这分上了，要病死了，可惜了的。"

小孙也说："这样下去，年底你吃什么呀。"

"缺了阿黄，还能不吃狗肉了么？我以后啊，吃不了三净肉，吃二净肉。王坪达看着阿黄，笑道："——告诉你们吧，它不是病了，是怀孕了。"

梁小来高兴得不得了，问："可是真的？"

王坪达答道："这还能有假？"

小刘跳起来："怎么会！这是什么时候的事啊？"

王坪达并不说明，笑道："呵呵，它比你高明，悄没声息就把事办了，你服不服？"

小刘两眼瞪得铜铃大，道："嗬！到底是什么时候的事啊？它是怎么干的啊？"

"怎么干的，你问它咯。"王坪达只是笑。

进入六月，天气渐热，稻子渐黄，阿黄生了。

五只小狗崽，毛色、长相、性情各不相同，有全身乌黑的，有一身棕黄的，也有黄中带黑花的，尾巴都蓬松上卷，多少都像着阿黄。王坪达对小刘小孙说："怎养得了这些？这黑的给我留着，明年退了休，带到乡下去正好。剩下的，你们看看有没有合适的人可以送。"

小孙抱了一只回去给儿子当宠物。周末小刘回县城，挑了只看上去乖巧懂事的送给了黑皮的父母。一个来派出所补办身份证的农民要走一只。梁小来闻讯赶来，照样只是要阿黄。

梁小来说："年底，我给你十只肥狗！"

王坪达想起镇上的女人们打趣梁小来的那句“好个母狗！”的话来，就笑道：“什么时候见过你这么喜欢狗的？一条狗罢了，值什么！”

梁小来高兴地谢过王坪达，弯腰摸着阿黄的脑袋道：“所长，阿黄还真是命大，你这样子严防死守，它还是做了妈，真不容易啊。”

小刘摸着自己后脑勺，思忖着说道：“想来是在夜里，有狗翻墙进来，成其好事。”

王坪达看小刘迷迷瞪瞪的样子，就说道：“狗跳墙？亏你想得出。告诉你吧，是在杨树湾，老赵那条黑背……”

原来，王坪达见过田小楠后，就赶紧走出刑场，坐到车上抽起烟来。刑场里外两层警戒，气氛很有些肃杀。阿黄被小刘拴在距车不远的一株松树上，松树下开着一小簇野蔷薇，一群蜜蜂“嗡嗡嗡”地在上面忙个不停。王坪达一支烟没有抽完，就看见那只黑背从院子里窜了出来，胸背带上的不锈钢卡环在地上拖得叮当响。黑背一点不客气，直冲阿黄过去了，它用脑袋把阿黄拱了拱，三下两小，就把阿黄抵到松树上，两只前爪按住阿黄后背，两条后腿直立起来，霸气十足地忙活开了。黑背脊背高耸，一边忙活，一边“呼呼呼”地直吐猩红的舌头，办起事来气势如虹，与一般的土狗完全是两样。王坪达觉得有趣，且不去管年底进补的事了，只把两条胳膊支在车窗上津津有味地看。一个法警从里面急慌慌地追出来，王坪达连忙下车拦住他，说：“已经这样了，姑且成全一下。”

法警看着两只欢情正浓的狗，自知要分开它们也难，弄不好，还伤狗，只得快快作罢。王坪达拍拍他的肩，递了根烟给他。两个人抽着烟，站在车旁默然地看蜜蜂忙乎，看狗忙乎。没多久，传来短促的“啪”的一声枪响，惊飞松树林里的几只乌鸦，人和狗，却都没有动一下。

听完这些，两个年轻人都默然无语。

梁小来给阿黄取了个新名字，叫得顺。

一镇的人，没有这样正儿八经给狗取名字的。涔水镇上的狗，基本上都是本地土狗，论模样，也都是规规矩矩的狗模样，少有长得奇形怪状、狗不像狗的。名字吧，随便叫个阿黄阿黑或者阿花，也都是规规矩矩的狗名字。有那么一两家有闲钱的，最多养个京巴，当玩物儿，叫个欢欢、乐乐什么的，至少有股子小意儿，也都还说得过去。给狗取个名字叫得顺，你让那些叫顺得顺心、叫得福得喜的人怎么弄？

梁小来性情温和，一向都好说话，可是在给狗取名字这件事上，梁小来固执得很。一锅米饭焖好了，梁小来先盛出一盘来喂狗。

“得顺，来吃！”

梁小来出门来，把搪瓷盘子往地上一顿，喊这么一嗓子，得顺就乐颠颠地跑过来了。

街上的人都笑他。背地里有人道：“听上去像叫儿子！何不干脆给它个姓？叫梁得顺！将来连儿子也省得生了！”梁小来不管那些风言风语，还是一口一个“得顺”地叫。新华书店的李得康看到得顺脸就拉得老长，他跑到派出所告梁小来的状。李得康说：“王所长叫这狗阿黄，他偏叫个得顺，显得他就有多高明？”

小孙和小刘都笑李得康是个小气包，道：“以前怎么没看出来您老那么会说话，瞧这风煽的！”

王坪达也笑，他拍着李得康的肩膀说：“得康，我记得你的小名叫狗剩，我的小名你知道么？”李得康摇摇头。

王坪达道：“叫狗蛋。”大家都笑起来。

王坪达又说：“人可以叫个狗名字，狗就不能叫个人名字么？

你又不是不知道，梁家两代人，到了小来这才过得有点样子了，他的那点子心思，你还不明白么？”说得李得康很不好意思地笑了。

自此，在涔水镇，得顺这名字，就算归狗了。

梁小来去河对岸，不再是独来独往了，得顺总是跟着他。它一会跑在梁小来前面，一会跑到梁小来后面，兴兴头头的，与平常日子格外两样，仿佛到河对岸去，对它来说，也是一件天底下最快乐的事。

得顺后来又活了二十年。与其他同种或不同种的狗相比，得顺的一生，可谓是漫长的一生。狗的二十来年，差不多相当于人的一百二十年，这样一算，就知得顺的一生，也是漫长得令人惧怕的一生。得顺的儿孙们，尽管身体里或多或少地流着得顺的血，但它们是进行了一场一代接一代坚韧的接力赛，才勉强活到了得顺最后抵达的时代：一个光怪陆离、绝望与希望并存的时代。得顺死去后的涔水镇，陆续添过许多新鲜的狗面孔，比如镇长夫人的吉娃娃，财政所长家那头长得像个绒球的松狮。跟得顺相比，这些新鲜的后来者，都有着一个宠物应有的干净、体面，它们甚至像人一样，拥有一两套有趣的衣服。可是多年以后，涔水镇的人能想得起来的，视为伙伴的狗，还是像得顺这样的狗。

相书生

不过是十来分钟的时间，本来空空荡荡的巴士就像变魔术一样挤满了人与行李。大约是为了中途下车的方便，有的人甚至把拉杆箱提上来，放在了座椅之间狭小的走道上。后面上车的人一个个侧着身子，小心翼翼地绕过那些长着四个滑轮的箱子。箱子的手柄上都贴着带条形码的纸条，它们和人一样，刚刚从千里或几千里之外的某个城市，乘坐不同的航班汇集到这小小的车厢里，都风尘仆仆的，带着些陌生的异乡的气息。

何长江上车的时候车厢里还很空，他直接走到最后一排，把自己扔在靠窗的座位上。陷在包着蓝色座套的座椅里，他感到了说不出的疲累。有多久没有来机场了？博士毕业后他飞来这里，到位于这个城市的一所不错的大学工作，五年的时间，除了一年两次要出去给各地自杀干预中心的志愿者培训，还有就是偶尔的学术研讨。他给干预中心的培训是免费的，连路费也是自己出，所以他都是选择坐火车出行。学术交流也一样，人文学科研究项目的经费里关于调研旅费的预算，也就够坐火车的。要不是这次他以前的女友过来，他可能一时间也不会来这机场。这机场对他来说，竟是可有可无的。但机场真是一个充满活力的地方，入冬了，室外室内的草木都青翠欲滴，人们衣着光鲜，形色匆忙。

何长江把头斜靠在凉丝丝的窗玻璃上，慢慢把目光投向机场上方的天空，深蓝的天空，有几只麻雀从这暮色渐浓的深蓝里无声划过。刚刚，波音747带着他的前女友一飞升天，消失在这深蓝里……他记起来小时候和祖母在稻场上乘凉，看见过成群的白鹭在傍晚深蓝的天空里掠过，影子一样的身形，唯有翅尖上的一点白，像道光，瞬间内将薄薄的暮色照亮。有一次，他现在的邻居，苏克太·阿里，说到他家乡傍晚的天空，竟然是无数雄鹰停泊的港湾。在阿里的描述中，傍晚时分汇集到卡拉奇上空的雄鹰，仿佛是一个个疲倦的归者，它们伸展双翅静静地漂浮在深蓝的天空中，一动不动似乎沉入梦乡，纵使有火光冲天的爆炸发生，纵使有人无聊到往天空放枪，都不能惊扰到它们……

何长江的前女友是他读本科时的同学，父母都是军人，她从小在湘西由奶奶抚养长大。前女友擅相面，从刚踏进大学的新生军训开始，她的周围总是会围着一拨人，时常有女孩被她说得一惊一乍的，很是热闹。何长江记得自己当时身为班长，对她的这种小把戏很有些不屑一顾。那时的他还是一个倔强的乡下少年的模样，皮肤晒得黑黑的，脖子拧得比谁都直。有一回大家嬉笑着把何长江推拥到前女友面前，说："给班长相相！"女孩看看他，又看看他，说有什么好相的，书生相！似乎是一语中的，后来多少同学都经商从政，唯有他，始终是一介书生。

前女友有先天性心脏病，一张脸常年呈青白色，双眼细长，眼梢直插入发际，整个人看上去有股巫魅风。有一次自修室没有其他人，她为何长江表演了一出"纸人捧水"。她坚持让何长江发誓不告诉别人，何长江允诺后，她从一个练习簿中撕了张纸，剪成一个人的形状，用一枚图钉钉在课桌一侧，她闭上眼，双手合什口中念念有词。何长江一开始带着玩笑的神情看着她，后来的事情却让他大吃一惊。她念完祷词，把纸人两手一合，直接让它捧住了何长江那只装满了水的大水杯。何长江到现在还记得当时的情景，自修室里开着四只白炽灯，照得窗口的梧桐树半明半暗，有不知名的虫子在窗外的草地上啾鸣……

他们的分手就像他们的开始一样毫无预兆，毕业的时候，他们计划一起去广州，只是走到半路上，前女友就被父母截走了——他们早已为自己的女儿安排好了一切，就像一切有能力的父母一样。这场恋爱留给何长江的只是心痛，这十来年里他近乎奢侈地时不时回味，捂在胸口这些年，渐渐就似一件贴身佩戴的珠宝，温暖起来，变成了生活里一个不可或缺的伴侣，在他不如意的时候会站出来抚慰他，对他低语：瞧，爱，你也是有过的！

偶尔，他会发个邮件问候她，像个老朋友一样。自从知道她出差会路过这个城市，他就一直处于某种期盼中。他的现任女朋友、药学院的实验员小林正好要回老家参加表妹的婚礼，不管他承不承认，他曾在内心里交织着激动与欣喜，期盼着前女友的到来——绝不是出于什么非分之想……然而，终究，他们的见面，不过是一对分别了十多年的老同学的见面。毫无疑问她过得很好，面色红润，一扫以前的苍白。当初她的母亲为她挑选的夫婿门当户对，现在也事业有成。

“过得好吗？”前女友问。

何长江笑着答：“你相一相不就知道了？”前女友也笑了。

何长江又说：“呵呵，不过是一介书生，有什么好相的吗。”

前女友上上下下打量他一番，笑了。她说：“嗯，应该是不错的……”她停顿了一下，接着说：“只是，似乎少了些东西呢，比如……骄傲。”他不由愣了一下，骄傲，他原本以为自己是不缺的。

咖啡馆里，衣着入时的她端坐在他的对面微笑。但没有多久她就显出了一丝失望与不耐烦，她的眼神不经意就会飘远，一飘远就是万水千山。这情形于他，就像在茫茫人海中发现了一个久违的亲切的背影，兴致勃勃地追过去，拍拍那人的肩头，回过头来的，却是一张完全陌生的面孔。

他们沉默了好一阵。前女友又安慰似的对他说：“你不要介意啊，相面这种事情，不过是游戏罢了，再说，五年前我做了心脏移植手术，现在这里跳动的是一个二十岁男性死刑犯人的心脏呢。”前女友指指自己的胸口戏谑地笑了。一会儿之后，她的身子突然向他倾过来，她拉过他的一只手，轻轻放到她的胸口上。她看着他的眼睛，压低声音道：“瞧，跳得多带劲啊！我丈夫费了一番工夫弄来的，它很年轻，是不是？”

何长江不禁愕然。

“年轻的时候呢，我们总以为自己是特别的……”她松开他的手，不无嘲讽地说。她将身子靠回到椅背上，脸色暗淡下来。

他们再次沉默。后来他们到底又耐着性子说了几句无足轻重的话，谈了几个毫不关己的人，好容易才捱到可以挥手再见。看着她依然婀娜的身影消失在安检入口处，他突然明白她是来放下的，或者说是来收回。

她过得好，就好。此刻他望着机场上方的这一片深蓝想。

何长江回到学校，天已完全黑了。机场巴士不经过这所大学，他下车后打了辆出租车。开车的师傅刚刚在一个十字路口被交警开了一张罚单，一路上都有些怒气冲冲的。这师傅大约是长期开夜车熬夜的缘故，看上去虚胖憔悴。他工作制服的上装只剩下了两粒纽扣，紧绷绷地裹住满是怨愤的身子。衣服的下摆岔得很开，露出左一层的毛衣右一层的秋衫——没有客人的时候，他大约也是不舍得开暖气的。车里有一股难闻的浑浊的气味，这师傅的、还有先前无数陌生乘客的，给人一种强烈的不洁感。出于某种无处发泄的怨气，师傅的右手不时重重拍一下方向盘，大约要顾及到客人的感受，又不得不尽力把这动作做得不经意——这真是委屈了他！何长江都有些不忍心看他，把脸扭向窗外。从巴士上下来的时候，他被过道里的一只拉杆箱绊了一下，一只脚扭了，左侧的手臂重重磕在座椅的护手上，此刻都有些隐隐生痛。

窗外路灯昏黄，因为没有风，路两旁的松树影影绰绰的，在昏黄的灯光里静默，看上去就像睡着了一样。

人活着是不免要受点委屈的。何长江看着窗外分外沮丧地想。比如自己，这些年来，为职称、为课题、为一处小小的栖身之所，为各种各样不得不在意的事，他也是要时不时委屈自己一下的。他差不多都忘了刚上大学那阵的意气风发的自己……还有小林，对，小林，药学院实验室的工作真是份无望而辛苦的工作啊。

何长江下了车，走到宿舍楼下的小花园里，抬头看见自家的窗口亮着灯，显然小林已经回来了。隔壁房间的窗口漆黑一团，那是苏克太·阿里的房间。苏克太·阿里是环境科学学院的博士留学生，本应住在留学生中心的，因为他报到的时候开学都两个多月了，留学生中心的宿舍住满了，所以学校就安排他住到了这里。阿里是巴基斯坦国卡拉奇市人，比何长江年长三岁。两人结伴爬了几次崂山，熟了，何长江就开始叫阿里老苏，渐渐知道老苏已婚，孩子有四个，在国内从事环境影响评价的相关工作，借助一个国际环保组织的资助，只身一人来中国求学，攻读环境科学与管理的博士学位。

何长江停下脚步，站在一棵落光了树叶的樱花树下发起呆来。这是初冬的夜晚，寒意袭人，月光如水如冰，似乎触手可及，加重了这夜晚的寒意。老苏晚上很少出门，这个晚上他去哪里了呢？小林住过来之前，老苏偶尔会到何长江那串个门，坐在何长江唯一的一张椅子上看看中国新闻，和何长江探讨一下国际局势，不出二十分钟必会起身道别。小林住进来之后，老苏就不来串门了，门对门住着，有事也是打电话，在楼道碰到小林，老苏会很恭敬地叫她“何太太”。

老苏不会说中文，何长江迁就他，说英文。中国多年来无比强势的英语教育好歹收到了一些成效，那就是极大地方便了外国人，外国人到了这个国家，不用说汉语，只要会说英语就可以畅通无阻。何长江所在的这所大学有很多外国留学生就不会中文，因为老师们差不多都可以用英文讲授。奥运会过后，就连校门口卖水果的老大娘也可以说那么一两句英语呢。

老苏中等身材，一头漂亮的棕色卷发，下巴总是刮得乌青，人非常有意思，规规矩矩的，话不多，英文带着巴国口音，每个单词都打着滚儿从舌尖上出来，听上去活泼得很，但不知为什么他本人看上去却显得很忧郁。他在老苏面前曾经是有那么一份优越感的，何长江有些羞赧地想起来他们有一次一起去爬崂山的情景。两个人背着食物和水，上了一辆公交车。因为是个周末，车上特别拥挤。老苏盯着窗外看了一阵，说：“这个城市真安静！”他看着窗外的车水马龙，显得有些心事重重。

没错，这个城市有它得天独厚的动人之处，它蜿蜒曲折的海滨，还有绵延不绝的山岭，实在是称得上迷人。但是它从来没有让何长江觉得安静，只要走出校园，就会觉得这个城市是那么吵闹，充满着紧张关系。到处是不守规矩的汽车，到处是神色戒备的行人，连那些高楼也是吵闹的，它们互不相让地拥挤成一团，看上去让人生厌。没有想到苏克太却觉得它是安静的。何长江记得当时他和老苏各自抓住头顶的手环，身子随着汽车的行驶轻轻摇晃，阳光透过车窗照在他们身上，暖融融的。何长江想到了电视新闻里的卡拉奇，偶尔有爆炸发生的卡拉奇……何长江的心慢慢柔软起来。那一刻他发现自己原来对这平和的日子是充满感激的，并且因为老苏，他简直是有些得意地爱上了这个他生活了五年的霸道的城市，爱它的街道上那些表情冷漠的行人——这让他自己都吃了一惊。

何长江在落光叶子的樱花树下站了一会，向小花园内的便道走去，那只扭伤的脚踝使得他的脚步有些蹒跚。除了一圈用作篱笆的忍冬是绿色的，其他的树木早已是光秃秃的了，这园子因此就显得疏朗，不似春夏的拥挤喧嚣。寒冷让万物都收敛了，这些落光叶子的树尤其如此，没有风的时候，它们安静伫立的样子，让人想到那自省的人。

从宿舍楼各个窗口透出来的灯光都是冷冷的白炽光，只有他和小林的窗口是一片暖暖的橘黄色。女人天生是温暖的动物。尽管小林不怎么爱说话，但有小林在，屋子里就显得热闹、温暖。他们的房间其实很小，是学校在读博士生的宿舍，一个十五平左右的小单间，带着狭小的厨房卫生间。何长江博士毕业进这所大学，算是人才引进，按政策他可以分到一套租住期为五年的周转房。学校的周转房有大有小，有的人才能弄到大的，有的人才弄到小的。何长江等了很久，在同事的点拨下，最后好歹也弄到了这一套。他记得当时从那位终日酒气熏人的书记手上拿到这小单间的钥匙时，他还是很开心的。他曾给这小房间取名观海斋。有那么一阵，每次做完文章，他会一本正经在文末写上某年某月某日于观海斋。

起初这小单间何长江一个人住，他从来没有觉得它小。小时候在乡下，他和祖母住在一起。祖母房间里只有一张带踏板的朱漆木床，靠墙根放着一溜儿腌菜坛子，他写作业是在一张小方凳上。下雨的时候，祖母在地上摆放瓷碗接漏，屋外滴滴答答，屋内叮叮咚咚。继母不来祖母门前叫骂，日子就过得很开心。

药学院的实验员小林搬进来后，这房子才慢慢“小”了起来。除了两柜子书，何长江的全部家当都在床下的一只庞大的拉杆箱里。身材瘦小的小林像只勤劳的蚂蚁，不停往这屋子搬东西，渐渐就把这屋子都塞满了。先也是一只拉杆箱，后来陆陆续续又添了些鸡零狗碎。比如原先厨房是空的，现在厨房里就有了锅碗瓢盆，还有了一只小小的冰箱，是药学院一个调走了的老师不要了的，小林要了过来。何长江由着小林往这屋子里塞东西，他由着她。

小林比何长江大两岁，他们是在爬崂山的途中相识的。有个教师节，学校里的登山爱好者组织爬崂山的活动，不爱户外运动的小林被同事强拉了去，一伙人从一个叫竹窝的村子进山，顺着一条废弃的军用便道爬到黑风口，傍晚的时候在山顶一个叫道德经的背风处安营扎寨。半夜时分他们看到了流星。都说看流星是件浪漫的事，也许真是这样，当时何长江和小林并没有什么特别的感觉，可是这次活动过后不久，他们就谈起了恋爱。就像不知不觉某些人的胃口会随着地位的升迁而被弄大一样，生活在不知不觉中让他的胃口变小，他最终成了一个很容易知足的人。每当他和小林在房间里恣意亲热的时候，他就会很感谢这所大学给了他这个栖身之所。至少，他不用像那些年轻鲁莽的学生，情急之下带着女友去钻小树林。

小林搬进何长江的小单间后，最初她偶尔也跟何长江嘀咕那么一两句：什么时候买个大点的房子啊，将来……她所说的将来，应该是指结婚有了孩子后，或者是不小心有了孩子要结婚的时候。小林的语气听上去像个忧心忡忡的母亲，何长江总是摸着额头，尴尬以对，看上去就像个不成器的儿子。何长江办公室的抽屉里藏着一只素净的白金戒指，没有房子，他一直没好意思拿出来向小林求婚。书山有路不通富贵……在房子这件事上，他自感是百无一用的书生。

记得有一天，在吃晚饭的时候，小林突然对何长江说："周转期到了我们也不搬，管它呢！"小林直直地看着何长江，坚定地说："校长每个月发多少钱给你难道他不知道吗？这点工资不吃不喝一年也只能买一两个平方，要是非要我们搬，我们就住到校长家里去。"——一副打定主意要做泼妇的样子。原来这天小林在办公室上网，看到了一则新闻。Z省一位留美归来的博士跳楼自杀了。据媒体报道，博士回国后，在一所著名的大学找到了一份教职。可是这份体面工作的收入跟房价比起来实在是不够体面，博士买不起房也买不起车，生活拮据，觉得无颜面对妻儿，羞愤交加，一死了之。这消息让小林非常震惊……小林可不想让何长江死。

何长江看着楼上那橘黄的灯光，想他和小林之间，更多的应该是一种怜惜，相互的怜惜，而这怜惜，就是寒微的他们在这世上的最贴身的一件寒衣。而爱情这件华服……多么奢侈的华服！

"你的太太……"

似乎前女友不经意地问过这么一句，何长江想不起来当时是怎么回答的了。

妻子，母亲，女儿，这是一个男人生命中最重要的三个女人。可是，何长江好像是从母亲开始，就在一点点与她们失之交臂。

何长江的房子里只有一张桌子，这张桌子既是饭桌也是书桌，就摆在双人床边。许多个晚上，何长江坐在床沿边看书，小林背后拖着一根松软的辫子在屋子里忙碌。小林脚步很轻，走起路来无声无息。有时候他坐在床沿上，看着悄没声息忙碌着的小林，他会想起他的母亲。祖母屋后的山坡上，一丛翠竹的旁边，躺着他的母亲。他小的时候，一年中有那么几天，比如年三十的傍晚、清明节、农历七月十四日，祖母都会带着他去给他的母亲烧纸磕头。

“又云，你在地下保佑长江啊。”祖母叫着母亲的名字，对着一堆长满蒿草的土堆说话。

何长江抬头望望冬夜清冷的夜空，仿佛看见健硕的祖母生气勃勃的面孔。祖母穿四十二码的鞋，个头比父亲还要高出一截，在幼小的何长江眼里是一个比父亲还像个父亲的女人。继母无端来门前叫骂，祖母摸摸何长江的头，夹了一筷子菜到他碗里，祖母听着屋外粗俗的叫骂，只是叹口气，说：“造孽！”

祖母是突然衰老的，大学二年级的那个寒假，何长江回到家里，发现祖母躺在床上已不能动了。祖母挣扎着对他说：“对你姆妈，我，有交代了……”

他的母亲是在他三个月大的时候，受到他父亲的斥骂后喝农药自杀的。父亲喊母亲搭把手抬风车出去车稻子，她抬起来走得趺趺撞撞的，风车把杉木门框刮掉一块。父亲暴跳如雷，骂道，你看你有个卵用！老子背大时，这辈子都得把你当个菩萨样供起来！父亲的稻子没有车完，母亲就在偏屋里喝了农药。

何长江硕士阶段选修心理学，从读博士起又一直进行自杀问题的研究，似乎就是为了寻找接近母亲的途径，好分担她生命中最后一刻的绝望……母亲把幼小的他抱在怀里，听到父亲叫她，把乳头从他的嘴里抽出来，亲了亲他粉嫩粉嫩的小脸，把他轻轻放在摇篮里走出去……几分钟过后，母亲浑身散发着刺鼻的药水味倒在杂屋的地上。他愿意相信他的研究能达成这样的梦想：如果有一天时空倒流，就像许多部电影里所描绘的那样，他要在母亲拿起农药瓶的那一刻，用一句轻轻的呼唤来制止她。

尽管母亲早已不在人世，但出于一个儿子与生俱来的对母亲的某种神秘的感应，从很小很小的时候开始，他就不自觉地捕捉跟母亲有关的一切信息，窗台上一只生了锈的发卡，衣柜抽屉的角落里一只红色的印有喜鹊登枝图案的袜子，还有人们偶尔的三言两语……他从那些零零碎碎的信息里隐约知道的母亲，是一个有着前女友那样苍白的脸色、像小林一样单薄温顺而内心要强的女人。

“唉，生完孩子都三个月了，还没有干净，脸白得像张纸一样呢。”

提到他那年纪轻轻就死去了的母亲，祖母不止一次这样跟人说，仿佛这“没有干净”就是他母亲真正的死因。那时他还那么小，每每听到这样的话，他那颗小小的心就会不明缘由地紧缩起来，产生一种强烈的不适感。

“你这是怎么了？”小林伸出一根指头，摩挲着何长江胳膊上的那块淤青。灯光下她的眼睛看上去有些红，也许是她哭过，也是在表妹的婚礼上喝了酒——他知道她一喝酒就会眼红。

这块淤青在小臂外侧，呈长条状，灯光下看上去像一道幽深的伤口。何长江伸出手去，将小林的那只手握在掌心。他在楼下呆得久了些，此刻双手冰凉。尽管生活有些艰难，在这个物价高昂的城市，他无房无车，做着一份薪水微薄的工作，可是她从来都没有想过要放弃和他一起生活下去……这，大约就是爱。何长江握着小林温暖的手默想。

小林从何长江手中抽出自己的手，开始梳理一头长发。小林歪着头，目光茫然地看着身子一侧的某个地方，踌躇良久道：“傍晚的时候，老苏来道别，他回国了……”

“什么？”何长江很吃惊，抬起头看着小林：“是什么事这样急？”

上周他就和老苏约好这个周末一起去爬崂山的，是太合那边一条他们还没有走过的路线。他已经习惯了老苏这样的驴友，寡言少语地跟在身边，两个人认真地经过那些美丽生动的丛林和溪流，人生种种悲喜统统都消失在时间的背后。

“……老苏的母亲去市场……汽车爆炸了。”

何长江把一只手捂到嘴上，半天说不出话来。他的脑海里闪现出有一次老苏对爆炸的描述。

“……声音是很沉闷的，但是家里的窗帘会像鼓足了风的帆一样鼓起来，两三秒之后，‘噗’一下重又被吸回到窗口……生活继续向前。”

而此刻，何长江却无法想象这个时候的老苏，怀揣母亲的噩耗，孤身赶路。

他曾经问过老苏，为什么要学环境管理。老苏回答说，为了让家乡更美好。似乎是揣测到何长江的困惑，老苏又补充道，不管别人怎么看待今日的卡拉奇，他始终认为自己的学习与研究都将是非常有意义的，一定有那么一天。

为了家乡更美好。何长江记得当时他不能确定从老苏舌尖上打着滚出来的英文就是这个意思，但他还是被老苏的回答震住了，刹那间内心里充满了对老苏的敬意。他觉得老苏就像傍晚时分汇集到卡拉奇上空的雄鹰一样，有着一个枪声也无法惊扰的强大的梦。这一点让他既羡慕又羞愧。

小林说：“老苏说如果下个学期开学他还没有来，他房子里的那台吐司炉就送给我们做个纪念。”

何长江黯然。

小林斜靠在床头翻着本家居杂志，“哗哗”的翻动声显示她并没有在看这本杂志。她看上去似乎有些心事重重。何长江在床边坐下，打开桌上的电脑收看邮件。何长江回复到日常的状态，问小林：“你表妹的婚礼，怎么样？”

小林继续把杂志翻得“哗哗”响，良久说：“不过是场热闹罢了。”

床边的桌子上有一壶未喝完的冒着热气的茶。过了一会，小林从何长江身后伸出一根手指在壶身上划来划去，说：“——他也去了。”

何长江知道小林所说的他，是指小林的前夫。小林和表妹是姨表姊妹，那个他，和小林的表妹是姑表兄妹。小林曾经用林黛玉、贾宝玉、薛宝钗这三个人来解说她和前夫以及表妹之间的关系——怎么说听上去都是青梅竹马。这个他大出小林和表妹一截，曾是宽厚的兄长。

何长江知道小林的前夫曾是药学院的教授，小林是以人才家属的身份来到这所大学的。后来药学教授因为陷入与女学生的绯闻而不得不去了另外一个城市的某所大学，小林不愿意如此屈辱地跟随，与前夫离婚留了下来。

前夫曾理直气壮地斥责小林的不宽容：“你以为你还能找得到比我还好的吗？”实验员小林出于强烈的自尊，面罩秋霜，沉默不语。

何长江没有见过小林的前夫，他来这所大学的时候他刚好走了，何长江只知道药学教授不但为人八面玲珑，而且学问做得很好，是一个很有才华的人。何长江想起多年以前，湘西女友曾为他解释什么是书生相：“摇着纸扇，身后跟着书童，从翠柳飘曳的长堤上走过，顾盼生辉的，是书生。布衣粗食，两耳不闻窗外事，一心只读圣贤书的，是书生。满腹诗书、或混迹于勾栏酒肆，或种豆南山的，是书生。粗耿莽撞，动不动以死相搏的，还是书生……”

何长江在博士阶段做过一个有关“文革”期间知识分子自杀情况的学术调查，通过这个调查，他曾经得出过一个结论，个体的自杀行为都是基于深层次的社会因素，而中国知识分子却是最容易受到这些社会因素影响的一类人，在同样的不利情景下，他们自杀的风险远远高于工人、农民。知识分子不过是普通人，他们何以能独善其身！即使是现在……物欲横流的现在。

“似乎是，少了些东西呢，比如……骄傲。”

此刻何长江不得不承认，前女友的这句话，多少有些刺痛他。

何长江一手托腮盯着电脑屏沉思，想不知小林的前夫是属于哪一类书生。

小林把杂志丢到桌子上，将身子滑下去躺好。小林对何长江说：“他和你是不一样的人……一个课题拿下来了，先是去吃顿饭。有一回更离谱，是到一个足浴城办了张价值五万元的贵宾卡。”

这样的事何长江并不陌生，他自己，为了评上正教授，正在努力申请一个省部级课题，如果成功，那也是难免要感谢领导和朋友的，吃饭，大约也是少不了的吧。这吃饭的钱，不从课题经费里出，又从哪里出？

何长江还是扭过身去，看着小林发出一阵轻笑，道：“五万元的足浴卡！他难道是蜈蚣，有多少只脚要洗？”

“也奇怪啊，山里长大的人，十岁以前都没有穿过鞋的，上山放牛就那样光着脚满山跑……读过那么多的书，突然这脚就娇贵起来，隔一两天就得去泡泡，让人按摩按摩，不然就会这样那样地不舒服，到后来脚丫子都洗烂了——他是一个有本事把自己活得跟以往毫不相干的人。”小林笑了下，摇摇头，头发在枕上擦出了沙沙的声响。

何长江知道从来不曾缺少这样的读书人，他们的能力很强，生活上不拘小节，挥斥方遒，亦正亦邪……他们在任何时代都会比较讨好。小林沉默了一会，又说：“他的祖上倒出过一个进士，官至翰林，有一年为恳请朝廷开仓赈济灾民，以死谏言，触柱而亡。”

何长江陷入沉默。历史上这样的读书人也是不少的，他们位卑不忘忧国，甘愿赴汤蹈火，即使终生不售，也要死守致君尧舜的宏大理想……他们是“士”。他们已经成为历史一缕孤绝的尘烟。

“他，现在，也一定过得很好，是吧？”何长江犹豫了一下，鼓足勇气问道。这句话一问出口，他的心不由就揪了起来，似乎小林如果回答“是，他过得很好，要什么有什么”，他就要被羞辱到了一样。各个高校的情况想来也是大同小异的，总有一部分人过得很好，要什么有什么，而总有那么一部分人，是要什么没什么的。人都是这样，活着活着，不知不觉就分出个甲乙丙丁来，读书人，也不例外。

似乎是为了安慰何长江，小林沉默了一会，说：“一个人变化太大了，总是会让人害怕的。”语气里隐约还有一段感情的余伤。

何长江不由想起了前女友，他们曾私奔过，两个人只是从长沙跑到郴州，就被她的父母拦截了下来。当时她那军分区副司令员的父亲恨不得拿枪毙了他。

因为这被强行摧残的初恋，读硕士的三年他一直都很低沉，拼了命读书，无心恋爱。

读博士的时候，缓过来了，差点和一个学妹擦出火花，不过还是差了点。他一直过得寂寞，就像小时候孤身一人站在山顶上。幼小的他经常爬到祖母屋后的小山顶上眺望远方……天空异常高远，连绵不绝的山一座推涌着一座，波浪一样直涌到天际，四周空寂无人，唯有风吹得衣襟哗哗作响。

何长江想起来那次和小林他们在崂山露营，回来的路上小林正好坐在他的身边，随着汽车的摇晃，她慢慢打起了瞌睡。她缩在座椅的一角，两手抱在胸前，眉头紧锁，头在玻璃窗上有节奏地擦来擦去……不知为什么，当时她睡着的样子让他觉得她是那么寂寞，那么的无依无靠，就像一个人站在空寂无人的山顶上。他忍不住朝她多看了几眼……瘦小的小林看上去三十岁左右的年纪……人一生中金子般珍贵的年华。可是何长江也知道，自杀人群中差不多百分之六十的人都是三十岁以下的年轻人，而母亲死去的那年才二十岁。人的一生总是难以预料，绝望就像只小豹子，蛰伏在某个隐秘的地方，不知道什么时候就会蹿出来将你扑倒在地。何长江记得当时看着小林打瞌睡的样子，不知不觉地，他看小林的目光就变得忧伤。

他们不再说话。小林侧过身去睡觉。

何长江把台灯的灯罩压低，打开一本书看了起来。不知道为什么，他盯着书本很久，却一个字也没有看进去。

“我们总以为自己是特别的……”

前女友的话在耳边挥之不去，使得他在这个晚上都没有什么心情看书。这真是一个奇怪的夜晚啊。他盯着书本发起呆来，就好像他的人生在这个夜晚被生生地拉开了一道口子，他仓促间从这口子里看到的内里，竟然是出乎他的意料的，是让他有些羞于面对的……如此脆弱、琐碎、卑微，毫无尊贵可言！他不由自主地回想童年时从傍晚的天空里掠过的白鹭，还有老苏所描绘的卡拉奇上空的鹰……他把胳膊支在桌子上，双手捧着脑袋，这些生着翅膀的家伙，此刻让他感受到了一种被羞辱和幻灭的痛苦。从他身后隐约传来小林的啜泣声，声音很轻很轻，却奇怪地格外清晰，他甚至听到了眼泪滑进松软的枕头里的声音……他一时有些讶异，有些手足无措，犹豫着要不要转过身去看看……可是，如果他转过身去，如果她真的在哭，他要如何安慰她呢？

他距她是如此近，却又如此地远。

何长江默默地起身，蹑手蹑脚地走到窗前。小林的抽泣声不但没有远些，反而听得更清晰了，他几乎可以确定她并没有入睡，而是在伤心流泪……这啜泣声让他感到无地自容。他无比苦恼地掀开窗帘的一角，木然地看着月光下的校园，这校园是如此肃穆，静谧，无知无觉。他把目光从远处拉回，窗玻璃上很清晰地映出他的脸。何长江立在窗前，怔怔地看着自己对面的这张脸……平庸的长相、落寞的神情、松弛的脖颈，是张如此陌生的脸！

在金角湾谈起故乡

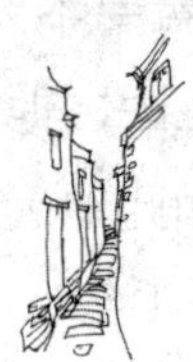

M女士微微弯曲着身子，疾步离开会场，走到室外回廊拐角处一扇不太有人经过的窗前接听电话。电话是M女士的丈夫打过来的。

“你不回来了吗？”丈夫的声音听上去非常无奈。

M女士把一根手指点到窗玻璃上去，好像只要再使一点劲，她的手指就可以穿透玻璃伸进窗外的一片浓绿里。窗外生长着一丛翠竹。M女士不曾料想到在这个僻远的北方边陲小城，H城，这个每年一到十月就大雪飘飘的地方，竟然会有这么一丛竹子，而且长得这样好。M女士微微偏着头，把一只耳朵贴在手机上，记起来两天前从机场到这宾馆的路上，沿途看到的不外乎是松柏，还有白桦。而这里，回廊拐角处隐蔽的窗外，却葳蕤地生长着南方形体秀美的竹子。M女士一时有些困惑。电话里丈夫的声音透着气恼、无奈，或许，还有一丝，鄙视。是的，鄙视！

一个月以前，M女士的丈夫就告诉过她，这个周末，他们要一起回L县，去给丈夫的母亲、M女士的婆婆过八十大寿。给婆婆的礼物M女士早已准备好了，放在丈夫一眼就能看到的地方。只是，婆婆的寿宴，L县的某副县长，丈夫的高中同学，也不免会隆重到场。副县长和M女士的丈夫从小在县城的同一条街道上长大。三年前，他的女儿高中毕业报考M女士的母校，总分差一分未达录取线，副县长不知是从哪里得知，M女士本科时期的辅导员，M女士的恩师，现在已是那所大学的校长。于是副县长亲自来C城找M女士。这件事M女士并未办成。她鼓足勇气给老师打了个电话，结果只是寒暄一阵了事——她简直无法开口谈这样的事。后来副县长的女儿上了另外的一所大学，还有半年就要毕业了。副县长向M女士的丈夫透露，接下来女儿打算报考M女士的研究生。

“这回不用你求人了，一定要帮一帮。”M女士的丈夫曾这样对她说。

可到底要怎么帮呢？M女士困惑得很。

“……你不能总是这样！”最后丈夫在电话里异常恼怒地说。

M女士知道丈夫的恼怒不是因为预感到她不赶回去庆贺婆婆的生日，而是预感到，她，M女士，尽管年过不惑，却依然是不可以被指望的。

“他一定很失望。”M女士想。她强烈地感受到了丈夫话语里责备的意味，于是有些羞惭地沉默了。M女士伸出一根手指在窗玻璃上漫无目的地划来划去，隔着一层玻璃，那些密密实实的竹叶与她的手指亲密接触，它们紧紧贴附在窗玻璃上，挤挤挨挨的，让她感受到了一种蓬勃的生命的力。M女士仿佛听到了它们隔窗发出的孩子般热闹而活泼的吵嚷声。

这是一年中最热的时候，八月，外面的太阳明晃晃的，但宾馆里冷气很足。M女士收了电话，把头靠在凉丝丝的窗玻璃上，心里突然生出了对旅行的渴望，陌生的地方，陌生的人……起初M女士来H城开会的时候，她完全没有考虑旅行，而是定了会后第二天的返程机票。

其实也没有什么事要这样急。M女士边往会场走边想。

主席台上的一排座位已空出了好几个。在她接电话的时候，领导们已相继发表完讲话退场了。此刻是一位年近五旬的眉头紧锁的女教授在做报告。M女士曾在两年前的一次学术会议上见到过女教授与一位男教授吵架。作为学界出了名的硬绿派，女教授一向主张对湿地进行立法保护，且反对任何带有营利性质的对湿地的利用。M女士记得当时女教授拍了桌子，一副火气很大的样子。后来有不少人背地里打趣说女教授是在更年期。

当务之急，是要赶紧制定一部湿地保护法。女教授打着凌厉的手势，斩钉截铁地说。

两天后，M女士到了E国一个与H城隔河相望的叫金角湾的地方。

金角湾是一个美丽的海湾，很少能看到高楼大厦。整个海湾就像一个弯弯的牛角，岸边是高低起伏的山峦，牛角内的水面上，泊满了大小不等的船舶和军舰。岸边被刷成黄色或红色的房子顺着山势向四周铺开，隐人郁郁葱葱的树林中。M女士下榻在靠近海湾一角的一个小旅店里。这个小旅店是由一个叫老杨的中国人开办的，M女士在H城工作的热爱旅游的同学推荐了这家小店，干净，安静，食宿的价格也非常合理，在H城那些喜欢出国自助游的朋友们中有很好的口碑。M女士打算在这里待上一周左右的时间。

接下来的几天里，M女士信步穿梭在金角湾的大街小巷，迎面而来的都是些身材高大健硕的人，说着她基本上完全陌生的语言。M女士随身带了一个小本子，记下每一个岔路口的标志，以便自己在傍晚的时候能准确地找回旅店去。M女士很享受独自行走在一个陌生城市的感觉。

有一天，她在一座教堂旁边的小树林里待了一个下午，呼吸着异常清新的空气，倾听林中啾啾的鸟鸣，M女士感受到了前所未有的宁静。这片树林是人工林，大部分树木都是蒙古栎，北方的树种，树叶椭圆且细小，树干却高大挺拔，是她以前不常见的。倒是在林地上的杂草中，她看到了一茎非常熟悉的蒿草，与家乡的蒿草并无二致。她有一丝欣喜，仿佛是它们追随着她的脚步，来到了这异国他乡。有一对新人被众人簇拥着从教堂出来，他们兴高采烈地从M女士面前的小路上经过，新娘子提着婚纱的下摆，走几步路就要停下来和新郎亲吻。他们走过去后，树林也仿佛得到了祝福，显得格外安静祥和。有那么一瞬间，M女士想到了她的丈夫，想到了他失望而有些气急败坏的脸——也就是一瞬间而已。"你真应该去学学成功学！"她的丈夫曾戏谑地给她建议。M女士不知道什么是成功学，她曾背着丈夫到办公室上网搜了搜，发现成功学就是教你怎么成为有钱人的学问，时下非常流行，受到很多年轻人的追捧。"有伟大成就的人，向来善于自我管理"、"开发个人潜能"、"三个月赚到一百万"，诸如此类的话让她看得有些云里雾里。那日回家的路上，看着人流涌动、车来车往异常忙碌的街道，M女士头一次在心里生出了对这世界的，惧怕。

还有一天，M女士独自一人来到了海边的一个小广场上，她和一个包着黄色头巾、穿褐色长裙的老大娘在一条长椅上坐了很久。老人的脚前放着一只藤筐，里面放着几把蔬菜、一些土豆，还有几个硕大的新鲜的蘑菇。有一个长着一头红发、穿着一条松松垮垮牛仔裤的中年女人路过，买走了一把蔬菜。整整一天，老人除了到广场另一侧卖面包的小贩那买过一只黑面包充饥外，就没有离开过这张长椅。M女士到海边喂了会海鸥，又好奇地跟拍了一个带着两个孩子跳舞乞讨的吉人赛妇女，回来看见老人还是安安静静地坐在那，既不吆喝，也不换个地方去碰碰运气。M女士走回到长椅前坐下，内心里那点莫名的隐隐的焦虑一下子消失了。黄昏很快来临，M女士起身离开广场的时候，从那位老人手里买了一只蘑菇往回走。华灯初上，路边有不少恋人相拥而行。M女士手中的蘑菇散发着一种带着土腥气的淡淡的香味，褐色的表面上满是深褐色的小圆点。气味、颜色和形状都是她熟悉的，很像她家乡的一种野生菌，叫绿豆菌的，只不过这个要大许多，拿在手中简直像一把小伞。

M女士回到旅店，老板老杨端过来一杯红茶迎上来说："哈，今天回来晚了点啊。"

"一个人走在这个城市，真的有那么不安全么？"M女士问。

"倒也不是。只是以前有游客出过事，后来就总想着还是要提醒一下大家注意安全。"

"出了什么事？"

"一个人，因为一点意外，没能活着回去。这样的事可能在世界各地每天都有发生，在国内，也不能说没有。只不过现在我们终归是双脚踩在别人的土地上不是？人生，地亦不熟，小心一点的好。我以前做导游，公司培训的时候，听到过各种各样稀奇古怪的事。"老杨笑了笑，道："我在这边五年了，我又了解它多少呢？毕竟已不是我们的地方，注意安全是必要的——你今天都逛了哪些地方？"

"随便走走，什么海洋街，富金街，还有广场……"

"哦，你觉得海洋街怎么样？"老杨问。

"一条繁华漂亮的街道，很有异国风情。"

老杨看着M女士道："我的祖父就是在海洋街出生的。"

M女士不解地看着他。老杨一边麻利地擦着桌椅，一边说："以前它叫北京街，我祖父八岁的时候回的中国。后来他一直想过来看看，想找到他祖父的墓地拜一拜。他死得早了些，八三年吧，那时出趟门有多难！"老杨说着，指了指M女士手中的蘑菇说："H城周围的山林里也能采到这样大的蘑菇，我祖父死前的那一年，有一天他突然要吃那种用洋葱、西红柿和牛奶焖熟的蘑菇。那时没有牛奶，我父亲为此养了一头母山羊。呵呵，很奇怪吧，几乎是每餐不断呢。除了他，我们全家没有一个人喜欢那种又粘又膻的味道，我们都爱用蘑菇炖小鸡吃，或是用排骨煲蘑菇汤喝。差不多有一年的时间，一家人吃饭的时候，我祖父的面前总是有那么一碗酸溜溜的奶汁蘑菇，一直到他去世。我到现在都还记得我祖父坐在餐桌边，吃这种黏稠的烧蘑菇时的情景。看着他津津有味地吃这气味怪异的菜，总感觉他，哪里是我的祖父？呵呵，简直就像个外乡人！"

"那你找到你曾曾祖父的墓地了吗？"

"到哪里去找啊？什么都没有了。哦，对了，足球场附近还有一座以前中国人修的房子，听说全市就那么一座了。我祖父一家当年是在大清洗前回的国，很幸运活下来了。现在你看这座城市到处都是他们的英雄纪念碑，新的血迹掩盖了旧的血迹……就像被橡皮擦擦掉了似的，干干净净的！"老杨叹着气摇头。

老杨的话，让M女士不由感慨那一段如迷如雾般的历史……后人总是很难触摸到历史的真相的，穿越历史的雾霭就如在庸常的生活里寻找真理一样难。M女士不由在心里叹了一口气。

M女士沉默了一会，对老杨说道："我老家也有这种蘑菇，一般长在竹林或茅草丛中……"M女士闻着手中蘑菇的气味，想起了前两天刚参观过的当地的一家艺术博物馆。这家博物馆位于半山腰，一所普通的民居改成的。M女士那天在教堂外的小树林里待了很久，后来她选择了一条和来时不一样的路回旅店去。在半路上她看到了这家博物馆。在金角湾，人们从不在招牌上使用别人的文字，他们只使用自己的文字。而在国内的许多城市，人们总是替外来者想一想，比如在H城，人们会用中文和俄文两种文字告诉行人：这是商店，这是学校，等等。而在C城，除了中文，英文，人们偶尔还使用日文或朝鲜文。M女士英文非常流利，可是在金角湾，会说英文的人并不多。M女士不认得博物馆外面招牌上的字，她试图用英文向一位路过的戴着金属耳钉的青年打听，那人很困惑地看着她，她只好换上刚刚从老杨那里学会的几句当地的语言，结结巴巴地问这是什么地方？耳钉青年叽叽哇哇比划了半天，M女士支起耳朵听了半天，大约知道这个地方是可以免费参观的。M女士信步走进去，发现游客很少，一楼是一个咖啡厅，一位上了年纪的女士坐在靠窗的位置上看书。M女士到二楼转了转，看到展出的基本上都是油画，是本地当代艺术家的油画。M女士在一幅画前停留了很久，这幅油画画的是大雪后的树林，树木高大茂密，地上满是厚厚的积雪，连白桦树光秃秃的枝干上也积满了雪。黄昏晕黄的光线照进林中，在雪地上投射出树木密密交错的黯淡的影子。M女士在这幅油画上同时读到了寒冷与温暖，寂寞与喧闹……

老杨看着沉思中的M女士，笑道："想家了是吧？我刚来的第一天，天一黑，我就想H城的那个家了，感觉哪都不对似的，我在床上翻来覆去睡不着。我咬着牙对我老婆说，赚到够给儿子买一套房子的钱就回去。五年前十万块钱就可以在H城买套房子，过了两三年，赚到十万了，回去一看，哈！好家伙，房子涨到二十万了。现在只怕三十万也买不到一套好房子了。"老杨一边摆餐具，一边苦笑着摇头。

“可是早晚还是得回去的，是吧？”

“我最初想到要来这里开创事业，是因为这里是我的祖籍地！慢慢我才知道什么是沧海桑田、物是人非。呵呵，将来我得埋到H城外我们老杨家的地里去，我可不想到了那边还要时不时卷着舌头说鬼话。”

M女士不禁笑了。她把蘑菇递给老杨，道：“送给你炖小鸡吃吧。在我的老家，我们喜欢把蘑菇做成菌油，最好吃的不是这么大的蘑菇，而是那种硬币大小的，比这个小多了，还没有长开的样子，像朵花蕾。做成菌油封在瓷坛里，能从春天吃到冬天呢……”M女士比划着，说着说着停下来，她突然就想起了她的母亲……锅里正烹着香气四溢的菌油，母亲或许是听到屋外三叔“咚咚咚”的脚步声，提着锅铲急急忙忙追出门外。那是某一年的清明节，M女士刚刚晋职为副教授，作为一所重点大学里最年轻的副教授，M女士独自在一个周末从省城回故乡为去世一周年的父亲扫墓。她以为自己的努力，是足以告慰九泉下的老父的。那个时节，家乡的早晨已不再寒冷，空气中有一丝惬意的清凉。有风拂过屋旁的竹林，撩起一阵“吵吵”的柔软声响。M女士听见母亲的脚步声，伸了个懒腰从床上坐起来，隔窗见母亲立在檐下。大约怕吵醒她，母亲尽力压抑着声音，急切而歉疚地说道：“她三叔！她三叔啊，你莫见怪，幺妹她，不是忘本，她只是会读书，别的狠，是没有的……”母亲所说的“别的狠”，就是指读书之外的本事，比如像三叔托付的帮小堂弟在学校里找个事做做的本事。母亲的解释并没有得到三叔的回应，她坐在床上，隔窗听到三叔清脆的一声吐痰声。那个早上的早餐是母亲做的菌油浇面条，面条里卧着两个荷包蛋。她在餐桌边坐了很久，才埋头挑了一筷子。母亲坐在她对面，一边用苍老而满是皱纹的手摩挲桌面，一边用满是怜爱的眼光看她。她羞愧得抬不起头，差一点就落下泪来。后来，她成了某个学术领域的知名学者，在家乡人的眼里，却依然是个没有“狠”的人。她从来没有办成过哪怕是一件乡亲们托付的事，大到子女升学就业，小到买比市价便宜的家用电器，往单位里销农副产品……反倒是她的丈夫，一个事业单位里才干平平的副处长，还多少帮他们办过几件，比如购买春运时期异常紧俏的火车票。乡亲们也逐渐明白，从小就不善言辞的M女士确实是个没有什么“狠”的人。后来她偶尔回到母亲过世后的家乡去为父母扫墓，他们待她亲切而宽厚，语气和眼光都让她读到一种深深的怜惜。有邻村不明就里的人跟三叔打听她，三叔的答复是：“找也白搭，三岁看老，冤枉我大哥那些个本子费！”这话以不可思议的途径传到她的耳朵里去，她气得真的落下泪来，接下来有很多年她都没有再回去过。从M女士丈夫家所在的县城到她自小长大的村子去，也就一个小时的车程，有几次他们到了县城，M女士也没有提出说要回去看看。她的丈夫曾看着她有些迟疑地问道：“——你真的要把这条路断了吗？”当时她把脸别到一边，佯装没有听见。可是她没有料到，后来，无论何时何地，只要想起丈夫的这句问话，她的胸口竟然就会生出一阵莫名的隐隐的痛来。

这个晚上，躺在小旅店窄小但柔软的床上，M女士梦见了老家屋旁的竹林，林地上覆盖着厚厚的积雪，黄昏那晕黄的光线斜斜照进来林中，看上去同样也是既温暖又寒冷。

这天是婆婆的生日，M女士到底还是拨了个国际长途回去。她先是拨打丈夫的手机，通了以后一直无人接听。她接着打通了女儿的手机，问起丈夫，一大早的，竟然是“喝醉了”。女儿把手机举到奶奶的耳边，M女士跟婆婆说了几句家常话后，挂了电话就一直靠在床头发呆。如果这次帮不上副县长的忙，她是不是以后都无法回到县城了呢？人到中年，回乡的路竟越走越短。

M女士最后一次回故乡，是在三年前。三叔去世了，她回去凭吊。多年没有回去，她发现村子里她认识的人差不多都过世了，就连村口的泡桐树，也改变了花期，整整提前了两个节气。堂弟到底还是搭帮另一个在电厂工作的乡党找了份保安的工作，人养得又白又胖，孝服的领口露出灰色制服的立领，以前畏畏缩缩的一个人，一下体面起来。她发自内心地为堂弟感到高兴，可是她愈为堂弟高兴，就愈感到对三叔内疚。村口的那条小路修成了可以并排跑两辆车的水泥路。堂弟不经意地告诉她：这路，是村里张家在县里做交通局副局长的小儿子集资修建的。她彻底没有了再踏上那条路的勇气。后来她给村里的小学寄过两回钱，数目都谈不上大，以至于她都羞于把自己的名字写在汇款单上……这些，都是她身边的人，她的丈夫、女儿，还有她在C城的同事朋友所不知道的，仅仅属于她的，与故乡最隐秘的联系。

M女士发了一会呆，默默地走到楼下去。在老杨的小旅店里用过一碗稀饭、一片烤面包和一个煎鸡蛋的早餐后，她沿着门前的街道一直往西边走去。沿途她看到一队同胞跟在一杆小旗子后横穿马路，急急忙忙赶去参观一艘退役的潜艇。他们都戴着同样颜色的帽子，看上去都心情愉快、倍感新鲜的样子。M女士心中徒生一丝悲凉。这种莫名其妙的感觉直到她走进了市中心的一座森林公园，才慢慢消散开来。这个公园从山顶到临海的山脚都长满了茂密的树木，白松、西伯利亚落叶松、红松，还有椴树、花楸树等各种树木都为享受更多的阳光，争先恐后地向天空生长。阳光间或从它们密密交织、随风摇曳的枝叶间洒落下来，在草地上形成斑驳的光影。被雷电击倒的需两人才能合抱的冷杉无人收拾，兀自在荒草中慢慢腐朽，变成松鼠、苔藓、越橘和勿忘我的乐园。

M女士顺着林中的小径向公园深处走去。空气十分清爽，园中是如此静谧，要不是偶尔从公园外的马路上传来隐隐的一声汽车的轰鸣，M女士简直难以相信此刻正身处一座城市的中心。M女士来到一处朝向大海的斜坡上，看到一块用心整理出来的草坪，草坪四周的长椅上有三五个当地居民在休憩，一个身材修长的金发少女牵着一条体型庞大的牛头犬在草地中央嬉戏。

M女士在一张空着的长椅坐下来。她在心里计算着回程的时间，想着过两天回到C城，她该如何跟丈夫解释。或许可以对他说："好吧，我同意去学成功学！"M女士想到这里，不禁苦笑起来。

突然，M女士看到一个熟悉的身影。

一位穿着一套白色运动套装、戴茶色太阳镜的中国妇女正穿过草地朝这边大步走来。M女士凝神细看，竟然是那位在H城做学术报告的女教授！

M女士非常惊讶，她站起来迎着女教授走过去。M女士说："您好啊！真想不到会在这里碰见您！"M女士握住了女教授伸过来的双手。

女教授摘下太阳镜，M女士看到了在她眼角因为微笑而产生的细密的鱼尾纹，这使得她看上去非常亲切，与之前的形象判若两人。

她们在长椅上坐下。女教授扭过头来看着M女士，笑着道："你跟两年前相比没有什么变化呢——怎么，一个人来的这里？"

"我在H城的朋友推荐我自助游，会后我就过来了，一个人瞎逛。"M女士说。

"我是图省事，参加了办会方组织的旅游团。瞧——"女教授把一只手腕伸出来，给M女士看她手腕上的一根细细的紫金手链。

女教授说："这两天我们在导游的带领下逛了不少商店，巧克力店、海鲜干货店、紫金饰品店、工艺品店……呵，这是我选择省事不得不忍受的。”

M女士看着女教授笑意盈盈的脸，想起大家说她“更年期”的话，笑了。M女士道：“这次会议，您的报告做得很好！”M女士其实很反感学术界动不动就呼吁立新法的现象，滩涂、海岛、草原、丛林等等都各有立法，可收效甚微。人们总是热衷于在学术上求新，抢占新的制高点，搞循环经济的时候，就有学者呼吁循环经济立法，现在没人提循环了，都提低碳，于是又有人呼吁低碳经济立法。大家跟在某个无形的东西后面跑来跑去，看上去都忙得很，其实到底有多少人是真正关心现实的呢？M女士虽然认为当前最重要的不是立法，而是唤醒沉睡的法律，但同时她在内心亦很赞同女教授关于湿地保护的观点。

目前最好的保护办法应该就是把保护地划为禁区，让某些人不得染指，一旦进行所谓的综合利用就全毁掉了。M女士想。

女教授摆摆手，说：“我的发言令主办方很不开心呢，都设置成禁区了，他们忙乎一阵，申请下来湿地公园又有什么意思呢？他们需要学术界为他们摇旗呐喊，然后大家走上共同富裕之路。你我都清楚，对许多人来说，学术不外乎是为饭碗的学术……我们现在不谈这些——你抽烟的吗？”

M女士摇摇头，无奈地说道：“是啊，在现实与我们的理想之间，总是存在差距的。这次旅行，如果不来金角湾，我大约不会如此深刻地体会到，失去的滋味。”

“昨天午餐时间我顺路去了阿谢涅夫博物馆，在博物馆内看到了两块明代汉字石碑。这大约是这个城市唯一能让人联想到我们过去的东西了。从博物馆出来后，我一直在想，什么是拥有？不是看你获得了什么，而是看你最终留下了什么——学术也一样。”女教授说。

听教授提到明代石碑，M女士也想起了足球场附近的那所中国房子。她听老杨说起后，有天专程跑过去看了看。路旁不太引人注意的拐角处，一排两层的旧砖房，人字形的红色屋瓦。为了与周围房子的颜色协调，墙壁也被涂上了鲜艳的红色。但墙上的窗子是空空的，门口两扇铁栅栏紧闭，院内荒草萋萋……

女教授从随身的小包里拿出一包香烟，抽出一根点上。M女士尽管不抽烟，但对这香烟的牌子还是非常熟悉的。曾经在C城最繁华的大街上有这个牌子女士香烟的广告。

轻弹玉指，艳惊天下。M女士看着教授抽烟，想起来当时的这句广告词。

M女士问女教授道："怎么今天您没有跟团游呢？"

"哈，半天的自由活动时间啊！五天在金角湾的旅行，有半天是自由的，自我们有钱旅行以来不都是这样出门旅行的吗！哦，等等——"女教授想起了什么，把包拿过来放到腿上翻起来。过了一会儿，她掏出来一只红色的蒙着金丝绒的小盒子递给M女士，说："打开看看。"

M女士以为又是一件紫金或者琥珀之类的首饰，接过来小心翼翼打开它，一看，不禁笑了。盒子里竟然是一朵小黄花。

M女士把花拿在手上，说："是金针菜啊！北堂幽暗，可以种萱。它又叫萱草，古人叫它忘忧草。它的分布范围非常广，从长江以南一直到东北，甚至在这儿都应该有的，不过这几天我倒是没有发现。"

"不愧是研究生物多样性保护的！原来这里本来就有啊。"女教授看着M女士说道："我刚刚在公园外的道路旁发现的，长在一处向阳的台阶旁。"女教授比划着，说："有这么大一丛，开得很好。"女教授停了下，脸上浮现出十分迷人的温柔的笑。女教授接着说道："在我家乡，每年六七月的时候，漫山遍野都是这花，有黄的，偶尔也有粉的，我们叫它黄花菜，也叫它宜男草。刚才我看到你时非常惊喜，是因为看到你之前我才刚刚遇到过它，我站在草地那边看着你，想这是什么地方？尽遇到故人！呵呵，没想到这个只是异客。”

M女士把花儿举到鼻尖前闻了闻，也笑了。她问教授到：“您的家乡是哪里？”

像徐徐灭掉一盏灯，女教授脸上因为微笑而产生的光芒慢慢不见了。她拧着眉，一声不吭地看着前方。

“我的家乡么——”女教授沉默着抽了一口烟，慢慢吐出一个硕大的烟圈道：“已经，死了。”

M女士非常吃惊地看着她。

女教授又抽了一口烟，这回吐出的是一连串的烟圈，非常活泼地，一个跟着一个，像一串省略号。女教授把一根手指慢慢伸到烟圈里。M女士看着烟圈很快飘散开来，滑过女教授的手指消散在空气中。

“现在，它在水面之下三十米深处长眠……”女教授停顿片刻，淡淡一笑，幽幽道：“可以说，是淹死的。”女教授的声音一点点低下来：“……没有葬礼。”

M女士愣了愣，悟过来。她依稀记得一个节日，人们兴高采烈，庆祝一个伟岸工程的竣工，据说它实现了几代人的梦想。M女士怔怔地坐在那，嘴微微张开，一句话也说不出来。

“人真是奇怪的生物，年轻的时候，拼命要离开的是家乡，现在，拼命想念的也是家乡……你不知道头几年有多难熬！每到逢年过节，看别人都拖家带口回老家了，我就很恼火。我问自己，我如何才能回到家乡呢？”女教授身子后仰，把一只胳膊支在长椅的扶手上，夹着香烟的尾指轻轻划过有着两道很深皱纹的前额，她扭过头来看着M女士道：“这种感觉，怎么说呢？比如，你走在一条路上，无论你走多远，你都会不时地回头看一看的，你不一定再走回去，但你肯定会不时地回头看的，谁都是这样。但是有天呢，你走着走着，一回头，却发现背后什么也没有了。这多惊悚啊！看不见来路，是要比看不见前路更可怕的。对我来说，故乡，就是我的这来路。”女教授说着话，神情黯然地把一节长长的灰白的烟灰弹到潮湿的草地上。

M女士也变得有些伤感起来。她和教授并肩坐在这已是异国他乡的长椅上，一时间都没有说话。她们沉默地看草坪上的金发少女逗玩那只长相凶猛的牛头犬。少女快乐地从如茵的草地上跳起来，灵巧地向前跑了几步，把一根形状像骨头的玩具向树林深处抛去，那只牛头犬“嗖”一下，箭一样射了出去。

白日梦

入春以来，这个城市就时不时大雾弥漫。许多个清晨，还有傍晚，潮湿的白雾从海上升起，不动声色地迅疾地淹没了高楼大厦和苍翠的山岭。钱教授总是抱怨有雾的天气，因为大雾会让他短视，并且有迷失方向的危险。以往有课的雾天，吃完简单的早餐，钱教授眉头紧锁地来到窗边，手指有节奏地叩击着窗台，看着外面白茫茫的世界他会求助于孟香：“送我一下？”要去上课的新校区和他们所在的老校区之间差不多有三十公里的路程，孟香曾经是乐于满足他的要求的，大雾于她并无妨碍。靠白线和黄线建立约束与秩序的马路被雾遮盖了，可是，对面缓缓移动的开着雾灯的车辆，隔一段路就会有的闪烁的红绿灯已足够指引她。只有一次，把车开到高尔夫球场边的公路上时，一团团贴着路面奔跑的白雾让她头晕目眩，她打开雾灯和应急灯，在路边停留了很久，直到阳光把雾驱散，直到世界再次袒露出它的本来面目。

上帝知道孟香有多么喜爱浓雾天！白雾像帷幕合上，世界不知所终，她与它失之交臂的一刻，就是不可多得的自由一刻，想象插上了翅膀，青山，绿水，红花，飞鸟……世界无比丰富美好。孟香闲来细细想过，她这一生，遇到过叫什么冰、什么水、或是什么雨、雪、风、霜、露的人，却从未遇到过叫什么雾的人。这也是一个界限，她不明缘由地以为。

这天依然是个雾天，孟香准确地把车开到教学楼，上完四节课，已是云收雾散。孟香下了课，踩着湿漉漉的路面往图书馆走。教学楼和图书馆之间这条叫“行远”的路，并不长，但却是曲径通幽的一条路，路两旁的风景不错，小桥流水，杨柳依依，花香阵阵，鸟鸣啼啼。

孟香打算去图书馆查点资料。课间休息的时候，有个叫孙俊文的男生过来问什么是仰景罪。孟香让孙俊文介绍了它的出处，然后把“仰景罪”三字写在黑板上，作为这一堂课的课后作业布置给学生。她很坦率地告诉学生，她也是头一次听到这么个罪名，她又列举了几个未入律典，却在史书或历代文学作品中多次出现的罪名让学生回去一同查查，作为下次课讨论的内容。孟香嘱咐学生说：“可以先查查‘腹诽’、‘莫须有’之类的典故……或许会有助于你们理解。”孟香的这堂课是堂通识课，讲的是“中国古代文学作品中的法律”。来听课的学生各个专业的都有，当然孟香也知道有不少学生是来混学分的，教室后面几排常常坐着几对小情侣，往往是老师在讲台上辛辛苦苦、挥汗如雨，学生在讲台下卿卿我我、风花雪月。孟香发现，学经济学的学生与正在写《牙鲆与石蝶人工杂交研究》论文的学生会问同样的问题：

“宫刑是三件都割呢，还是只去其一？”

“凌迟最多要割多少刀？”

“……”

这样的问题常常令孟香的课堂爆发大笑。不过，孟香总是在学生的爆笑声中一本正经地解答，她的沉稳与认真的解答会让笑声像尘埃一样迅速落定。当然，孟香偶尔也会坐在临窗的一张空课桌上，天马行空地与学生讨论“刑与忠厚”、“宽容与界限”之类的问题，讲着讲着，她会在内心不由自主地仰望历史尘雾中那些伟岸而孤绝的背影，他们是智者，是正义的法官，是月下的行吟诗人，是悲天悯人的道德家……孟香不解一代代后人为何会错失他们，她不知该如何把这仰望传递给年轻的学生，因而也常常感到说不出的沮丧。

孟香走到半路上，听到身后传来“咚咚咚”的脚步声。回头一看，是孙俊文。

“孟老师！”孙俊文拎着书包，一路小跑过来。

孙俊文说：“孟老师，我们剧社正在排一个新剧，周六下午排练，想请孟老师指导指导。”学海洋生物学的孙俊文是学校海鸥剧社的成员，瘦高个，笑起来会露出一颗尖尖的小虎牙，偶尔会让孟香想起小时候家乡巷口杂货店家的儿子，那个也有颗小虎牙、爱穿肥肥的白色文化衫、突兀地吐血而亡的少年。

孟香道：“你留个电话给我，有时间的话我会去的，但恐怕提不出什么好的建议，戏剧这方面我可是个门外汉。”她问孙俊文：“你们这个新剧叫什么？”

“红楼讼。”孙俊文答。

孟香在图书馆泡到天黑，才抱着几本书回家。她把车在楼下停好后，抬头往楼上自家的窗口看了看，窗口一片漆黑。看样子钱教授也没有回来。他大约是出差了吧，孟香想。几天前钱教授就说要去给杭州某家公司的高管做个培训的，孟香不由舒了口气。不知道为什么，自从上次他们一起去商场，在电梯上碰到大腹便便的滕秋以后，她越来越惧怕他们单独相处的时候，她总是觉得有些，羞于面对。她倒是谈不上有恨。一个人在这个世界上，一分一秒地活过四十多年之后，还能恨得起来什么呢？遇到滕秋后的第二天傍晚，她刚进小区，看到老钱的车停在楼下，她想也没想直接又把车开了出去。她在海边的一张长椅上坐到夜深。这是孟香不曾料想过的，在她和老钱结婚二十年之后，他们间会是这样一种境况。

孟香在楼下没有看到钱教授的车，她抱着书往楼上走去。二楼左侧的房间里传来男人带着痰音的咳嗽声、女人呵斥孩子的声音和电视里晚间新闻主持人那字正腔圆且有些高亢的声音。这一家的男主人是国内著名的海洋化学科学家，这些烟火气十足的声响泄露了科学家的生活也不过还是凡人的生活。原先住在这个房间里的是一对异常可亲的老人，一天中的大部分时候他们的房子里总是静悄悄的，偶尔才会有泉水一样叮咚的钢琴声从他们紧闭的门里流淌出来。三年前，这对老人先后离世。再美好的人生也有走到尽头的一天。黑暗中孟香在二楼停留了一会，驻足的一瞬间孟香开始怀念那对老人，尽管在他们生前，她与他们并无多少交集。

孟香进了家门，打开灯，不禁吓了一跳。只见钱教授衣冠整洁地端坐在沙发上。

“——你吃饭了吗？”孟香站在门边，有些不知所措地问。

“我在等你……”钱教授起身说：“洗洗手吃饭吧，我做的，你吃吃看怎么样？”

孟香到卫生间洗手，她“哗哗哗”地往脸上浇凉水，然后抬头长久地看着镜子中的自己，深陷的两颊，瘦削的肩胛，比起半年前，她真是瘦了不少。有多久没有细心收拾这个家了？镜子上满是水渍，灰暗、不洁，就像她的生活一样，光鲜不再。孟香把手撑在洗脸台两侧，有些懊恼地看着镜中的自己……她应该能想到的，老钱从来就不是个绕着问题走的人，大部分时候，他甚至不会把问题留到明天。孟香不由叹了口气。

钱教授做了香椿拌豆腐，西红柿鸡蛋汤，肉末炒芹菜。他把胳膊支在餐桌上，一只手握着他那宽大的下巴，他看着孟香笑着说："本来打算开瓶红酒的，想了想还是问问你再说。"钱教授把手放下去，正襟危坐，郑重其事地问道："小香，能和我喝一杯吗？"

孟香把一只手撑到前额，摇摇头说："还是不喝了吧，上了一下午课，有些累了。"说完这句话她不免有些羞愧，觉得自己是多么刻意啊，就好像告诉老钱她在生气，这个坎她迈不过去，不是吗？

果然钱教授看着她，过了很久恻然一笑。钱教授的语气低沉下来，说："瞧，我被小香拒绝了。"

孟香闻言也笑了，她起身来去酒柜里拿了瓶92年的卡斯特干红。这是他们曾经爱喝、也还喝得起的酒。

孟香早早起床去食堂买早餐，校园里的清晨空气清新纯净，有朗朗书声。孟香在林中小道上走来走去，好让身上那隔夜的气息散尽。

孟香买完早餐，回到家里对钱教授说："——你猜猜学校食堂都用什么油？"钱教授把手里正在收拾的东西放下，挤出一个笑容道："难道是地沟油？"孟香也笑，说："大清早的，在食堂后门口卸货呢，是产自巴西的转基因大豆油。"

淡淡几句，翻书一样把前一晚的尴尬翻了过去。

钱教授接过孟香手里的银丝卷和豆浆，走到餐桌前一一分到细白的瓷碗和盘子里。要搁在平常，钱教授知道孟香又要有得忙了，她势必要学会做银丝卷的。不过现在难说了。好像是从生了儿子大道开始，孟香在吃的问题上就变得格外谨慎，宁缺毋滥。

鱼是非海捕鱼不吃，鸡蛋是非土鸡蛋不买，每一次吃鸡都要专程跑一趟郊区，买山里人家放养的鸡回来煲汤，屋顶的露台被她弄成了个菜园，一排排的泡沫箱里种着茄子辣椒西红柿等各种蔬菜。孟香本科硕士都学法律，做过几年律师，曾也是风风火火、阅尽人间种种，有了大道后，孟香就以人才家属的身份调到钱教授所在学校的基础部做了一名老师，自此洗手做羹汤，兢兢业业上课，兢兢业业为钱教授和钱大道服务。她时常查阅关于食品安全的学术文章，对转基因食品一直心怀戒备。曾经，他们一家三口，至少在家里是这样，吃到嘴里的每一口东西都是经过精心挑选的，因而他们都有着健康的肤色和漂亮的体型。夫妇俩，看上去都要比同龄人年轻，儿子大道，十九岁，在首都上大学，身高一米八八，体重八十一公斤。孟香可没有白费心。

钱教授衣着整齐地在餐桌前坐下来，面无表情地吃着早餐，铁灰色的鬓发梳得一丝不苟的，看上去一如往日的斯文持重，似乎是想把昨晚在孟香面前丢失的矜持一点点重拾回来。孟香坐在钱教授对面，小口小口地咬着银丝卷。两个人再无话说，一对沉默寡言人。早晨的阳光和空气都清新无比，孟香吃着早餐，不时看一眼窗外，餐厅窗户刚刚换了新的窗纱，若有若无的一层白，衬得窗外蔚蓝的天空特别干净高远。孟香知道只要走到窗前，就可以看到楼后那棵高大的双樱，现在正当花季，一树绯红的樱花开得热闹盛大，但是呢，能有几天好？人从树下过，花无风也落。

钱教授吃完早餐拎着拉杆箱出了门，过了一会，孟香听到楼下汽车开动的声响，眼泪“哗”地淌了下来。从时间上判断，钱教授大约是一下楼就马上开车走人了。

“他还是生气了！”孟香想。

“……对我再好一点，就多那么一点点，行么？”昨晚他们喝了点酒，钱教授凭着酒劲将她拉到怀里，用下巴摩挲着她的头发喃喃哀求她。仿佛只要她对他再多一点好，他们的生活就可以回到从前。可是发生了这样的事，她又如何能再多出来一点对他的好呢？做错事的是他，完了他想要更多一点的好……她倒是愿意给他那点好的，如果她有！孟香只要想到他们在商场电梯上看到大腹便便的滕秋时的情景，她的身体，她的心，就像在冬天浇透了凉水，一下子变得又冷又硬。

“你别瞎想……”他们离开商场回家的路上老钱说。当时孟香只是沉默地望着窗外。老公分手半年的情人，挺着大肚子狭路相逢……女人高耸的腹部、挑衅的眼神，她怎么能不瞎想呢？提出分居似乎是她唯一能做的了。

听着汽车远去的声音，孟香盘腿坐在沙发上，用面巾纸擦拭着汹涌的泪。

“……你要知道，我们每个人，只有在出生的时候，是最纯粹最无辜的，其他任何时候，都戴着枷锁，这样，或者那样的枷锁。”老钱曾这样为自己辩解。

老钱的学者语气在解释情感问题的时候显得出人意料的柔软，别有一种无奈而落寞的伤感味道。孟香满怀戒备才没有让自己再次陷落。现在回想起来孟香竟有些气愤。原来只是因为枷锁而已！

一个人的家静悄悄的，纵使摧心裂肺山崩地裂也显不出什么动静。生活真是宏大无边，孟香觉得自己曾经的努力像是一只只奋力打出的拳头，每一拳都打在了虚空里。她擦干泪，怔怔地发起呆来。沙发对面的墙上映现出窗帘飘动的阴影，窗边一株滴水观音长得枝肥叶茂，电视柜上摆着一家三口的照片，全是在那些阳光灿烂的日子里照的，照片里钱教授揽着她，大道亲密地偎在他们身边，三个人都露着细白的牙齿，十分开心的样子。

孟香打量着有些空荡的房子，想着窗帘旧了也该换了，电视机最好换成液晶的，因为怕影响老钱看书，音响是好久好久都没有用过了……他们搬到这栋楼里来时，大道才七岁，楼下那位会弹钢琴的老奶奶还活着，眨眼十二年过去了。记得搬家的那天，也是这样和风习习的天气，老人在藏青色旗袍裙外面裹了件开司米披肩，在老伴的陪伴下，郑重登门送了一大把粉色百合给她。老人说："我爱弹个琴，或许会吵着你。"哪里吵着了她？后来许多个悠长的夏日的午后，她做完家务，躺在窗下的长椅上，摇着一把素色绢扇倾听楼下隐约的琴声，那细细碎碎的独奏，似一场寂寞的倾诉，每一键似乎都敲在她内心最为隐秘的地方。她就这样在那些阳光炙热的夏日的午后，在那细雨润物般的琴声里，做了数不清的清凉好梦。

"……别闹了，夫妻还是结发的好！"孟香不由想起了母亲的话。半年前，老钱事发，她休了几天假回老家探亲，原本好好的，母亲问起老钱，她一下哭得像要化开了一样。白发苍苍的母亲把她揽到怀里淡淡地这样说。瞧，不是老钱，倒是她，"闹"了。

孟香打电话给闺蜜肖兰，说："好了，在这个城市，我除了大道，只有你了。"

肖兰是一家律师事务所的合伙人，尽管很忙，还是抽出时间来看孟香，不一会她就把车开到了孟香家楼下。肖兰看着孟香红红的眼睛说："喂，孟香，孟香女士，选择原谅又会怎么样呢？"

孟香擦干眼角的泪，说："我哭可不是因为他，我是为我自己……你知道吗，刚刚我们还一起吃了个早餐，我还让他猜学校食堂都用什么油来着。"

肖兰笑起来，说："天啊宝贝，你猜猜学校食堂用的什么油——真有你的，哈哈，什么油？地沟油？"

孟香也笑了，说："当然不是啊。"她叹了一口气，目光忧伤地看着肖兰，似有万般话说，却又无从说起，憋了好一会，孟香道："——是转基因油！"话一落音，两人同时爆发出一阵大笑。

从上大学的时候开始，这么多年都是这样，每次遇到什么过不去的坎，跟肖兰在一起说一会儿话就好。肖兰的男友是个画家，居住在城郊一个叫达尼的小山村，两个人这样不婚的状态持续的时间几乎与孟香和钱教授的婚姻一样长。画家不喜欢城市，是个自然主义者，决绝地抗拒现代生活。闲下来，肖兰会脱下职业套装，素面朝天地跑到达尼村住几天。以前钱教授还吃过肖兰的醋，常常说什么"肖兰才是你最亲密的人"。这可不是像句咒语？现在肖兰真成了她身边最亲密的人。两个人脱了鞋各自在沙发上躺下。肖兰长叹了一口气道："唉，你休了老钱，再找一个，保不定是什么样的呢，你看看现在，哪有几个像样的男人，他们不是在骗人，就是在被人骗，他们不是在行贿，就是在受贿，不是在政府门前下跪，就是闯到幼儿园砍人，到哪里去找像样的男人啊！"

孟香不由笑了，说："你呀，一棍子打死太多人了，连被人骗也成了不堪了。像样的男人都隐在达尼村，行了吧。"

肖兰也笑，起身把双手勾在背后，各个屋子转一圈。说："被人骗的男人至少是不够聪明的啊——嗨，你们俩不像是闹分居，倒像是年轻夫妻怡情的小吵，瞧这一屋子书，老钱一本本回来拿，够拿一辈子了。"

孟香说："说好了，过两天他那边买好书柜，我会把他的书打包找搬家公司给他搬过去。"

肖兰从书房的地上拾起一叠文稿回到客厅，念道："国家某部重点课题中期报告书，报告人钱中岷……"肖兰抬头对孟香说："什么事一戴上国家这顶神圣的帽子，不由得你不肃然起敬。"

她低下头去继续念："这是一个很好的课题，既可以在国内深化地谈生态文明下的中国发展，又可以在国外有回应地谈生态经济下的中国发展，要细化地谈中国发展需要控制的规模、公平、效率问题，有新意地谈如何在生态规模控制下提高中国人的福利，并且分别用来分析能源、土地、水资源以及垃圾、碳排放等问题……"肖兰停下来，一声不吭把稿子放在茶几上。肖兰看着孟香说："小香，我来就是想跟你重提一句古话，浪子回头金不换，况且，老钱还不是浪子，他顶多算是一失足青年。你为什么都不搞清楚到底是不是老钱的孩子，就冒昧地提出分居呢？到我们这个年纪……"

"到我们这个年纪，赌气使小性子会让我们丧失仅存的一点美感，庄重的美感，对吧？呵呵，不要说我现在是四十多岁的不惑年，就是再往前，可以说，我十六岁以后，那些决定，都是在很冷静的情况下做出的。"孟香说完这句话，不由愣了一下。她皱着眉，看着天花板上的水晶吊灯发起呆来。

十六岁，她的十六岁，原来从来就不曾过去，它和她就这样不期而遇。

十六岁的孟香和母亲住在父亲家里传下来的一栋老房子里，房子位于天心阁后面的小巷里，长长的石阶上去，两扇黑漆漆的厚重的木门。站在门槛上踮脚一望，可以看见一大片低矮的青灰色的屋顶，湘江像根白练，在那片青瓦里滑行。推开厚重的木门，是一个小小的院落，种着紫藤，紫藤架下有口老井，围着凉凉的石栏杆。十六岁那年的夏天，先是杂货店老板的小儿子文伢子，后来是她的父亲，这世上最好看的两个男人，过世了。

小时候，她和文伢子常常手拉手去街上的小吃店里买甜酒、白粒丸和麻油猪血，用牙膏皮换水果糖，拿炊壶去白沙井打水，交换弹珠和小人书。学校放了暑假，许多个炎热的下午，他们就坐在阴凉的巷子口，坐在最后一级石阶上，看形形色色的人们在巷口外喧闹的世里来来往往，那种喧闹总是令他们困解。他们安静地吃着绿豆冰，用清澈的眸子打量外面的世界，无邪得像两枚新生的洁净的果实，与巷子外的世界格格不入……后来上了初中，两个人倒生分了，一前一后走在上学的路上，几乎不怎么说话。每天早晨，文伢子背着书包，两只手叠放在背后，靠墙站在巷口等她一起去学校。夏日的清晨，度过一个溽热的夜晚后，小巷里的石阶是惬意的清凉，她穿着一件碎花的棉布裙子，背着书包，轻快地一级一级地下到巷口去，文伢子穿着件松垮的白色文化衫，靠着堵发黑的青砖墙站着，人显得格外白而干净，他把两只手放到背后，瘦瘦的脊背不停地轻轻地往墙上撞一撞。看到她，他露出一颗小虎牙，羞涩地笑一笑。而她呢，也害羞起来，站在那，等他走了三五步才肯走。巷口的青砖墙生着青苔，青苔似乎生着不为人知的小小的手，小小的脚，它们就用那些人们看不见的小小的手和脚，踩着潮湿而缓慢的光阴，耐心地从墙脚一点点往上攀附。小学的时候文伢子有十块青砖那么高，后背上不免要粘一点青苔藓，上了初中，突然他长到了十七块青砖那么高，苔藓就时常粘在他的裤腿上。

那个早上，她照例像个温顺的小媳妇跟在他后面，看着他裤腿上苔藓嫩绿的痕迹，她突然想叫住他给他拍一拍。她心跳得很快，街上人越来越多，电车远远地哐啷哐啷开过来，一个骑单车上学的高年级男孩路过他们身边，猎犬一样嗅出他们间羞于言表的暧昧的气味，嘲讽地打了个长长的唿哨擦身冲过。她赌气一样地紧赶几步，“喂！”她叫他。他没有听到，继续慢慢往前走，突然她看见他就像被人推了一掌似的，晃了晃，踉跄着伸手撑在一棵樟树上。他把脸埋在胳膊上，露出一双黑亮的眼睛看着惊愕的她，“快走开！”他说。

她不知所措地看着他，越来越多的血顺着他的胳膊往外淌，终于一滴滴地坠落到地上。他整个人靠着树干，一点点地矮下去。“走开啊！”他捂着脸朝她喊道，满眼都是悲伤。

她掉转头往杂货店跑去。

后来她从人们的闲谈里得知，他是一出生就有的病，有那么一节血管，“脆得像个水泡。”他的母亲后来对人说。还有一次，她路过杂货店，看见他的母亲坐在竹椅上擤鼻涕，他母亲把鼻涕抹到鞋底上后，对人说：“……哄了我十多年……倒是呢，比医生说的多活了五年！”末了那一句，他母亲的脸上分明有一丝得意。她感到一阵刺心的痛，赶紧离开了杂货店。记得那一天看什么都不行，什么都是针，扎得她受不了。路过天心阁，她一眼掠过阁上那副据说是由两个革命家对的对联，“橘子洲，洲旁舟，舟行洲不行；天心阁，阁中鸽，鸽飞阁不飞”。不知为什么，这一天她看这副对联，竟觉得字字讲的是生离死别，她忍不住泪如雨下。

一个多月后，放了暑假。

有一天，母亲让她换了身干净衣服带她出门，在去殡仪馆的路上，她才知道她的父亲，原来早已不是墙上镜框里穿着军装、英气勃发的青年，而是离家不过五站路的精神病院里那个目光呆痴、终日念叨“对不起组织”的骨瘦如柴的男人。她最终看到的父亲，安静地躺在殡仪馆的一张小床上，隐在白被单下的身子薄得像张纸一样。孟香和母亲办完父亲的丧事回家，一路上谁都没有说话，母亲似乎也没有觉得欠着孟香一个解释。天气异常炎热，太阳炙烤下母女俩都流了不少的汗，街上人来人往，异常吵闹。可是她们，左臂上缠着黑纱的她们，却是一对各怀心事、沉默无言的母女。孟香自此足不出户，日日趴在凉凉的石栏杆上，汲水，浇井台下那丛开着黄色小花的茂盛的八仙草，偶尔她会透过重重蝉鸣，听到小巷里小贩遥遥的一声叫卖：“甜酒，小钵子甜酒……”不知为何，这蝉鸣声，这叫卖声，却让十六岁的孟香生出了一日比一日多的绝望，日子似乎被水湿透，变得缓慢沉重，让她不堪重负。终于，有一天，母亲刚挽着菜篮子出门，她就撩起裙子，抠起一块镶在井台边的青花瓷片，在自己的大腿内侧使劲挖了下去。血流到脚脖子的那一刻，母亲推门进来，发现了端坐在井台上的孟香的异样，菜篮子哐地落下来，在地上跳了两跳。母亲跑到她身边，撩起她的裙子看了一眼，母亲说：“你爸爸，并不是天生就是那样的……”母亲急急地跑进屋子去拿云南白药。孟香像从一场梦里醒来，出了一头的汗，母亲的镇静让她羞愧难当，她顺手揪了一把八仙草的黄色小花捂在伤口上，血竟然就这样止住了。暑假结束后，孟香就执拗地搬到学校的集体宿舍里去。她突然变得开朗，交了不少的朋友，成绩也出奇地好了起来。偶尔她在周末回家的时候，会看到母亲和某个来串门的阿姨坐在紫藤架下聊天，听到阿姨夸孟香，母亲会说：“我倒宁愿她少读点书，不要像老孟……”又过了很多年，孟香才渐渐知道，原来父亲，是工程兵部队的工程师，他负责设计的一个隧道出了塌方的事故，严重影响了向国庆献礼的工程进度。还没等查清楚塌方是否与他的设计有关，沉重的压力就使他的精神出现了异常。

办完父亲的丧事，孟香发现母亲的房间里多出来一口樟木箱子，是父亲留下来的，她猜想到，却从未想到要打开它。有一次她到母亲的房间找针线缝扣子，无意中顺手打开了那口箱子，浓厚的樟木的香气使她头晕，她看到箱子最上面放着一套《马克思选集》，她随手翻开一本，看到一句话：“羞耻也是一种革命”，她赶紧把书合上走开。

孟香和肖兰做了那么多年的朋友，这些事，却从来没有对她说起过——也无从说起。“以前，有个一起上学的朋友……有天吐了很多的血……死了。”或者，“我的父亲，去世的那一年……”孟香不能想象用这样的语言诉说往事。隔着那么久的时光，怎么说，都是轻飘飘的，语言使往事失重，她如何能忍受这样的轻飘呢？从她打定主意要好好活着的那一刻起，她就把自己变成了一枚决意要锲入的钉子。现在才知道，多年来，她只是在这个曾令她困解的世界里安安静静地生着生命的锈。这斑斑锈迹，就是她无法向任何人展示的一部分自己，即便是肖兰，也不能。

孟香坐起来看着肖兰，她们刚进大学时，凑巧分到同一间宿舍，上下铺，肖兰跟她打招呼，说：“哈，我复读了四次，才来到这里……”那时的肖兰又黑又瘦，留着男孩子的板寸。现在肖兰一头长发软软地拖在沙发扶手上。这个手臂上有年轻时烟头烫伤疤痕的女子，这个永远像橙子一样光鲜的女子，在她已走过的四十多年的人生中，有没有那么个时刻，她实际上，已在某个不为人知的时刻，不为人知地……死过一回？就像街上那些目光沉静、眼角堆满鱼尾纹的中年女子，表面上看上去淡然得很，有谁知道，她们中多少人曾九死一生、挣扎着过来？她们拎着装满日用品的购物袋，在熙熙攘攘的人流中孑然独行，略显臃肿的身材流露出的无奈与落寞比裙角扫起的灰尘还要多……孟香不由伸过手去，有些酸楚地抚抚肖兰的一头长发。

肖兰把双手垫到脑后，对孟香说：“我们所刚接手的一个案子，我说来给你听听？”

“……好吧。”

“开发区那边的一个女子，丈夫有了外遇，而且偷偷转移了家里的财产……”

孟香听到这，笑着打断肖兰道：“一点新意也没有！咦，你不会是说老钱吧，他有多少财产？你是不是知道什么，直说呀，趁我们还没有办手续。”实际上孟香还真不知道老钱有多少财产，她只知道他收入来源颇多，整天忙得不亦乐乎。

肖兰也笑了，说：“小香啊小香，我就说过被丈夫欺骗过的女人，尤其是你这样百分百信赖丈夫的女人，过后最需要的就是重建对自己和对男人的信心，减少对这世界的戒备。你看你警觉得像只猎犬——这个女人呢，和她的丈夫育有两个孩子。他们有一家小超市，主要是男人在打理，女人在家带孩子做家务，照顾年迈的公公婆婆。男人一直对女人说没有赚到什么钱，女人就省吃俭用地持家，不敢乱花一分。比如，她用卫生巾，每天只用两片，早起一片，睡前再换一片，凝固的经血常常磨破她的大腿根，女人从不抱怨。可是突然有那么一天，这女人发现丈夫在外面养着个年轻女人，还给她租了房买了车……”

孟香叹道：“真是可怜啊！”

肖兰继续说：“这女人好几天都没有说话，男人紧张了两天后，也就不当一回事了。男人想，女人还能怎么样呢？那么个老实女人。又过了几天，女人在大衣里藏了根铁棍，到超市里去了。”

“她把那男人打死了？”孟香紧张地问。

“那倒没有。呵呵，她打断了男人的两条腿！医生说，以后这男人就瘸了。我很好奇，想看看这个会打断男人两条腿的女人是什么样子的，所以我就自己接了这个案子。律师会见日，到看守所看见她的时候，她正安安静静地坐在桌子后，扭头看窗外的飞雪。见到我，女人冲我笑笑，搓着手说真不好意思，大冷天的，让你跑这一趟。她笑起来很温柔，看上去是个非常温顺的女人。”

“后来呢？”

“后来女人被判了六个月有期徒刑。最初男人坐在轮椅上，对她说，只要她表示今后会照顾他，他就撤诉，可是女人连看也没有看他一眼。这是我这辈子打得最痛快的一场官司，庭审的时候意见基本上是一边倒，连对方的委托人也毫不掩饰在感情上对女人的偏向。”

“是么？”

“你怎么不问问我，他们离婚了吗？”

“——他们离婚了吗？”

“没有，至少是到现在没有。现在男人摇着轮椅送最小的孩子上学，摇着轮椅为孩子们洗衣烧饭，女人也盼着尽快将刑期服完回家。所以我想，婚姻应该有着某种超出我们感知能力的力量，它远比我们想象的要坚固。我甚至想，这也许就是在我们这个社会，为什么婚姻关系有时候会比同居关系多出那么一份庄严感的原因。”

听肖兰说到“庄严”，孟香问道：“那么，你想到要结婚了吗？”

肖兰嘻嘻一笑，说：“哦，结婚，我么……”肖兰叹了一口气。她说：“你还记得大学时，读苏轼的《刑赏忠厚之至论》吗？”

孟香怎么会不记得呢？那时国家的刑法里还有类推制度，而她们刚踏进大学校门，对法律抱着一种神圣的感情与热爱。当读到“罚疑从去、罪疑惟轻”这样的句子时，宿舍里一帮以前只读过苏轼“大江东去浪淘尽，千古风流人物”与“十年生死两茫茫，不思量，自难忘”等诗句的女孩，不由得惊叫起来，有多少人恨不得穿越时空，回到一千多年前的宋朝，好去与苏子一遇。肖兰更是在床头贴上苏轼的水墨画像，日呼一遍“吾爱东坡先生”。

少年哀乐过于人！谁不是这样过来的呢？

孟香沉默了一会，欠身从桌上的小包里掏出一叠文件递给肖兰，说：“过两天，我打算出趟门，如果老钱那边说要办手续，就麻烦你，字我都签好了。”她顺手拍拍肖兰的手背，说：“你放心……”

肖兰说：“我先收着吧，尽管我一向不喜欢老钱，老钱也不喜欢我，我还是希望你们不要走到这一步。小香你要知道，你决定要做的事情我会支持你，但是我希望你考虑清楚，做出你真实的意思表示。”

孟香再次说：“你放心！”

孟香决定去一趟郊县的张河村。如果可能，她打算在张河村待上一段时间，为此她早早调好了课。张河村是钱教授的老家，距这个城市三个半小时的路程。临出门时，她接到了钱教授的电话。老钱在电话里叫她“小香”，十分苦恼地诉说在外的失眠。孟香不知说什么好，沉默很久，把电话关了。

孟香把车开上出城区的高速公路时，眼前浮现出那个女孩冷若冰霜的面容：“你不过是爱了他你想爱的那部分……”

这个叫滕秋的年轻女孩，孟香最初见到她的时候，她还是个新入学的研究生，扎着一把蓬松的马尾。老钱给小香介绍他的新弟子，到滕秋的时候，老钱特别开心地说明：“小滕是我的小老乡，她家和我老家就隔着一条小张河呢。”孟香只是记得，这个叫滕秋的女孩，有着一般乡下女孩的拘谨，并不出众。每个学期开学返校，她混在一帮闹喳喳的男孩女孩中，不怎么说话，但一双细长的眼睛，却是很能体察人情的。有一回老钱和学生们说着话，稍停了一下，孟香过来想给老钱倒杯水时，发现滕秋已将茶杯续满水递到了老钱手中。这是后来孟香能想起来的唯一的对滕秋的比较清晰的记忆。

“你了解他吗？你关心过他的家人吗？”半年前，伤心欲绝的滕秋站在孟香面前质问她。

他们什么时候开始，又为什么要分开，这对孟香来说，都是谜。初冬的天气，不是很冷，但城市里的人们已开始享受奢侈的供暖。孟香穿着薄棉袜的脚踩在地板上，手足无措地看着滕秋坐在沙发上边说边哭。孟香开始是涨红了脸，有些汗流浃背的，一会儿之后，她感到了一阵阵的寒气，从脚底蛇一样爬上来。她整个人都被这件事情弄傻掉了，脑子木呆呆地无法转动，以致后来她都不记得滕秋是怎么进来，又怎么出去的。

“这不公平，你只爱了十分之一的他，他却把十分之九的爱给了你。”

滕秋为什么那么肯定她和老钱彼此间的爱是十分之一、十分之九？那剩下的部分呢？他们都给了谁？这个问题孟香一直没有想明白，不惑之年的孟香，闲下来想这个问题想得发慌，不知不觉地把手指塞进嘴里，不声不响地咬起指甲来。孟香很小的时候，她常常要在脖子上挂着钥匙，坐在门槛上等母亲下班回来，她咬着自己的手指甲，看着渐渐暗下来的天空，焦灼不安地度过母亲回家前的那段时光。所以有了大道后，孟香毫不犹豫地换了工作，她想让老钱和大道一回家，就能看到自己。被滕秋的追问困扰的孟香，竟然重新成为了一个坐在门槛上等待母亲归来的焦灼的孩子。

滕秋的意思，似乎老钱的十分之九都在张河村。她孟香不懂张河村的老钱，所以纵使是爱，也不过是爱了老钱的一点皮毛。以前的孟香虽说不是冰雪聪明的那种，至少也是机灵的，做律师的时候，和肖兰也有得一拼，伶牙俐齿的。可这件事让她变得迟钝起来，人像老去了十岁。起初她倒是没有怎么哭，反而是钱教授，流了好几回悔恨而歉疚的泪。

很快日子又照样过下来。只是，孟香做菜，不是忘了放盐，就是咸得像打翻了盐罐。和大道视频的时候，大道吃惊地问她是不是病了。过后她照照镜子，发现自己真是瘦了一圈。而钱教授呢，每逢要出差，必会打足预防针，提前几天一点点告诉她，去哪里，干什么，和谁去，总之是小心翼翼的。这小心翼翼，让他们的日子变得别扭起来。

肖兰曾这样安慰孟香："……忘了那件事吧，男人这种动物，天生没有贞洁可讲！"

高速公路两边的绿化做得很好，草木葱茏的样子。远远近近的小山上点缀着一小片一小片的绯红，不是映山红，就是山桃花。孟香记起来曾经跟老钱走过这条路，那时还是窄窄的一条柏油路，时常有人啊猪啊狗啊横穿马路。有一回，她怀了大道不久，老钱的堂婶病危，他们赶回去送堂婶。老钱的父母在他上高中的时候就相继过世了，全靠着住在同一个村子里的堂叔照顾他。汽车开到一个叫太合的村子附近，一只大黄狗冲上马路，司机一脚急刹车，孟香就见红了。他们赶紧下车，拦了辆回城的的士直接去了医院。后来老钱时常把幼小的大道举过头顶摇晃他，说："你这臭小子啊，还没出生就学会了捣蛋！"还有一回，春节，堂叔的儿子结婚，他们带着大道回去，说好要去给大道的爷爷奶奶上坟的，结果在堂叔家的炕上睡了一晚，她自己就发起烧来。第二天，她趴在炕上，哈着热气用手指抹开窗玻璃上的冰花，看见老钱和大道包裹得像两只一大一小的熊，在堂叔和几个晚辈的陪同下，踩着厚厚的积雪去屋后的山坡上上坟，她盯着父子俩的背影久久看着，他们走路的样子是那么像，看着看着，她不由笑了。别的她真是没有太在意。有一点，是这件事过后她自己慢慢发现的，就是，老钱老家的人，不知为何，从未来过他们家，这么多年，一次也没有。孟香意识到自己可能是有些冷漠的。有次她去探望母亲，看见母亲日渐老衰的样子，说："要不，还是搬去跟我住吧。"母亲淡淡一笑，答："等我再老一老吧……"母亲真是这个世界上最了解她的人。母亲从不抱怨，她的每一天都如那个带着孟香去殡仪馆送别父亲的下午，总是一脸的顺从与平和。曾经，孟香对母亲的平和充满怨恨。现在想来，也许，母亲只是比她更早地接受生活的告诫：所有的挣扎都是徒劳。母亲用忍耐为自己留住了别人不能给予她的一点体面。明白了这一点，孟香不禁泪湿眼眶。

张河村的河对岸是一个集镇，孟香停车去买东西。家里买了汽车后，每次老钱回老家，他都要在小镇一家叫吉美的卤肉店买卤猪脚回去给堂叔。老钱自己似乎也是特别爱吃这种又咸又腻的冷猪脚，曾经还带了一包回去跟她分享。她当然是没有吃。自堂叔在乡计生站找了份看门的工作后，老钱回去看过一次，就再也没有回去过。

“我们在这边喝酒，那边就关着几个家里有人超生的老乡，其中还有同庚叔，堂叔的腰带上别着钥匙，他端了杯酒走过去，和他的同庚各安其命地隔着铁门上的栅栏喝了一杯。唉，这番景象，我光是瞧瞧，就怎么也喝不下去了。”老钱回来后对孟香描述在计生站的所见所闻，她没有什么兴趣，本能地拒绝这些。后来孟香再也没有听老钱提起过老家的人和事。

小镇只有直直的一条街，孟香把车停在一棵白果树下，没走几步就看到了卤肉店黑底红字的招牌：吉美卤肉店。迎门的玻璃柜台里陈列着一盘盘的卤货，有里脊、凤爪、牛肉、鸭脖等，当中摆着一大盘年糕状的卤猪脚。猪脚剁成小块煮熟了，连汤冻起来，过后再切成小方块，盛在白磁盘里出售。磁盘前立着的小纸牌上写着“水晶猪脚”的字样。柜台上方一溜儿十来个小风扇不停打着转，驱赶着试图扑向卤肉的苍蝇，也把小店扇得香气四溢。卖卤肉的大娘头戴一顶白帽，非常利索地用牙签叉了一块肉冻递给孟香品尝。孟香注意到大娘背后的墙上，醒目的位置挂着幅木牌匾，上面除了斑斑点点的苍蝇屎，还用俊逸的行书写着一个与“吉美水晶猪脚”有关的故事，原来这家店主姓陈，水晶猪脚的历史可以追溯到乾隆那一朝，与陈家祖上一个叫吉美的进士有关……总之是寒苦的读书人，一朝及第，令猪脚传承。孟香的目光从牌匾上一掠而过，不用细看，她大约也知道这牌匾上无非是在说这水晶猪脚是进过宫的，或者有关孝悌，再或者是出自一段夫妻患难的典故，先是家境贫苦，相濡以沫，后学而优则仕，糟糠之妻不下堂……猪脚与美德联姻，得以代代相传。关于美食的典故，左右不过是这些。孟香无聊地胡思乱想着，把肉冻送进嘴里，说：“来五斤。”

大娘一边称猪脚打包，一边笑眯眯地问：“从城里来吧，去张河村吗？”

孟香暗暗用舌尖蹭擦着黏在上颚的未化开的肉冻，点了点头。

大娘上上下下打量了孟香一眼，道：“是孙家还是钱家？”

“钱家。”孟香答道。

“哎哟！”大娘一拍巴掌，叫着老钱的小名说道：“你是钱家喜乐他媳妇吧！有年头没见你了——怎么倒一个人回来了？”

“哦，回来，看看……”孟香连连应着。在和张河村还隔着一条河的地方，她成了喜乐媳妇！

大娘又拿出一个包装袋来，往里放了几根鸭脖鸡爪之类的东西，和包好的水晶猪脚一起放进一个大塑料袋里。大娘指指身后的牌匾乐呵呵地说：“喜乐媳妇你可能不知道吧，这故事还是喜乐从古书上找到的呢。现在方圆几十里谁不知道吉美的水晶猪脚呢？小时候的喜乐常常跟在叔叔的后面到镇上来，叔叔去市场卖菜，他就坐在我们门前的石阶上，一坐就是半天。我们卤肉店的香气可是熏陶过一个大教授的呢！”

孟香抬头看着大娘身后的牌匾，依稀认出来是老钱的笔墨。这件事她从未听老钱说起过，大约他自己，也有不足为外人道也的感觉吧。他从来没有要求她去亲近他老家的一切。那个晚上，他们喝完一瓶红酒，孟香还是忍不住要问，问那十分之一与十分之九，她实在是想知道。老钱表情十分复杂，他把一只手重又捂到宽大的下巴上，说：“我是慢慢才明白的，人不能两次踏进同一条河流，这句话，用在很多地方都很贴切。就拿故乡来说吧，故乡，可能在一个人越来越长的回忆中，渐渐就变成了一种向往，注定是不能用回去这种方式抵达的向往，就像理想啊、真啊、还有……”两鬓灰灰的老钱用孩子似的羞愧的眼神看着孟香，小心翼翼地说道：“还有爱。也许，这些，都是另一种形式的，乌有乡。所以，最重要的并不是寻找……”

孟香出了卤肉店，慢慢把车开出小镇，街道两边全是一家挨着一家的铺子，水果铺，网吧，杂货铺，饺子馆，成衣店……有的店铺甚至把货物摆到了街道边。一家卖瓷器的，青花瓷瓮从店铺前的台阶上一直漫到街道上，乍一看去，就像从店铺里吐出来的一条怪异的舌头，冰凉、黯淡，毫无生命气息。孟香小心翼翼地把车绕着开了过去。

孟香开着车到了张河边，窄窄细细的一条，河面上漂浮着暗污的垃圾。远远能看见张河村那几棵高大的白杨树和一片红红的屋顶。“你是钱家喜乐他媳妇吧！”孟香望着汽车前方张河村的方向，卖卤肉的大娘那乐呵呵的声音似乎就在耳旁。肖兰在达尼村的男友姓赵，孟香想起来有一段时间，肖兰QQ上的签名是赵肖氏。

“喜乐媳妇！喜乐家的！”

孟香自顾自念叨了两声，不禁笑了。这称呼就像两顶帽子，谁人都戴得。

从高速公路上下来，孟香把车停在路边，打开手机进来钱教授的短信，她想了想没有打开看。孟香给孙俊文打了个电话，她问孙俊文："你们下午的排练几点开始？"孙俊文听出来是孟香的声音，很高兴，说："孟老师，我一直在等您的电话，您能来真是太好了，排练下午三点开始，在游泳馆南侧的小礼堂里。"

孟香把车停到游泳馆旁的停车场，在车上小憩了一会。来来回回开了六个多小时的车，她有些累了。《红楼梦》里官司不少，也不知孙俊文他们选的是哪一出，放弃去张河村的那一刻，她陡然对孙俊文他们排的这出剧产生了兴趣。孟香进了小礼堂，发现排练刚刚开始了。她找了个位子坐下，看见舞台背景显示是在一个月夜，舞台中央摆着张小桌，一女子坐在桌前做拭泪状。一个书生打扮的青年手持一把折扇从舞台一侧徐徐迈出，缓缓道："今古情场，问谁个真心到底，魍魉人世，抽身始看清明。小生冯渊，自幼父母双亡，且无兄弟，家有几亩薄产，老奴二三……"

原来选的是"葫芦僧乱判葫芦案"。孟香认出这扮书生的青年正是孙俊文，一袭长衫下倒又露出双篮球鞋，她不禁笑了。

"……长到十八九岁上，何曾识得这情字！皆因一向所遇女子，不过庸脂俗粉，小生我青春年华，却是情窦未开，因好与同乡才俊交游，世人污我是个Gay……"这"Gay"引得剧场内的观众都笑了。

"人嘴里哪来干净之人？知我者谓我仪方，不知我者谓我轻狂！"书生面向坐在桌前的女孩做遥望状："忽一日在市集遇到她，只因遇见她啊，小生愿把前情尽昧，舍富贵，弃功名，浪静风平，去花前月下，斯守终生……"书生驻足不前，痴痴望着桌后的女孩。幕布徐徐合上。

幕布重又拉过，舞台中央站着一排身穿现代服装的男生，孙俊文重又换了身朝服，摇摇摆摆从他们面前走过。孙俊文边走边念："曾也似宝玉椟中求善价，曾也似金钗奁中待飞时……" 孟香知道这是贾雨村，只是演贾雨村的孙俊文太过年轻，不得不在唇上粘上短髭，以衬雨村的中年。孟香饶有兴趣地看他慷慨激昂：“蒙皇上隆恩，起复委用，再造之恩，当思殚心竭力图报！此一案，必秉公执断……”说到这里，他身后那一排男生齐声喝道：“这些大道理，这世上如何行得去？！如何行得去？！”孙俊文在一连声的“如何行得去”的呵斥声里灰溜溜退回去，一时他步履踉跄，帽歪鞋落，惹得观众大笑不已。这贾雨村退到舞台一侧，重又整顿衣冠，换上了一副滑稽的表情，一步一摇走到舞台中央，搔首仰天长叹：“当日志凌云，如今檐下身，就当是一场白日梦，且把书生意气抛……”这时，孙俊文身后的那一排男生有节奏地摇摆着身体，开始用低沉的嗓音唱起来：

以后刻画的梦里
我是别人
白衣飘飘，踏歌而行

最近刻画的梦里
我还是我
分不清欲望和其他事物的区别
讨厌所有尚未回返的影子
但是死在期待中也在所不惜

偶尔也会在一个人的时候哭个不停
我得变成我啊
我如何变成我啊
那如花儿般易凋的香魂
那如一缕清风吹过的一生
…… ……

孟香听出来他们唱的这首歌，是根据一首叫《席德与白日梦》的流行歌曲改编的，某些歌词与曲调的改变，很好地衬托了剧中的荒诞与无奈。可是看着看着，孟香不由收敛起笑容。不过是些不谙世事的孩子，弄的闹哄哄的一出戏，可是他们，不经意间，似乎已将世事洞穿。她不禁有些心痛。她想起来新学期第一堂课上，她问学生为什么选修这门课，回答真是五花八门。孙俊文的回答是“失恋”，引得满堂哄笑。孟香记得自己当时并没有笑，孙俊文的回答很认真，她想，或许是真的，人这一辈子，就像在雾中行走，有时候豁然开朗，有时候并不能看得真切，谁又能真正了解一个人呢？所以孟香当时也正儿八经地对孙俊文说：“但愿这门课能治好你的失恋症。”

孟香起身黯然离开剧场。驱车回家的路上，她看到太阳一点一点地滑落到了海平面之下，不久，海面上升腾起淡薄的白雾，白雾从海上出发，迅速地向陆地漂移，暮色就像站在雾的翅尖上，一点点向城市逼近。孟香把车停在路边，痴痴地看着眼前的一切……很快雾笼罩了一切，带着海水的咸腥味打湿万物，无声无息，却也惊心动魄。

桥上的男孩

玉生站在涔水桥上哭泣，小小的身子伏在被太阳晒得滚烫的栏杆上，眼泪一颗接一颗地掉到桥下的流水里。

水流得并不是很急，但河里长满了摇曳的水草，玉生的眼泪没有在水面上砸出哪怕是最细小的涟漪，它们一掉下去，很快就失了踪影。

桥上不时有到山里拉煤、拉水泥的车辆经过。偶尔也有行人路过。行人不是戴着墨镜，就是撑着阳伞，烈日让他们步履匆忙。一个孩子趴在滚烫的桥栏杆上哭泣，或许他们看到了，或许，他们什么也没有看到。总之，没有一个人肯为玉生稍作停留，他们匆匆而过，脚步还有车轮扬起的阵阵尘沙很快弄花了玉生的脸。

这是一个漫长暑假中的一天，是这一天中最炎热的午后，到处都是聒噪的蝉鸣。

玉生哭了一会，渐渐就流不出眼泪来，他把双臂支在滚烫的水泥栏杆上，望着桥下在水中飘来荡去的水草发起呆来。长着小小锯齿的水草像绸带一样柔软，流水像永不停歇的风一样从它们上面拂过。玉生想起了第一次下河玩水时父亲曾对他说的话：“水草是水鬼的头发，莫让水草缠住你。”玉生从来没有让水鬼的头发缠住过，可父亲呢，却让外面的女鬼缠住了。从外面传回来的关于父亲的消息是：他常常要去木西里。木西里在父亲打工的那个城市，据说是“一个不值得说道的下作的地方”。木西里的女人是穷女人，而去木西里的男人，不过是穷男人。常去木西里的父亲很少回来，玉生也只是偶尔才想起父亲，想起来时，面目都有些不甚清晰。

有四个男孩路过玉生身边，他们穿着式样相同的廉价的塑料拖鞋，个头差不多一样高，看上去都是初中生的样子，每个人唇上都长出了一层灰一般细小的茸毛。他们看上去都要比玉生大上三五岁，露在T恤和短裤外面的身体都晒得黑黑的，散发着一股泥土的腥气。他们一边走，一边不停地伸出小小的猩红的舌头，舔食自己手中正在飞快融化的绿豆冰。有一个长着双大眼睛的男孩，手里提着一把黑色的塑料水枪——这样的水枪玉生也有一把——他走过来时朝玉生看了几眼。另外三个男孩则人手一根拇指粗细的竹竿，他们没有注意到玉生。

玉生觉得他们很面熟。镇中学和镇小学紧挨着，也许是在上学和放学的路上见过他们。也许是在街上见过。不过玉生不能确定。涔水镇上多的是这样的男孩，他们时常会摆出一副这个年纪的男孩常有的那种冷漠神情，内心里也都有些不为人知的心高气傲。如有神助，他们在某个神秘的时刻开始突然而迅猛的生长，而且无论胖瘦，个个都长得像石头一样结实，像牤牛一样有力，很快就把玉生这样比他们略小点的男孩甩下一大截。他们迅疾的长势常常令周围的人都要吃上一惊。跟玉生一样，他们也住在涔水镇那些僻静而狭小的老巷子里，家境都谈不上有多好，房子老旧，阴暗，潮湿，墙角一律生着青苔。他们的父亲从镇上不再开工的砂布厂、水泥厂出去后，一年四季都在各处可以混到钱的地方混钱，是常年不在家的，因而他们终年只是与日渐憔悴、脾气见长的母亲同住。母亲不敢有大病，但总会有这样那样的小病，失眠，头痛，或是胃胀气与消化不良……他们时常要受到母亲的斥骂，也时常要蹲在杂乱、狭小的院子里生蜂窝煤炉子给母亲熬中药。他们的生活里几乎没有父亲，可是他们中的大部分人，最后都还是照着父亲的样子长大。

这四个男孩像一列秩序井然的队伍从玉生身边匆匆走过，他们去了涔水桥的另一头。那里有一条小路，直通桥下的河滩。

玉生看着他们从河岸上下去，走到了那条小路上。那条小路有些陡，看得出这几个男孩并不是那种鲁莽的人，他们走得很慢，侧着身子，手中揪着路旁茂盛的蒿草，一步一步地慢慢地往下走。玉生想起来，有一次自己也从这条小路去河滩，一脚没有踩稳，屁股着地，人直接就滑到坡下去。那一回他也挨了姆妈的打，因为他把一条新裤子磨破了。

现在这几个男孩都小心翼翼的。

涔水河在玉生的眼前静静地流淌。河的一边是涔水镇，人字形的灰色屋瓦在烈日下泛着淡白的光，另一边是等待收割的金黄色的稻田。除了那四个男孩，一眼望过去看不到其他的人。只有在不远处的河岸边，一头水牛一动不动地卧在水中柳树的倒影里休憩。一切看上去都很安静，炎热使万物变慢。当然，人是个例外。

玉生踮着脚，把头从桥上探出去，看到那几个男孩下到了河滩里。他们在齐膝深的草丛里站了一会，都面向河面，沉默不语。接下来玉生看到他们飞快地脱掉了自己的衣裤，像鱼一样，一个接一个跃入水中。他们单薄的身子破开开阔的水面，“哗啦哗啦”激起了无数亮晶晶的水花。他们跳到河里后，飞快地向桥下的阴凉处游来。玉生看到他们在水中游动的身体，像一只只温情的手掌，从那些柔软而安静的水草上抚过。他们游到桥下，不知疲倦地在河面上来回穿梭，玉生满耳都是他们用力划动的手臂撩起的哗哗的水声。也不知过了多久，那几个男孩停了下来，他们在水中仰起脸来往桥上望。他们泊在水中的身体，看上去非常娇稚可爱，就像初生的婴儿一样。

“嗨！下来吧！”有个男孩冲玉生招了招手。

玉生没有动弹。他并不认得他们，如果他们叫他下去只是为了揍他一顿，他该如何是好呢？这样的事并不是没有遇到过。玉生倒并不怕打架，也从来不惧怕那些比他大几岁的男孩。只是，他们有四个人，如果打起来这将是一场力量悬殊的不公平的战斗。他今天已经经历了一场这样的战斗，他不想一天中有两次这样不愉快的经历。

那个大眼睛的男孩问玉生：“你为什么跑到桥上哭呢？”男孩说完在水中做了一个漂亮的鱼跃，然后仰着脸漂浮在河面上，手臂在脑袋两侧不紧不慢地交替划水，脚在水里像鱼尾一样摆动。他游得非常棒。

玉生看着水里的男孩，不知道该如何回答他。男孩似乎不是在问玉生为什么哭，而是奇怪他为什么会跑到桥上哭。是啊，在哪里不能哭？为什么非要跑到桥上哭呢？玉生这么一想，自己也觉得自己有些奇怪……原本是姆妈和几个街坊坐在杂货店门前的阴凉里搓麻将，姆妈要上厕所了，就喊一边看杂货店，一边乖乖写《暑假园地》的玉生过来帮着摸一把牌。玉生的牌摸得有模有样的，一点都不比这镇上其他的孩子差。姆妈不是为这个打的他。姆妈从厕所出来，突然想起来什么似的，走到玉生身后掀开他的汗衫。

“哦呀!”姆妈叫起来,开始当着众人的面劈头盖脸地打他。

“我叫你玩水!怎么不淹死你呢?我叫你玩水!”姆妈边打边骂。

有个等着打麻将的街坊不耐烦地劝解道:“行了行了,荷香,治过了的,能有什么!”

姆妈停下来,冲着街坊无比委屈地说道:“婶,你说,我还能指望什么啊?能指望什么啊!”姆妈气得流泪,回过头来继续劈头盖脸地打他。

玉生躲闪不及,头上脸上着了好几下。后来他挣脱出来跑开,姆妈还追了一段路,姆妈边追边喊:“你要是再敢下河玩水,我就揭了你的皮!你听到了么——”

为了让姆妈停下来,玉生匆忙答道:“听到了——”一街的人都看着他。

他头也没有回一下,一直跑到涔水桥上。到处都是人,他实在不知道还可以往哪里跑。

玉生走到桥下去,坐到长满盘根草的地上,把赤裸的双脚浸到凉爽的河水里。大眼睛的男孩游到他的边上来,说:“你不会玩水,是吗?”他伸手拿过放在草地上的水枪,吸满水朝玉生开了一枪。

玉生的汗衫湿了一大块,可他还是不敢脱汗衫。他不确定背上的字还有没有。

如果昨天并没有把字完全泡洗掉,他免不了会受到这帮男孩的嘲笑。“哈哈!玉生!玉生!”他们会嘻嘻哈哈地起哄般地叫他的名字,就像玉生以前遇到的那些男孩一样。

玉生看着大眼睛的男孩,很矜持地说道:“今天不想玩了,昨天玩够了。”

玉生说完这句话，才想起来今天这打真是挨得有些冤枉。他是昨天傍晚的时候偷跑来玩水的，那个时候姆妈打完麻将回屋做饭去了，他得了个空跑出来的，并不是在今天。今天一上午他根本就没有出门。背上姆妈用记账用的蓝色圆珠笔写的“玉生”二字，他完全可以说是昨晚洗澡的时候洗掉了的。不过姆妈根本没有给他辩解的机会。想到这里玉生不免有些生气，大人们总是这样，就好像他们在孩子面前拥有天生的随心所欲的权力！

大眼睛的男孩从河里爬上来，两手捂着下体，浑身湿漉漉地站在玉生的身边，他弯下腰来好奇地看着玉生道：“怎么好像以前没有见过你，你家住在哪里？”

“我们家才从亘山煤矿搬过来的，住在南大街凤泉照相馆后面，就是门前有棵枣树的那一家。”

“哦，是以前林家的房子嘛。”男孩犹豫了一下，说：“你知道么？去年他们家的女儿淹死在这河里了，后来他们就把房子卖了搬走了。”男孩看着玉生笑了下，道：“——原来是卖给你们家了。”

玉生也隐约听大人们说起过，那个女孩子，有一把银亮亮的嗓子，开口唱起歌来，能让人忘掉许多事情。她是非常安静的一个人，并不会玩水，似乎是从未到河里野过的，据说是在去参加学校文艺汇演的路上，见鞋子上粘了泥，想去河边洗一洗，结果踩在了一块满是青苔的石头上，就这样滑到河里淹死了。原本是单薄得像纸一样的人，捞上来的时候胀得圆鼓鼓的，裙子都差点被撑破了。

玉生的父亲曾是亘山煤矿的电工，两年前煤矿停产后，他就在屁股上挂着一排电笔、钳子和起子出外打工。玉生和姆妈差不多是最后撤离煤矿的人，杂货店实在是没有什么生意可做了，玉生的姆妈还舍不得离开矿山。

“到了涔水镇，喝口水都要掏钱的。”姆妈说。

可是到了春天的时候，一场雨水使他们房子后面的山坡塌陷了，塌陷的山坡顺势撕裂了他们的房子。玉生的姆妈这才下了狠心离开。姆妈像拣米一样把镇上那些待售的房子细细地拣了一遍，最后还是买林家的房子，是因为在外面各处建筑工地上做水电工的父亲只拿得出这么多的钱。后来姆妈坐在这房子里新开的杂货店门前咒骂父亲：“天杀的，把多少钱都送到了X洞里去！”

现在，玉生的房间里还挂着把桃木剑，短而细的一把，做工非常粗糙，看上去特别可笑。

无辜，横死，会特别恶，得镇一镇。镇上的人都这么说。

玉生把他得过的唯一一张三好学生的奖状，还有父亲的一张两寸照片，都贴在那把桃木剑旁边。照片中的父亲剃掉了满脸乱糟糟的大胡子，两眼愣愣地看着前方，神情有些戒备，也有些茫然。那还是在换新身份证的时候，他们家也还没有搬到镇上，父亲出门做工前专门跑到这镇上来，在凤泉照相馆里照的这张相，玉生从姆妈的针线筐里找了出来。玉生只要看到这张照片，就会想起父亲搓着手、站在姆妈面前为自己辩解时那有些羞惭、又有些愁苦的面容：

“荷香，外面，也苦……”

玉生已经想不起来父亲现在的样子了。

“不错，是林家的房子……” 玉生低着头摸着自己有两道旧伤疤的黝黑膝盖，道：“我姆妈，请道士看过屋场，还祭了河神。”

大眼睛的男孩笑道：“他们大人就喜欢弄这些鬼！”

听到这句话，玉生抬起头，看着大眼睛的男孩愉快地说：“最好笑的是，王医生也说这样就好了。”王医生是涔水镇的老中医，有一把又长又白的胡须，

“不要相信老年人，要相信过来人。”大眼睛的男孩很不屑地说：“王医生，他知道什么！他是个旱鸭子，用一脸盆的水就可以淹死他。他们大人总是胡乱信。”

“那确实！”玉生很老成地点头。

一年中总有那么几天，玉生要被姆妈扭着去拜各处的菩萨，捏着鼻子喝道士化过符的水，去山里找一个装神弄鬼的老女人问花树，朝着空荡荡的河面磕头。玉生真是不胜其烦。好在那个老女人说玉生这棵花树，枝繁叶茂，少说也能经历七十个花期。要不是有她的这句话，玉生可能得像条狗一样，被姆妈拿根绳子拴着长大。

大眼睛男孩不再说话，他在玉生边上站了一会，身上很快就被太阳烤干了，黑黑的皮肤上留下了一个个浅浅的干燥的白点。那三个男孩还在河里戏水打闹。大眼睛的男孩冲着河里喊道：“上来吧，我们摸螃蟹、打河蛙去吧。”潮湿的泥岸上有不少冒着细小泡泡的小洞，洞里常常能摸出螃蟹。当然，并不总是螃蟹。曾有个孩子从洞里摸出过一条满身都是黑白花纹的小银环，这孩子没能活到把这天的晚饭吃完的那一刻。当然，这样的事情并不常有，生命本身即是偶然。摸螃蟹、打河蛙，甚至是捕水蛇，这些游戏玉生也很拿手。夏日漫长，男孩们总得想方设法打发时光。有时候他们还追着那些偶然路过小镇的疯婆傻汉挑衅取乐。

又过了很久，那三个男孩子才爬上岸来。他们毫不在乎地赤裸着身子从玉生面前走过。玉生看着他们大起来的长着浓密茸毛的下体，心里不由暗生羡慕。

男孩子们穿好了衣服，把拖鞋都勾在两根黑黑的手指上，光着脚丫子顺着河滩往西走。玉生跟在他们身后边。太阳很大，但河滩却非常潮湿。前不久的一场大雨，曾使河水暴涨，河水漫过河滩上的草地，直淹到河岸上去。即使是现在这样炎热的太阳天，要想完全烤干草下的土壤，只怕也还得需要好几天的工夫。玉生觉得光着脚走在软软的潮湿的草地上，真是一件再快意不过的事情，尽管太阳晒得他头上和脖颈里的痱子都炸开来，引起了一阵阵难耐的瘙痒。

大眼睛的男孩突然说："喂，你们知道么，他们家现在住的是以前林家的房子呢！"

那三个男孩不约而同地回头看了看玉生。走在最前头的长着颗龅牙的男孩停下来，转过身去背对着大家站住，用手里的竹竿抽打起滩地上的蒿草来。蒿草拦腰折断了一大片。

"我们天天下河玩，都没有一点事，有的人到河里摆个脚，就会把性命丢掉，真的是想不通！"大眼睛的男孩看着河面感慨地说。

"你闭嘴！"龅牙男孩回过身来呵斥道。他瞪着大眼睛的男孩，两道又粗又黑的眉毛倒竖起来，看上去非常生气的样子。

大眼睛的男孩涨红了脸，道："——我说说都不行么？"

"不行！"

"——我知道你喜欢她，可是她已经死了！"

"你还说！"

龅牙男孩像头发狂的小牛一样直冲过来，当胸推了大眼睛男孩一巴掌。大眼睛男孩连退两步，终究是没有收住脚，一屁股跌坐到了地上。大眼睛的男孩两手撑在地上，看着龅牙男孩，委屈地流下泪来。过了一会，另外的两个男孩走过来把他拉了起来。

玉生断定龅牙男孩是这四人中的首领。可是玉生对他却没有什么好感。龅牙男孩话很少，人特别的瘦，因为瘦，身上所有的关节都很突出。这样一副身架子仿佛就是在告诉别人：别惹我，惹我就会让你掉眼泪！自始至终他都没有看过玉生一眼。

“别跟着我们！”龅牙男孩粗鲁地指着玉生说道。说这句话时他依然没有看玉生，而是把脸别到了一边。玉生看到他的脖子拧得直直的，上面的血管突突直跳，一只手还死死地攥着那根竹竿，看上去凶巴巴的。但不知为什么，玉生却觉得他很快也要哭了。

现在大眼睛的男孩走到了最后边。他一边擦泪，一边小声嘀咕：“说都说不得么！”

玉生看着大眼睛男孩因为哭泣而显得有些佝偻的后背，想：“不是爹不是娘的，为什么不还手呢？”如果荷香不是他的娘，他怎会让她这样打！玉生心里生出了一丝对大眼睛男孩的蔑视。刚才他们在河边上说王医生的时候，他是那么骄傲，可龅牙男孩一巴掌，就把他打哭了，就一巴掌！玉生觉得大眼睛的男孩哭起来的样子真是难看，嘴撇得又扁又长，充满泪水的大眼睛看上去可怜兮兮的。由此玉生想到刚才自己站在桥上哭泣的样子，大约也体面不到哪里去。说来奇怪，姆妈噼里啪啦地打他，他都没有哭，后来他站在桥上，百无聊赖地看河水汤汤，心里竟突然觉得堵得慌，眼泪就不知不觉流了下来。玉生现在回想起来很有些懊恼。哭是顶顶不管用的！玉生嘴里咬着一根青草想：“以后再也不哭了！”

河滩上的垂柳林里就像藏着蝉的千军万马，它们聒噪的鸣叫声掀起了重重热浪。玉生看到那几个男孩的汗衫很快湿了一大块，紧紧地粘在他们单薄的脊背上。龅牙男孩手里的竹竿像把大刀一样拖在身后，晒干了的头发直愣愣地立在头皮上，整个人看上去都有点气呼呼的。他走得很快，一眨眼就把大家甩下了一大截。玉生站在原地，看这几个男孩愈走愈远。河滩异常空旷，除了这几个男孩再没有别的人，这个炎热而喧闹的世界似乎只剩下他们这几个孩子。没有大人的世界倒也干净。玉生愿意把这几个行走中的男孩想象成一支英勇的队伍，他们身负一些无法对外人说道的隐秘的爱恨情仇，沉默而坚定地向着一个险要的目标进发，即将到来的战斗将会使他们成为无上光荣的英雄……

这几个男孩没有到达玉生想象中的险要的地方，而是在河流的一处拐弯处停了下来。河水流到这里稍稍停留了一下，冲刷出一大片肥美的滩地，然后拐了个小弯向东流去。滩地的近水处生长着大片的芦苇，芦苇丛中传来偶尔的一声声蛙鸣。在声嘶力竭、像流水一样连绵不断的蝉鸣声里，河蛙的短短的叫声听上去矜持而又平静，令人不难感受它们的与世无争与温顺。可是，这并不能避免它们要被棍杀的命运。龅牙男孩叉开腿站在水中，另外三个男孩用竹竿和刚折下来的白杨树的枝条拍打临水的黏湿的土壤，那些受到惊吓的河蛙用它们粗壮有力的后腿将身体凌空弹起，飞一样从一丛芦苇跃向另外的一丛。玉生远远地看着龅牙男孩不停挥舞着手中的竹棍，又快又狠地终止河蛙的飞行。龅牙男孩每挥一下手臂，玉生就给他数一个数，玉生数到一百下，看得眼都酸了，龅牙男孩依然没有停下来。玉生对他那看似无穷的力产生了一丝敬畏。连续击打这么多下，玉生自己是无论如何也做不到的。

可是一会之后，玉生看到了另外一番景象，那是他以前本可以看见，却从未留意过的景象。玉生看到了河面上缓缓漂来的河蛙的尸体，四肢静静摊开，没有鲜血、也没有伤口的河蛙们的尸体……起先只是一两只，后来越来越多，一只跟着一只，像一列越来越长的队伍。它们以同一种姿态从玉生面前经过，白而柔软的肚腹向上，看上去像是一个个小小的溺水的人。玉生怔怔地看着河面，内心里慢慢滋生出了一种这个年纪的男孩未免会感到陌生、隐约可以叫做怜悯的东西。

时间又过去了很久。

灼热的太阳西行到了河滩的上方，对着光，玉生的眼睛感到了刺痛。对河蛙的杀戮还在进行，男孩们的力气似乎永远也不会用尽。玉生开始觉得乏味。河滩上弥漫的热烘烘的气息令他头晕脑胀，他转身慢慢往回走。玉生走到桥上时，忍不住又回头看了一眼。站在桥上远远望去，阳光下那几个男孩快速移动的身体，挥舞的手臂，就好像他们在跳一种快乐而又神秘的舞蹈。而河面上依然有河蛙的尸体漂来，玉生从水面细小跳跃的波光中一眼就能看到它们，小小的安静的河蛙，四肢无声无息地摊开，一只跟着一只，像一列望不到头的队伍……

这个情景，玉生后来一直都没能忘掉。直到他长大成人，变成了一个长着满脸络腮胡须、粗糙而沉默的汉子，他还能时不时地想起来呢。

井水豆腐

人啊，请为生者重建死者的生活。

——无名氏

林与妻经营着一家杂货铺，几十年来一直过着简单安静的生活。林没有子女，也没有什么特别的嗜好，他的妻喜欢打麻将，但也并不上瘾。经营杂货铺所得不丰，但林与妻所求亦不多，布衣陋室，豆腐青菜，亦自欢喜。又适逢风调雨顺、国泰民安的年月，林的生活里委实没有什么值得他操心的事，所以一过四十，林就一味地发起福来。

林与妻生活的这座小城位于湿热的南方，香樟树浓郁的阴影常常遮盖了大半个街道。发了福的林每日坐在光线黯淡的杂货铺里，手捧一杯清茶，看街上车来人往，听微风掠过树梢……四季变换，光阴荏苒，雨雪风霜露与电，林都只作如是观。

一日午后，晴空突变，风雨大作。

林坐在杂货铺内，见门前的行人鸟兽一样四散奔逃，街道、树叶与屋瓦都被密集的雨点敲打得噼啪乱响。很快，空气中弥漫起一股浓烈的雨水的腥气，令林忍不住接连打了几个喷嚏。林打完喷嚏，抬头却见一位老人摇着一把纸扇，不紧不慢地踱步走进了杂货店。林平常总是安静地坐在店内一角，从不在客人进来的时候起身迎客，这日，见老人进来，林竟不由地站了起来。

老人气质安详，身材高大，满头如雪。林恍惚觉得曾在哪里见过他。

老人径直走到林的面前。

老人把手里的纸扇合上，微微俯下身来，双手按在林面前的一张泛着油光的松木桌子上。老人用一根青白枯瘦的手指轻轻叩击着桌面，微笑着看着林说："我在凤来旅馆住了七日，七日见你都如一日。我想，你一定是林，这一回我大约不会搞错！"

林有些惊愕地看着老人。

杂货店对面就是凤来旅馆，隔着一条并不宽阔的街道，凤来旅馆狭小的前门就夹在一家鞋店与一家服装店之间，是很不起眼的，以往林都没怎么注意到它。当然，林偶尔也会看到跑长途路过小城的卡车司机，将装满货物的庞然大物般的汽车以不可思议的方式弯进附近的某条小巷后，拖着疲累的身躯、拎着只瘪瘪的帆布包前来入住。旅馆的老板，林也是认得的，是一个脸型狭长、颧骨高耸、沉默寡言的中年男人，常年要喝银环蛇泡老酒来对抗家族遗传的某种病因不明的萎症，年纪似乎与林不相上下，走起路来身子左右摇晃，脚板拖在地面上会发出令人不适的沙沙声响。林偶尔也会在街上碰到他。碰到时，彼此微微颔首而过，并无什么别的交集。

老人直起身来，环顾着杂货店琳琅满目的物品。老人从身边的货架上取下来一袋儿童字母饼干，拿在手里翻来覆去地看了半天。老人把饼干放回到货架上后，转过身来微笑着对林说："我乘坐K75次列车去另外一座城市，听到列车上的广播里报站名，突然很想来看看你。我先去了你最初工作的那所中学，学校的看门人告诉我你早就辞职了，让我到这家杂货店来找你……呵！真是不错！一个历史老师的杂货店，所售的东西居然都是真货！”老人笑着把饼干放回到货架上。

林困惑地看着老人。

林当年离开京城到这座小城来，坐的也是K字开头的某次列车，陈旧的深绿色车体，老式的火车头，开动的时候“嘭嚓嚓、嘭嚓嚓”地像是要跳华尔兹。不久的将来，更快更舒适的高铁将要取代它们。幸福号，每天的电视新闻里都有关于幸福号高铁列车的报道。林的妻子希望有一天他们能乘坐幸福号去旅行。

林不解地看着老人，满腹狐疑地问道：“您是……”

老人微微一笑，道：“——我是金生。”

“金生”这个名字就像一阵风，忽地吹开了一扇虚掩的门。林看到了一段被他遗忘在门后的色彩斑斓的光阴……有那么一瞬，林仿佛被一道强光照到，很有些头晕目眩。

老人将手中的纸扇停在胸前，扇面上“微风徐来”四个墨字，就像栖息在空中的蝴蝶。林隐约想起来，自己也曾有过这样的一把纸扇，很多年前的一个令人悲伤的夏天，他大学毕业的那个夏天，临来这个小城的中学报到前，他在这把纸扇上写下了“微风徐来”几个字，然后把这把纸扇寄给了一个叫金生的笔友，并在信中附上了新的通讯地址。不过后来，他来到这个小城后，就再也没有给金生写过信，也没有收到过金生的信。林自己并不能说清楚后来何以突然丧失掉了对这种交流的兴趣，他换了另一番心境去活——他活得很好。生活就像一条流向不明的河，不可知的事情总是要比人们料想的多。

老人摇了摇手中的纸扇，笑道：“旅馆电扇的插座坏了，老板总也不来换，我就自己出来买插座。我在这城里先后买了四副金牛牌插座，只有昨天上午在你妻子手里买的那副是个真货。林，是的！一切都再明了不过，对我们普通人来说，只要学会把握如此简单的一点东西，就能让自己像神仙一样过一种问心无愧的生活。”

老人把纸扇塞到了林的手中。

老人离开杂货店后，林依然立在原地发呆。门外已是雨收风住，经过一场暴雨的洗礼，空气澄澈如水，香樟树的叶子翠得逼人眼目。而街道很快重新变得拥挤嘈杂，喧闹声像潮水一样涌进杂货店，一波接一波地拍打林……林看着手中的纸扇，恍若是在梦中。纸扇的一面是“微风徐来”几个字，另一面却是一片素净，点墨未着。林抬头看了看墙上的挂钟，离他的妻子打完麻将回家还有两个多小时，每天这个时候，他都会坐在桌后打个小盹的。林看着门外喧闹的街道，想，这到底是不是个梦呢？

林想起来与金生通信的那一段时间。林开始给金生写信的那年，十七岁，是A大历史系一年级的学生。去A大所在的京城读书是林有生以来走过的最远的路程。林的家乡是位于湘西北的一个小镇，林在那里度过了年少时的一段无忧无虑的时光。大约是在上初中的时候，林在数理化这几门学科上开始表现出非凡的天赋。林的父亲是涔水镇小学的体育老师，每天的工作就是教不同年级的孩子们如何将一只旧皮球从操场这一头拍到那一头。没有人叫他老师，人们只是叫他老林。老林预测到儿子将要拥有的远大前程，很为林感到骄傲——那时候社会上正流行一句话：“学好数理化，走遍天下都不怕。”可是林在上高三的时候，突然迷上了历史。林在孩童时代的朋友，能跟他一样风平浪静地长大，又能顺利进入高中的，可以说屈指可数。他们有的毫无征兆地淹死在涔水河里；有的早早辍学，十六七岁就流落到异乡，不知所终……非常奇妙地，历史书中那些流水一样逝去的人与事，在林的心里唤起了一种前所未有的温情，隔着那么一段时空距离，他觉得自己反而可以把他们都看分明。后来他令周围的人都大吃一惊地成了最不被看好的历史系学生。让林感到安心的是，他的父亲，却并不因为他报考了历史系而感到失望，世间事总是变幻莫测，昔日歌舞地，今为鬼狐眠。林上高中的时候，流行谚语已变成："有个好爸爸，走遍天下都不怕"。林的父亲或许是知道自己绝对算不上是个"好爸爸"的，所以他呆呆地看了半天林的录取通知书后，抬起头非常平静地对林说："——喜欢什么就学什么吧。"林于父亲的平静中看到了些许无奈，他觉得那一刻的父亲，就像是一个打了败仗又不幸做了俘虏的人，只好退而求其次地去相信还有一条"缴枪不杀"的路可走一走……

林第一次知道金生，是在一本叫《史海拾遗》的杂志上。那本杂志实在算不上是什么正儿八经的学术杂志，纸张和印刷都有些粗糙，所刊文章的行文大都旁逸斜出，不常具备学术的严谨面孔。它能进学校图书馆，想来不过是杂志社积极赠刊的结果。有天下午，林看书看得有些累了，想调节一下大脑，就顺手拿起一本《史海拾遗》翻了翻，碰巧翻到了金生所写的那篇文章。此刻，林站在杂货店内，已经想不起来金生那篇文章的题目了，但大体的内容他都还能记得起来。金生以一种独特的视角描述了很久以前发生在西方的一场革命，在这场革命中，国王丢掉了自己的脑袋。林从金生的文章中读到了革命群众的痛苦与茫然，无知与彷徨。不明缘由的，林一下子就被这篇文章深深地吸引住了，那些气味独特、曾被他视若无物的珍宝，它们在那儿，一直在那儿……林的整个心身都为之颤栗起来。在林以往的阅读中，革命群众总是智慧的，他们像洪峰一样，把一场革命像小舟一样推涌到理想中的前方。在金生看似诙谐的语气中，预示着正义的暴力那可能的无趣而荒谬的一面。其实，日常的事物不经意间就已晓喻一切，愈是高大的背影，身后的阴影也会更长。林赶紧把自己正在阅读的史学经典放下。林从踏入大学校门开始读经典，他的计划是，先把前四史读完，再读后四史，然后选择一个“点”进行纵深研究——他打算这样干一辈子。林当时已经研读完前四史中的两部，没有发现什么意外，一切事情的发生与结束、一切生命的出现与消失都合情合理，也都扣人心弦。读完金生的文章，林把杂志合上，发了很长一段时间的呆，林当时已预感到自己的学习计划乃至整个人生，可能都会因为金生的出现而有所改变，因此在惊讶的同时，林也有隐隐的不安与失落……此刻，杂货店里的林，手里攥着一把旧纸扇，隔着二十几年的光阴，依然能清晰地看到一个青涩少年，如何把那本《史海拾遗》推到一边，急匆匆地跑去图书馆楼上的文史馆，接下来他还会去马哲馆，艺术馆……

林也还记得自己是怎样弄到金生的通讯地址的。二十多年前，通讯远没有现在发达。林从杂志上抄下杂志社编辑部的电话后，马上跑到校门口的公用电话亭去打电话。电话总是无人接听。林没有放弃，坚持每天都去拨打几次。这样坚持了半个月后，在一个飘着薄雪的初冬的下午，电话里终于传来了编辑懒洋洋的一声“喂”，林要到了金生的通讯地址！打通电话的那天，林特别高兴，他跑到校内的文具店去买了一沓稿纸，开始给金生写信。金生的通讯地址是沿海的某个县城，叫石城，石城横街七十五号。林此刻还能很清楚地想起来。林把给金生的信寄出后，就开始掐指计算金生回信的时间，他迫切地需要进一步跟金生分享他的心得。在寻找金生通讯地址的那段时间，他已经如饥似渴地阅读了好几本与那场异邦革命有关的书。林把书目的选择定在那场革命发生前后的一段时间内，那个时间段内那个国家的艺术、文学以及哲学等书籍，凡是能找到的他都看。林无比兴奋，每打开一本书都像开始了一场奇妙的历险。在一本介绍西方官职史的书中，林发现了一副那位被绞死的国王的彩色肖像画，这位国王之所以被写进这本书，不是因为他是国王，也不是因为他后来被绞首，而是因为他发明了一种前所未有的官职：宫廷挂毯侍从。国王很年轻，手里把玩着一把造型精美的金锁，双眉微皱地坐在一把华丽的椅子上，周围物品的奢华精致达到了令人匪夷所思的地步。天花板上满是云彩般飘逸的镀金雕花浅浮雕，栩栩如生的百合花瓷片镶满了国王身后的墙面，精美的带阿拉伯花纹的挂毯从天花板一直垂到地板上……所有的东西都妙不可言。就拿国王身下的那把椅子来说吧，这把椅子——也许只是王宫里众多物品中最寻常的一样东西——是一把金椅子！做工的精巧令人叹为观止，微微斜削下来的锥形腿，腿上均匀凿出流水一般流畅圆润的凹槽，璀璨的金色贴饰顺着椅腿拳曲向上，生出无限温柔缱绻……就像过度的繁缛总是意味着艺术的沦落一样，恣意的奢华从来都连接着末路。林看着坐在金椅上的国王，仿佛看到了一条汪洋恣肆的鲜血的河流……金生的回信非常及时，这令林很激动，及时的回信意味着他的去信引起了金生的共鸣。打开金生回信的时候，林的十指就像生出了羽毛，翅膀一样在信纸上不停扑腾，以至于最后他不得不用深呼吸来使自己恢复平静。金生的信出乎意料地短，显得很匆忙，信纸上有淡淡的油污，散发着机油的味道。林手里攥着信纸浮想联翩：也许金生是个年轻的卡车司机，精力充沛，长期走南闯北、一个人孤独旅行……也许金生是一个耽于思考的机床操作工，心细如发，能克服一个机床操作工经常碰到的种种难题，比如工件加装、大圆弧车削、和如何在数控车床上车V型皮带轮槽……金生在回信中谈到了那场革命中一个不为人注意的细节：国王第一次接见群众代表的时候，国王温和的外表、体贴的言辞很快消除了代表们的怒气，最后他们跪下来，亲吻了国王脚下的土地。群众代表走出王宫后，他们中的一个，一位饱经风霜的渔夫说道：“如果我们的好国王，在事情发生的时候就听说有这些不公不义，一定早就还我们公道了！”还有一位女代表，手艺精湛的制帽女工，她在胸前划了个十字、长长地舒出了一口气后，发自肺腑地感叹道：“上帝啊，我们的国王，他长得可真像、真像是耶稣基督！”当然，这以后没多久，渔夫，还有制帽女工，他们就和成千上万的革命群众一起，簇拥到了断头台前，国王的头颅未及落地，制帽女工就飞快地伸出手中的帽子，接住了几滴飞溅的鲜血。

“呸！这哪里是人血！” 制帽女工伸出舌头舔了舔帽子上的血，满脸都是不屑。

林的妻子手里托着一块豆腐，在黄昏降临时回到了杂货店。林的妻子打完麻将后，通常都会在回家的路上折到豆腐店去，买上一块用井水做的豆腐给林。林非常爱吃井水豆腐。井水豆腐是这座小城的特产。小城临河而建，河水清幽，但豆腐店做豆腐用的水，却都是取自城外山上一座古庙的井水，因而这一城的百姓都把豆腐叫做井水豆腐。这天，林的妻子托着一块井水豆腐回到杂货店时，看见林手里攥着一把旧纸扇，低着头呆呆地坐在那，厨房里锅冷灶凉，没有一丝烟火气。林的妻子感到很意外。每天，她打完麻将回家的时候都是傍晚，傍晚时候的林不是在厨房里忙碌，就是做好了饭菜坐在餐桌边等她。而这天林只是那样呆呆地坐着，任由天光一点点暗下来，什么也没有准备。

“你怎么了？”林的妻子走上前去关切地问道。

“来了一个朋友……”林抬起头来，茫然地看着他的妻。过了一会，林笑了一笑，道：“你知道的……一个很久以前的朋友，没有见过面的朋友，我和他曾通过信，讨论一个国王的死因。”

“一个国王的死因？”

“是的，有回你整理箱子，翻出来一封信，还记得吗？王不能举那回？”林站起身来，摆摆手对妻子说道，“你切点葱把这井水豆腐拌一拌，我去买几个馒头回来吃。”林说完就匆匆走出门去。

林的妻子看着林日渐阔大笨重的背影，不由笑了。她想起了当时看那封信时的情景。那时他们新婚燕尔，年轻的林还瘦削得像竿竹子。他们结婚没几天，林就爱上了杂货店清静的生活。“学校就像一只蜂桶，成天只是嗡嗡嗡、嗡嗡嗡……”林很有些愁苦地对她说。没多久，林就毅然辞去了中学历史老师的教职，开始和她一起打理杂货店的生意。

林的妻子记起来，当时林从那所中学的教师宿舍里搬过来几只皮箱，她在为林整理其中的一口旧皮箱时，发现了一叠用橡皮筋捆扎在一起的信。她以为是林的某个旧情人写给林的，于是满怀好奇地打开了其中的一封。林的妻子展开信纸一看，上面只有四个字：王不能举。林的妻子虽然没有读过多少书，但她正好知道“不能举”是什么意思。那个“王”是谁呢？为什么会有人专为这个写封信来告诉林呢？林的妻子自小在杂货店长大，从未离开过这个小城，情史简单清白，她希望她的婚姻生活也能清白简单。一个小城里的小小的杂货店，能铺得开什么呢？林的妻子手里攥着那封信，想来想去，认为只有一种可能，那就是林的旧情人写信告诉林，她的丈夫，一个姓王的男人，不能人道。一个女人写信告诉一个男人，她的丈夫不行，这样一封信意味着什么，傻瓜也能猜得到。为此，林的妻子度过了一个忧心忡忡的新婚期，痛苦和猜忌几乎令她窒息，她飞快地消瘦下去。不久，林察觉到了妻子的异样，跟在妻子身后细细追问，这才知道了妻子莫须有的忧愁。林在杂货店的一堆五金件后面追上妻，他把妻子搂在怀里，为妻子讲述了他与金生的通信，以及那位国王的死。林告诉妻子，金生认为，这场被很多人赞誉为历史上最彻底的革命，借助了一个流言，骑上了一支不知从何处射来的暗箭最后得以抵达终点。因此金生认为，历史偶尔也会被人操纵，很难真正交还到人民手中。林的妻子不懂这些，她关心的是，会使一个国王丢掉性命的流言到底是一个什么样的流言呢？林告诉妻子，在那个时代那个国家，历代国王都被赋予了神性，人们已习惯于把他们的国王当做神来敬仰，革命发展到一定地步，就很难再深入下去。不久，两幅精美的蚀刻版画的出现改变了这个局面。这两幅版画一看就知是出自名家之手，技法细腻，色泽明快，人物呼之欲出、栩栩如生。一副刻绘的是国王与王后在床，而国王却不能举起的模样，另一幅刻画的是王后与众侍卫淫乱、并诞下王子的场景。这两幅版画很快就流传开来。为满足更多的人欣赏的需求，无数的复制品也应运而生。这个国家的民众饱览了国王的床帏，这才如梦初醒，国王不过是猪豕！甚至比他的臣民还要卑下——他的臣民至少还能克尽人事，为自己延续血脉。这两幅版画就像两把利剑，直插国王神圣的两肋……

林的妻子听完这个故事，很讶异男人的古怪，几百年前的老经，翻着有什么意思呢？而且，这老经，还是八竿子也打不着的那么一个地方的老经!

林的妻子还记得林当时把她搂在怀里，有些羞愧似的在她耳边喃喃低语：“这都是多少年以前的事了！我来到这个地方，遇到了你，还有你的这个祖祖辈辈传下来的杂货店，多少年过去了，许多东西都没了，它还在……金生过于关注某种表象，而我则不再把脑袋探进过去，探听与猜度都无意义。我想，所有的过去……”林把怀里的妻子使劲地搂了一搂，道：“所有的过去，都不过是在提醒我们要珍惜现在，稍纵即逝的现在。以前，我是那么热爱阅读，乐意接受别人在书中告诉我的一切，现在我才慢慢明白，读书，实在是一件十分无趣的事情呢，我曾经苦苦寻找的东西，并不在那些书里。”

林的妻子读书不多，因而对读书这事谈不上有什么感想。只是，一个国王居然会因为不能人道而丢掉脑袋，这个故事令林的妻子感到新鲜。哈！想想看，一个国王，一个软绵绵赤裸着的国王……她把脸埋在林的胸前，“咯咯咯”地笑个不停。那个晚上她和林前嫌尽消，极尽缱绻。日常生活的力量总是巨大的，在这个夜晚过后，林的妻子忙于杂货店的生意与一日三餐，很快就把这个故事和这个叫金生的人，一并都忘了。

现在这个叫金生的人，居然还有心跑这一趟。林的妻子拌着豆腐，觉得有些不可思议地笑了。

夜幕四合，林与妻子相对而坐，就着葱拌豆腐吃馒头。搁在窗台下的电视机里正在播放一段广告，一只壁虎沿着潮湿的窗台慢慢向墙角爬过去，林看见它以令人难以置信的速度飞快地将细细的舌头弹出，卷食了一只仓惶飞过的苍蝇。林的妻子为了打破餐桌上的沉默，讲了几个从麻将桌上听来的笑话，其中一则笑话与愚人有关。一个小村里有两个愚人，有一天，他们为天上那一轮圆圆的发光物体到底是太阳还是月亮产生了争论。两人争执不下，恰好有路人经过，于是他们跑去向这个路人请教：天上这个亮晶晶的东西到底是太阳还是月亮？这路人抬头往天上看了看，低头沉思了一会，万分抱歉地说到：“这个嘛，我也不太清楚，因为我不是这个村子里的人！”林觉得这个笑话非常可笑。

“我不是这个村子里的人！” 林的妻子重复着这句话，乐不可支地笑了起来。林也忍不住笑了，他觉得这个笑话从繁杂纷扰的现实里提炼出了某些被遮蔽但却非常独特的气味与色彩，林甚至从中感受到了一种久违的智慧。

“如果说给金生听，他大约也会笑起来的吧。”林想。

林把手里的纸扇打开慢慢摇着，微风徐来，林一边吃饭，一边默默端详着纸扇上陈旧且略显稚嫩的字迹……昨日之日不可留。那些少年心事，于今天的他已觉陌生。

林看着手中的扇子，对妻子说道：“有件事，我不太明白。我去买馒头的时候，顺便去了趟凤来旅馆……”

“凤来旅馆？怎么——”

林搛了一块豆腐送到嘴里后，说：“他们说，这几天里，客人倒是不少，但是，并没有一个叫金生的人入住过。”

林的妻子想了想，笑着对林说：“或许金生只是个笔名。以前，你不是也有过一个笔名的么？”

“那倒是……”林看了一眼妻笑吟吟的脸，有些话，到了嘴边，又咽了回去。刚刚他向凤来旅馆的老板打听，近来有没有一个来自石城的金生，石城横街七十五号的金生入住过。老板把旅客登记薄仔细地翻查了一遍，既没有发现来自石城的旅客，也没有发现叫金生的旅客。林走出凤来旅馆后，老板却又一摇一晃地追了出来。“你确定，就是石城吗？”老板满脸狐疑地问林。林很肯定地说，是的，石城！老板于是告诉林，几天前的电视里播放了一则水下探险的新闻，五十年前，就在沿海的那个地区，为了修建一座水库以解决一省的稻田灌溉，人们淹没了一座地势低洼的县城，这个县城，就叫石城。

“七十五，会不会是……其实无？”老板说着话，摇摇头，眼神却异常地阴郁起来。他直直地看着林，说：“五十年前，我们都还没有出生呢。”

“你真应该把金生留下来的，一起吃一顿晚饭该有多好。也不知道这些年来他过得好不好？我们可以请他去临江楼吃饭的，现在好多人请客都是去临江楼，在那里可以一边吃饭，一边看清幽的河水。还不曾有朋友来看过你，我们也还从来没有请过你的朋友到临江楼吃饭呢。”

林对妻子说：“说到河水，我一直想问你，这条河是我见过的最干净的河，这条河里的水是我见过的最清澈的水，我曾站在岸边，数过河里的游鱼。可是为什么这座城里的人只是用井水做豆腐？为什么不用河水呢？就连开在江边的那家豆腐店，也是不畏路远地跑去山上的寺庙里取井水回来做豆腐，这是为什么呢？”

林的妻子把碗筷放下，道：“听说原先也用河水的，你等一等啊——”林的妻子起身走到靠墙的一张桌子前，一个抽屉接着一个抽屉地翻了起来。林的妻子从这张桌子最底下的抽屉里翻出来一本旧书，她把书捏在手里，走到屋外往墙上拍打起来。林听着黑暗中传来的“啪啪啪” 的拍打声，想象着灰尘飞起来的样子……一小团一小团薄雾似的尘埃，烟花似的快速升腾、消散。

林把碗筷推到一边，从妻子的手里接过了那本旧书。因为长久不见天光，书的纸张已变得非常潮软，有些书页都粘黏在了一起。书的封面暗污且边角异常卷曲，林用指甲把书页轻轻刮平，拎着书脊轻轻抖了抖。林把书举到灯下，辨认了半天，才依稀认出了封面上“一只不肯离开的……”这几个字。

林的妻子拿起碗筷继续吃饭。电视里开始直播幸福号高铁列车的试运行，子弹头形状的火车头、银灰色的流线型车身看上去都漂亮极了。林的妻子两眼盯着电视机，说：“写这本书的人，就是在我们这个小城长大的。你把书翻到第一千零一页——可能是一千零一页——他在那一页记载了一件事情，大概是在那一年的夏天，不过也有可能是在秋天——不记得到底是秋天还是夏天了！总之是某一年的某一天吧，确确实实就发生在我们这里。自那件事以后，我们这里的人，就都不肯吃用河水做的豆腐了。我小的时候还常听人提起这件事，大家都说这个人写的是真的，后来，人们就不太提起它了——时间太长了。但是豆腐呢，却还是一直用井水做。大家都说那件事是真的。不过我并没有亲见，所以我不知道是不是真的——那一年，我还没有出生呢。”

林把书翻到第一千零一页。

“……他最后一次在河滩上玩耍的时候，看到一队一队的尸体从上游漂流下来。那些人是被用枪或者其他的凶器打死之后抛入河中的。暗红色的河水温情地推送着他们……”

林看到这里，抬起头看着妻子问道：“你还能不能想起来，到底是哪一年？”

“谁知道呢！我还是很小的时候听人说的。临江楼那一带地势高，听说啊，当时有那么一段时间，这城里有很多人每天都跑到那儿去看从上游漂来的尸体，这些尸体三五成群地漂过来，静静地顺着河水漂啊漂，他们在临江楼那儿会稍稍停留一下，然后和河水一起拐个弯，悄没声息地继续往下游漂过去。他们不是我们这城里的人，没有人知道他们是谁，来自哪里，也没有人知道最后他们去了哪里。”林的妻子思忖着说道。

林默然，有些忧伤地想象着一场漫长的无声的旅行，一群尸体的旅行……林的妻子看着电视，过了一会又说道：“这些我都没有亲眼见过，所以不知道是不是真的。不过，后来人们只用井水做豆腐——这一点倒是确凿无疑的。”

林低下头去继续看书。

“……X注意到了一具很小的尸体，它正朝河岸漂近。很快，它就在离X不远的河岸边搁浅了。X走过去，走近那一具很小的尸体，那是一个也许还不到一岁的孩子的尸体。那个孩子的身体被铁丝紧紧地捆绑着，看不出有枪伤或者击伤。

“他也许是活着被抛入河中的。X望着刚刚漂远的那一队尸体，这个孩子就是从那一队尸体中漂游出来的。也许那里面有他的爸爸妈妈，X心想，或者哥哥姐姐，或者爷爷奶奶，也许那一整队尸体就是他的全家。X伸出手来，他想将孩子的尸体推回到河水中去。他觉得他应该去追赶那一队尸体，他应该跟他的全家待在一起……”

林慢慢把书合上。

电视里，幸福号新型高铁列车已经驶出了火车站。播音员用动听的声音讲解道：“这列新型高铁列车从启动到时速提升到三百公里，只花了六分钟。列车时速上了三百公里以后，就基本维持在三百二十到三百三十公里之间运行……” 镜头扫过车厢内部，林看见列车行进得相当平稳，倒立在餐桌上的矿泉水瓶、手机、香烟盒都稳稳地竖在桌子上，历久不倒。

林把一只胳膊搁在餐桌上，身子往后靠过去，一直靠到了墙上。窗外夜如泼墨，有凉风几许隔窗吹送。林看着电视，把后脑勺抵在墙上，轻轻地缓缓地舒出了一口气。

高铁列车一路风驰电掣。

真是漂亮！林想。那个人，X，他现在过得怎么样呢？

林用一根手指轻轻地把那本书从自己面前推开，推到了离自己更远一点的地方。林有些羞怯地瞟了一眼他的妻。他的妻面带了一丝微笑，正聚精会神地看电视，完全没有主意到他的这个小动作。就像流星划过夜空，高铁列车正飞速穿过一片美丽富饶的田野。播音员解释说这列列车的速度堪比飞机，将极大地缩短沿线各个城市的时空距离。林的妻子看得简直入了迷。高铁列车也将经过他们生活的这个小城。毫无疑问，他们的生活将变得更加便利。林两眼看着电视，想，很快，他和妻子，也许还有患萎症的旅馆老板，还有小城里的每一个人，也许，还有X，是的，X，那个童年时在河滩玩耍的孩子，所有的人，都将可以很方便地搭乘这列幸福号，愉快地出门旅行。